D1386515

Y DAITH

CAERPHILLY COUNTY BOROUGH COUNCIL
WITHDRAWN FROM STOCK
COMMUNITY EDUCATION, LEISURE & LIBRARIES

YR AWDUR

Mab fferm Bryn Clochydd, Gwytherin ger Llanrwst yw Lloyd Jones.
Bu'n ddarlithydd ac yn olygydd papurau newydd, a chyhoeddwyd ei
nofel Gymraeg gyntaf, *Y Dŵr*, yn 2009. Mae'n un o gyd-awduron
Bron Haul: Y Tyddyn ar y Mynydd (2011), ac mae hefyd wedi cyhoeddi tair
cyfrol Saesneg, sef *Mr Vogel* (enillydd Gwobr McKitterick), *Mr Cassini*
(Llyfr y Flwyddyn 2007) a chyfrol o storïau byrion, *My First Colouring Book*.
Mae'n byw yn Abergwyngregyn ac mae'n hoff o gerdded a thynnu
lluniau. Ef oedd y person cyntaf erioed i gerdded yr holl ffordd o
amgylch Cymru – taith o fil o filltiroedd.

Y DAITH

LLOYD JONES

*Cyflwynedig i Pol Wong a Carrie Harper, o'r Wrecsam, a fu'n
gyfrifol am ddeffro'r genedl i gynlluniau dan din Cynulliad Cymru
a'r cynghorau lleol i ddifa prydferthwch y gogledd a'i hen ddiwylliant
drwy annog adeiladu diderfyn a hybu mewnlifiad didrefn.*

**CCBC PO
10273103**

Argraffiad cyntaf: 2011

© Hawlfraint Lloyd Jones a'r Lolfa Cyf., 2011

*Mae hawlfraint ar gynnwys y llyfr hwn ac mae'n anghyfreithlon i
lungopïo neu atgynhyrchu unrhyw ran ohono trwy unrhyw ddull ac
at unrhyw bwrpas (ar wahân i adolygu) heb gytundeb ysgrifenedig y
cyhoeddwyr ymlaen llaw.*

*Ffuglen yw'r gwaith hwn, a chyd-ddigwyddiad llwyr yw unrhyw
debygrwydd rhwng Mog a Meg a phobl go iawn.*

Dymuna'r cyhoeddwyr gydnabod cymorth ariannol
Cyngor Llyfrau Cymru. Diolch hefyd i Mererid Hopwood am
ganiatâd i ddyfynnu o'i nofel *O Ran*.

Darlun y clawr: Albulena Panduri

Rhif Llyfr Rhyngwladol: 978 1 84771 326 1

FSC

Cyhoeddwyd ac argraffwyd yng Nghymru
ar bapur o goedwigoedd cynaladwy
gan Y Lolfa Cyf., Talybont, Ceredigion SY24 5HE
gwefan www.ylolfa.com
e-bost ylolfa@ylolfa.com
ffôn 01970 832 304
ffacs 832 782

1

Yn fy llaw, darn o wydr.

Gwydryn gwin, a swigen sebon yn dal yr haul yn ei fol.

Mae rhywbeth mawr yn digwydd ym myd bach y gloch ddŵr.

Gwelaf lwybr yn mynd draw tua'r gorwel; dyn a dynes yn cerdded law yn llaw â'i gilydd. Gwelaf fôr glas, a phabell. Haul coch yn lliwio'r dŵr.

Gwelaf, mi welaf ddiwedd y daith yn y gwydryn gwin.

Ffaith: Mae hi wedi troi saith o'r gloch y bore, diwrnod wedi canol haf.

Dyma fi wrth y sinc yn golchi'r llestri. Swp di-siâp ar ôl swper neithiwr.

Sbiwch — mae hi'n fore hyfryd o haf. Lliw'r wybren yn newid yn ara deg o las golau, golau ar y gorwel pell i las tywyll uwchben y mynydd. Yr adar wedi tewi ar ôl y trydar, côr y bore bach wedi cau'u pigau.

Yn y distawrwydd syber rwy'n cerdded draw i gornel bella'r gegin ac yn tanio'r radio â bys a bawd gwlyb. Erys dau bentwr o gnu ewynnog ar wyneb y radio, neu ddau fynydd rhew yn arnofio ar Fôr yr Arctig. Daw tôn isel y miwsig dros y stafell, ac erbyn i mi gyrraedd y sinc eto mae 'mhen i'n glymau i gyd, yn ddrysni llwyr. Be 'di'r diwn 'na? Be aflwydd ydi'i henw hi?

Damcaniaeth: Rwy wedi bod yn yr hen fyd 'ma am o leiaf 26,297,280 o funudau erbyn heddiw. Dyna'r sym sydd ar y napcyn budr ar y bwrdd lle'r eisteddais i neithiwr. Fedra i ddim bod yn hollol sicr oherwydd dydi maths a finna 'rioed wedi bod yn ffrindiau garw.

Ffaith: Mae mynyddoedd rhew y byd wedi'u rhifo. Un o'r rhai mwyaf ydi B-15, sydd hanner maint Cymru. Rhywbeth fel'na. Uffernol o fawr. Mae o ar Google, cymerwch sbec arno fo. On'd ydi hi'n wyrthiol fel mae enw cyfan yn ffurfio yn y bocs Google ar ôl i chi deipio dwy neu dair llythyren? Diawledig o glyfar. Mae gen i ffrind fel'na. Mae o'n gorffen pob brawddeg i mi, bron. I ddweud y gwir, mae'n well gen i gwmni'r teclyn.

Dyma fi wrth y sinc eto, efo'r gwydryn yn fy llaw dde. Peth rhyfedd ydi gwydr, 'de?

Mae o yna, ond dydi o ddim chwaith, fel cariad: 'dach chi'n ei deimlo fo'n hawdd, ond rhaid i chi edrych yn agos arno er mwyn ei ganfod o'n glir.

Rhof fy mys i mewn yng nghrombil y gwydryn i ddisodli'r tipyn o win coch sy 'di sychu ynddo.

Petai o'n win gwyn fyddech chi ddim callach, na fyddech? Gwin gwyn, gwin coch. Euraid yw gwaed y duwiau; coch yw gwaed y meidrol.

Clywaf Mrs B yn hebrwng ei chŵn ar hyd y lôn gefn; fedra i mo'i gweld hi ond clywaf ambell i 'Here, boy!' a ballu. Dynes nobl, wedi ymddeol. *Big hair*, reit siapus. Bronnau mawr. Newydd symud i Isfryn; fedra i ddim cofio'i henw hi. Mae hi'n addoli'r cŵn 'na, yn gwario ffortiwn arnyn nhw. Un ohonyn nhw'n dioddef o diabetes, isio mynd â fo i gael ffisig bob wythnos. Wedi costio miloedd, y cŵn 'na. Cymryd lle Duw? 'Ta gŵr? Plant? Rwy'n dangos f'oed rŵan, meddwl pethau fel'na.

Rhaid i fi drio cofio'i henw hi. Mae hi'n *desperate* i ddysgu Cymraeg, medda hi. 'Dan ni'n gwybod be ddigwyddith. Tri mis mewn dosbarth nos, yna'r hen ddistawrwydd.

Arbrawf: Sbiwch o amgylch y stafell (os ydi hynny'n berthnasol) a nodwch bob darn o wydr sydd ynddi: y ffenestri, sgrin y teledu, wyneb y cloc, y drych, ffrâm pob llun ar y waliau. Yna caewch eich llygaid a dilëwch bopeth heblaw'r gwydr. Mae'n deimlad rhyfedd, tydi? Yr holl wydr 'na o'n cwmpas, yn nofio yn yr awyr. Darllenais rywdro fod gwydr yn eitha meddal; math o hylif ydi o. Pe baech chi'n pwyso un o'ch bysedd yn erbyn ffenest fe âi o drwyddi mewn ychydig flynyddoedd. Dyna chi wedi dysgu rhywbeth pwysig eto heddiw.

Ymddiheuriad: Damia, rwy'n mwydro rŵan. Dyna 'di fy ngwendid. Paldaruo, ponsio a phalu pw-pw. Pa iws ydi malu awyr ynglŷn â gwydryn gwin? Arwydd o'n hoes ni. Dim byd gwell i'w wneud. Pethau pwysig ar chwâl, pethau bach dibwys yn bla, fel y jyrms wyneb bwgan 'na sy'n bwyta'ch dannedd chi yn yr adverts.

Byddai'n amgenach i mi ddisgrifio'r olygfa odidog a welaf drwy'r ffenest o 'mlaen – yr ardd sy'n un o brif nodweddion ein cartref, Talafon.

Fel yr awgryma'r enw, rydyn ni'n byw ar lan afon, a thu hwnt i'r helyg wylofus sy'n ymgasglu fel hen wragedd ar ei glannau, gwelaf ddolydd lliwgar a tharth cynnes y blodau menyn yn niwlio'r glaswellt; mae'r wlad yn ei llawn rwysg, yn wefreiddiol wyrdd, yn odidog, yn denu'r llygad yma a thraw efo'i dewiniaeth – y blagur fel tân gwyllt yn y cloddiau, yr adar soniarus yn llatai i brydferthwch gwylaidd, morwynol ein mamwlad.

Ôl-nodyn: Rwy wedi rhoi'r gwydryn i mewn yn y dŵr llawn sebon llugoer ac rwy'n teimlo'i siâp o dan y dŵr; rwy'n gawr rŵan yn bodio'r plasdy yng ngwaelodion dyfrllyd Cantre'r Gwaelod. Mae'r patrwm diemwntau sydd arno'n plesio fy mysedd mawr blewog. Llef olaf y trueiniaid sy'n boddi ydi'r swigod Fairy Liquid. Dyna sut cafodd o enw fel'na – boddwyd y tylwyth teg hefyd. Ha blydi ha! Oes 'na dylwyth teg yn y nefoedd? Does 'na ddim anifeiliaid, nag oes? Tybed oes 'na arwydd mawr wrth byrth y nef, fel yr arwydd 'na wrth giât Wern Isa, efo siâp buwch odro arno fo, ond efo lein fawr goch drwy'r fuwch? Lle base'r tylwyth teg heb eu gwartheg bach lledrithiol? A be 'sa Mrs B yn ei wneud heb ei chŵn?

Cwestiwn: Ydi'r disgrifiad o'r olygfa drawiadol drwy'r ffenest (uchod) yn ordelynegol, ac os ydyw, ydi hynny'n wendid ymysg y Cymry? Ia, ni.

Atebion, os gwelwch yn dda, ar bostcard i…

Myn uffarn i, be 'di'r gân 'na ar y radio? A'r gantores, pwy ydi hi?

A… B… C… Ch… D…

Dyna wna i bob tro, mynd drwy'r wyddor. Daw'r ateb yn hwyr neu'n hwyrach.

Rwy'n licio'r teimlad o fod yn gawr mawr clên a'i ddwylo'n ymbalfalu ym Môr Iwerddon, yn teimlo tyrau gwydr Cantre'r Gwaelod o dan y don. Neu un o glychau Aberdyfi ydi'r gwydryn, efallai…

> Pan ddôf adref dros y môr,
> Cariad gura wrth dy ddôr;
> Mal un, dau, tri, pedwar, pump, chwech,
> Meddai clychau Aberdyfi…

Ew, mae gen i lais hyfryd.

Rwy'n codi'r gwydryn ac yn gwneud sŵn *ping!* efo bys a bawd. Cloch yn canu!

Ha! Rydw i wedi mynd i dipyn o hwyl yn barod, a hitha heb fod yn wyth o'r gloch y bore eto!

Ia, môr ewynnog ydi'r dŵr yn y sinc, a phobol wedi boddi ydi'r darnau bach o hen fwyd seimllyd sy'n nofio'n ddiymadferth rhwng fy mysedd. Roedd Taid yn dal pysgod yn yr afon fel hyn, yn cosi boliau'r brithyll bach ac yn eu swyno, cyn eu taflu nhw ar y lan. Dyna i chi ddawn. Faint 'sa'n medru gwneud hynny rŵan? Hen grefft arall sy wedi diflannu, bla bla bla. Gwrandewch arna i! Yn paratoi ar gyfer fy henaint. Fel'na maen nhw'n siarad, 'te? Yr hen bobol. A finna ond yn hanner cant a diwrnod (bron) heddiw. Esgob annwyl. Hanner cant! Dydi hynny ddim yn hen heddiw, nac'di?

Ydi, siŵr iawn ei fod o. Blydi *pensioneer*, bron. Paid â thwyllo dy hun, Mog. I ble'r aeth dy wallt di, Mog? I'r nefoedd? Nage, Mog, i mewn i dy drwyn di, i mewn i dy glustiau di. Mae o'n cuddio yn y corneli bach oherwydd dy fod ti mor BLYDI BORING, Mog!

Dyma ichi enghraifft o hyn – disgrifiad manwl o ddefod y golchi llestri. Ylwch, mae gan bawb ei sustem bersonol, ond fy null i ydi fel hyn:

a) Llenwi'r sinc efo dŵr poeth, a rhoi ynddo jochiad o Fairy Liquid (neu rywbeth cyffelyb, o ansawdd da – wast o bres ydi prynu'r stwff rhad 'na). Tra mae'r sinc yn llenwi rwy'n golchi fy hoff fỳg, yr un mawr glas a melyn ges i am ddim gan y *medical rep* sy'n byw i lawr y ffordd, mỳg efo 'A' fawr a'r gair 'Abilify' arno fo. Duw a ŵyr be 'di Abilify, rhywbeth i drin *haemorrhoids* hwyrach, ond mae'r mỳg a minna'n ffrindiau mynwesol. Rhywbeth am ddim, 'te.

Yna, ar ôl golchi a swilio'r mỳg o dan y dŵr poeth (yn barod ar gyfer fy mhaned cyntaf), rwy'n cau'r tap ac yn rhoi'r llestri mawrion yn y dŵr i socian, a rhoi'r cyllyll, y ffyrc a'r llwyau i'w dilyn yn y dŵr. Wrth gwrs, mae arbenigwyr yn y maes yn eich argymell i ddechrau efo'r gwydrau ond fy null i ydi hwn, nid eu dull nhw. Mae'r dŵr yn rhy boeth, beth bynnag.

b) Tra bo'r platiau mawr a'r cyllyll ac ati yn socian rwy'n tacluso dipyn ac yn paratoi brecwast; hynny ydi, rwy'n rhoi'r mwsli yn y fowlen las ac yn tollti llefrith drosto.

c) Yna rwy'n golchi'r platiau mawr a'u rhoi ar y chwith i'r sinc, yn barod i'w swilio efo dŵr oer.

ch) Gwnaf yr un peth efo'r soseri a'r dysglau pwdin ac ati,

yna'r cwpanau, ac rwy'n gorffen efo'r gwydrau (gan fod y dŵr wedi oeri erbyn hyn).

d) Rwy'n swilio popeth efo dŵr oer ac yn symud pob eitem i'r *draining board* ar y dde, fesul un, yn daclus.

dd) I orffen, rwy'n rhoi'r cyllyll, y ffyrc a'r llwyau i sychu ar dywel gwyn sy'n gorwedd ar y boilar. Dw i ddim yn sychu'r llestri. Yn hytrach, rwy'n eu pentyrru yn uchel, mor uchel ag y medraf, ar y *draining board*, yn waith celf syfrdanol sy'n haeddu lle yn y Tate Modern. Weithiau bydd ffrindiau yn tynnu llun fy nghelfyddyd ac yn ei yrru i'r papur lleol, y *Daily Post*. Does 'na 'run wedi ymddangos ynddo hyd yn hyn, ond mae lluniau di-ri o'm cywreinwaith yn crogi mewn sawl cartref ar hyd a lled y byd.

Dyna i chi ddisgrifiad manwl o'r ffordd rwy'n golchi llestri.

Casgliad: Hwyrach, erbyn hyn, fod rhai ohonoch chi wedi penderfynu 'mod i'n rêl cadi, yn dipyn o bansi, yn hoywfab musgrell dan esgyll coeden fŷgs.

Gwadiad: Nid ydwyf i, ni fues i 'rioed, ac ni fyddaf i byth yn gi swci i neb. Dw i ddim yn ymateb i'r cyfarchiad 'fy mlodyn tatws i' ac ni fûm i 'rioed yn chwenychu fy nghymydog, na'i fab, na'i beiriant golchi llestri.

Allan i'r ardd â fo – y lliain bwrdd – er mwyn i'r adar mân gael y briwsion. Does 'na ddim byd yn cael ei wastio yn ein tŷ ni. Mi fuasai Meg yn ailgylchu rhech pe medrai. Diawl, mae 'na staen coch ar ei lliain gwyn gorau hi. Wna i ei socian o mewn dŵr oer wedyn.

Myfyrdod byr ar effaith andwyol gwin coch: Fe wyddoch, mae'n siŵr, fod cyflymder yn hollbwysig os ydych am gael gwared ar staen gwin coch.

a) Agorwch botelaid o win gwyn (ac yfwch ei hanner hi mewn un dracht barus – na, herian ydw i rŵan).

b) Rhowch ddigon o win gwyn ar y staen gwin coch.

c) Ychwanegwch swp o halen.

ch) Rhwbiwch y lliain trallodus.

Os ydi hi'n rhy hwyr, sociwch y lliain mewn dŵr oer. Mae'r Vanish 'na'n stwff da hefyd.

Gyda llaw, mae gwin coch yn rhoi uffarn o gur pen i chi os ydych chi'n yfed gormod ohono. Da chi, peidiwch ag yfed gwin coch efo wisgi na seidr yn ystod yr un sesiwn. Mi brofwch Benmaenmawr gwaetha'ch bywyd. Rwy'n siarad o brofiad. Mi fydd eich brêns chi wedi toddi fel gwêr cannwyll ar y lliain bwrdd, a does 'na ddim byd wnaiff symud staen fel hwnna. Ddim hyd yn oed Vanish.

Disgrifiad byr, pwrpasol o'r ardd: O 'mlaen i mae 'na lawnt enfawr, cymaint â chae bach, yn rhedeg i lawr at yr afon, gyda phum coeden arian yma a thraw. Wrth yr afon gwelir adeilad bach graenus efo to teils coch ac arno geiliog y gwynt (er mai llong hwyliau ydi'r ceiliog). Yn yr adeilad yma y cedwir y cwch rhwyfo, oherwydd ymysg yr helyg mae 'na bwll mawr distaw.

Ugain llath i'r dde mae 'na glawdd ffawydd yn rhedeg i lawr at y dŵr, ac ynddo ddrws gwyrdd sy'n arwain at yr ardd lysiau.

Ar y chwith gwelir perllan fach efo coed afalau, coed gellyg, a choed ceirios. Yn y gornel isaf, ymysg y coed, saif hen garafán, un hen ffasiwn, siâp od. Peintiwyd ei tho droeon efo pỳg du a'i hochrau efo pỳg gwyrdd tywyll; mae hi'n *feature* ac mi fydd hi yna tra bydda i ar y ddaear hon, gan fod cymaint o atgofion melys ynghlwm â hi. O bobtu'r drws mae 'na ddau dwb glas yn cynnal blodau coch mynawyd y bugail, neu *geraniums*.

Fi fydd yn torri'r gwair a Meg fydd yn trin y planhigion. Mae hi'n hoff iawn o flodau gwyllt, ac felly bydd briallu a chennin Pedr yn tyfu ar y lawnt yn y gwanwyn; hefyd bysedd y cŵn, rhedyn, a llygaid y dydd mawr yn y roceris sy'n cysgu yma a thraw. Does 'na ddim *begonias* a ballu. Cyn agosed i natur ag sy'n bosib ydi moto Meg. Mae hi'n torheulo'n noeth hefyd. Ac yn cerdded o gwmpas heb wisgo cymaint â chysgod deilen... Ddaru ni drafod ymuno ag un o'r clybiau 'na ond rargian, be 'sa pawb yn y pentra'n ddweud? Mae clecs fel'na yn gwasgaru drwy'r fro fel gwynt drwg. Tipyn bach o hwyl, medda hitha. Ia, pwy 'sa'n cael tipyn bach o hwyl ar ôl i mi dynnu 'nhrons?

Ôl-nodyn: Rwy'n nabod rhywun oedd yn arfer tollti jochiad o win coch ar y lliain bwrdd er mwyn sicrhau cwmni potel o win gwyn. Tybed pwy oedd hwnnw?

Ac os ca i fod mor hy â gofyn, p'run oedd y cur pen gwaethaf i chi ei ddioddef yn eich bywyd? Ewch, sefwch, a lleferwch yn y deml wrth y bobol holl eiriau'r fuchedd hon. Alcis, y blydi lot ohonoch chi. Rydw i wedi gweld rhai o hoelion wyth y plwyf 'ma wrth y banc poteli am oriau bwygilydd yn cael gwared ar y dystiolaeth.

Pe baech chi'n cerdded allan drwy'r drws cefn a mynd i'r chwith ar hyd talcen y tŷ sy'n wynebu'r ardd, fe welech wyneb bach yn ffenest y gegin (ia, fi!) ac yna fe ddeuech at glawdd mawr gwyrdd, bron iawn cyn daled â'r tŷ. Wel, i fyny at ffenestri'r llofftydd. Clawdd o'r goeden bocs ydi hwn, yn ymestyn ar hyd pen ucha'r ardd ac yn celu cuddfan, lle dirgel, lle llonydd na wêl neb mohono os nad ydynt yn gwybod amdano.

Ein cyfrinach fach ni, Meg a fi, ydi'r stafell fach hudolus yn y clawdd, siambr neu ddeildy sy'n llecyn braf ar ddiwrnod o haf crasboeth. Man llechwraidd, gwâl rhag gwg y byd. Awn yno drwy dŷ gwydr bach unigryw a wnaed gan dad Meg: adeilad destlus ar ffurf teml o'r Dwyrain Pell, teml a wnaed o wydr a choed lliw arian. Bu ei thad yn y rhyfel. Ddaru o ddim dweud llawer ar ôl dod yn ôl, ond mi greodd o lot o bethau digymar – Meg yn eu mysg!

Yn y deildy mae seddau cyfforddus, bwrdd crwn isel, ac *ysbienddrych* nerthol i ni gael astudio natur yn ei gogoniant, a'r sêr uwchben.

Yno, yn ein Hafallon ni ein hunain, y gofynnais i Meg fy mhriodi. Yno y dywedodd 'Gwnaf'.

Roedden ni newydd weld glas y dorlan ar do tŷ'r cwch. Fe safon ni, ysgwydd wrth ysgwydd, ein cluniau ynghlwm, minna â 'mraich o amgylch ei chanol, yn edrych ar harddwch y deryn. Llatai cariad; negesydd y neithior.

Roedd y deryn yno unwaith eto'n gynnar fore heddiw pan oeddwn i'n dechrau golchi'r llestri – mi welais ei wayw asur yn ymadael â tho tŷ'r cwch. Arwydd o gariad ydi'r deryn i mi. Efallai fod cariad ar fin blaguro yn yr hen le 'ma unwaith eto. Ydych chi'n coelio mewn arwyddion?

Ffaith ddifyr ynghylch pobol Borneo: Arwydd drwg oedd glas y dorlan i dylwyth y Dusun; byddai eu rhyfelwyr yn troi am adref pe gwelent ei fflach ar y ffordd i frwydr.

Myfyrdod: Rhyfel ydi priodas hefyd, 'te? Lot o bobol ddiniwed yn dioddef, neb yn ennill yn y diwedd. Bwm bwm!

Diweddglo i'r myfyrdod ar win coch: Mae pedwar prif fath o wydryn – rhai ar gyfer gwin coch, gwin gwyn, gwin byrlymus, a gwin pwdin.

Mae siâp pob un yn wahanol: mae'r gwydryn gwin coch yn foliog ac yn gegog (gwleidydd y gwydrau 'di hwn – Tôri bach tebotlyd!).

Eto, mae gwahaniaeth rhwng dau frawd: sylwer bod gwydryn gwin coch Bordeaux ychydig yn dalach a fymryn yn deneuach na gwydryn gwin coch Burgundy, sy'n stwcyn bach tew fel bwbach. Shrek gwaedlyd y gwinoedd yw hwn.

Mae gwydryn gwin gwyn fel merch ifanc, yn benuchel

ac yn falch, heb unrhyw chwydd annymunol yn ei chorff siapus.

Yna mae gwydryn gwin byrlymus fel hoeden dal, denau sy'n dangos ei hun fel jiraff mewn torf; closia pawb ati gan ddymuno'i chyffwrdd ond gan boeni hefyd y bydd hi'n syrthio a brifo.

Mae gwin pwdin yn gryf a'r gwydryn yn fach; piwritan ddaru ddyfeisio hwn, mae'n rhaid.

Os am wneud argraff dda ymysg y crachach fe ddyliech afael yn dynn yng nghoes y gwydryn (yn arbennig os ydi disgyrchiant y tŷ yn cryfhau) gan chwyrlïo'r gwin bob hyn a hyn. Os am wneud argraff ddrwg rhowch eich trwyn reit i mewn yn y gwydryn (gan wlychu ei big) a dywedwch rywbeth gwirion parthed genedigaeth a mabinogi'r gwin, sothach hurt fel 'Darganfuwyd y gwin hwn mewn clinig i'r gwallgof yn y Swisdir gan gapten ifanc o'r Gestapo ar ddiwrnod gwlyb o haf. Rwy'n arogli poen, rwy'n gweld blodau diffaith yn gwingo yn y dymestl.'

Gwnewch hyn hefyd os daw awydd sydyn drosoch i wneud hwyl ar ben y cwmni.

Ond byddwch yn barod i golli pob ffrind sydd gennych.

Dodgy territory, chwedl y Sais.

Neu, fel mae pobol Betws-y-Coed yn ei ddweud, byddwch wedi piso'n gam.

Nid nepell o 'mhenelin mae 'na hysbysfwrdd ar y mur, un sgwâr pren efo teils corc. Pethau bach trist sy arno fo. Rhestr siopa heddiw; dydi hi'n rhyfedd fel mae *shopping lists* yn tristáu cyn gynted ag y rhown y nwyddau yn y cwpwrdd neu'r ffrij, neu yn ein cegau? Fe welwch chi restrau bach dwys fel hyn ar lawr siopau, ym maes parcio'r *24-hour* Tesco, ar y pafin, yn y cloddiau, ym mhocedi'r cotiau a'r trywsusau yn Oxfam a Help the Aged. Tystysgrifau i orchestion dyddiol y dieithriaid cefngrwm o'n cwmpas. *Death certificates* ein bywydau beunyddiol. Ffenestri bach budr sy'n lled-oleuo eneidiau ein cymdogion.

Spam bara llefrith firelighters binliners beans pasta moron tatws Vanish aspirin pasta mop aspirin mop aspirin mop...

Ac o dan y *shopping list* ar yr hysbysfwrdd mae 'na restr arall, un o restrau diddiwedd f'anwylyd Meg: ysgolhaig, *intellectual*, y Dr Meg Morgan sy'n adnabyddus i fyddigions y brifysgol a darllenwyr *Taliesin* a *Barn*.

Rhywbeth i'w wneud efo'r iaith a'i gwreiddiau yw'r ail restr: hen eiriau pwysig y Gymraeg, geiriau sy'n perthyn i'r hen stoc Celtaidd am wn i. Wnes i ei ffeindio hi ar lawr y cyntedd, efo ôl gwadn esgid Meg arni yn batrwm del, fel patrwm ei hiaith hi. A dyma hi rŵan yn crogi'n sgi-wiff ar ddeilen o gorc – rhestr drist arall ymysg rhestrau trist y byd:

Morris Swadesh: Geirfa Bwysig yr Iaith

fi ti fo ni chi hwn hwnnw yma yna pwy beth ble pryd sut dim pob llawer rhai ychydig arall un dau tri pedwar pump mawr hir llydan tew trwm bach byr cul tenau merch dyn plentyn gwraig gŵr mam tad anifail pysgodyn aderyn ci lleuen neidr pryf pren coedwig ffon ffrwyth had deilen gwreiddyn rhisgl blodyn gwellt rhaff croen cig gwaed asgwrn saim ŵy corn cynffon pluen blew gwallt pen clust llygad trwyn ceg dant tafod ewin troed coes glin llaw asgell bol perfedd gwddf cefn bron calon iau yfed bwyta cnoi brathu sugno poeri chwydu chwythu anadlu chwerthin gweld clywed gwybod meddwl arogli ofni cysgu byw marw lladd ymladd hela taro torri hollti trywanu cosi palu nofio hedfan cerdded dod gorwedd eistedd sefyll troi disgyn rhoi dal gwasgu rhwbio golchi sychu tynnu gwthio taflu clymu gwnïo rhifo siarad canu chwarae llifio rhewi chwyddo haul lleuad seren dŵr glaw afon llyn môr halen carreg tywod llwch daear cwmwl niwl wybren gwynt eira iâ mwg tân lludw llosgi ffordd

mynydd coch gwyrddlas melyn gwyn du nos dydd blwyddyn cynnes
oer llawn newydd hen da drwg pydredig llwgr brwnt budr syth
crwn miniog pŵl llyfn gwlyb sych iawn agos pell de chwith at wrth
yn mewn a gan gyda os oherwydd enw

Faint o'r geiriau hyn a ddefnyddiais i yn y gwely efo
f'anwylyd, y Dr Meg Morgan? Ai dyna wnâi fy nghariad pan
oedden ni wrthi'n caru – gwneud rhestr yn ei phen?

cri poen tin cnawd ochain tafod twll tew trwm gwraig gŵr
plentyn anifail pysgodyn neidr ffrwyth had deilen gwreiddyn
croen cig gwaed blew gwallt llygad ceg llaw bol perfedd cefn
bron calon brathu sugno poeri chwydu chwythu gweld clywed
gwybod meddwl ofni byw marw lladd ymladd hela cosi hedfan
gorwedd disgyn gwasgu sychu chwyddo cynnes llawn da drwg
budr gwlyb aspirin mop aspirin mop...

Nodyn byr, trist i mi fy hun: Rhaid i ti beidio â hel
meddyliau fel hyn, Mog. Dwyt ti ddim yn gwneud cymwynas
â neb.

ceg bron tin bol

Mog, PAID!

Ar ôl tacluso, brwsio'r llawr. Hen, hen ddefod. Rwy'n
ymwrthod yn araf â'r byd newydd mecanyddol. Ei sŵn a'i
strach. Dyma fi, yn hanner cant (a diwrnod), yn efelychu fy
nghyndeidiau; yn dysgub y dail te, yn pladuro llwch. Ac mae'r
gân 'na ar y radio yn mynd rownd a rownd yn fy mhen, fel
gwenynen mewn pot jam.
    Wedi sefyllian am ennyd yn llygadu'r lle, yn edmygu fy
ngorchest ar y *draining board*, rwy'n gwneud paned arall yn fy

mŷg glas a melyn ac yna'n cynllunio'r diwrnod yn fy mhen. Be wna i nesa? Sleifio draw i'r deildy wrth gwrs!

Os buoch chi 'rioed yng nghastell Caerdydd ar brynhawngwaith hirfelyn tesog, a dringo i'r ardd gudd sy 'mhell i fyny yn Nhŵr Bute, yna fe wyddoch sut deimlad ydi bod yn ein deildy ni. Na, does 'na ddim clos bach del gyda cholofnau a phistyll yn ein paradwys bach ni yn Nhalafon, ond mae heddwch, ac urddas, a cheinder.

Dyna lle rydw i hapusaf, yn glyd yn fy mhabell o dan raeadr yr irddail.

Trychfilod yn mwmian. Glaswellt yn llyfu gwadnau fy nwydroed. Llygaid y dydd yn cosi bysedd noeth fy nhraed. Melynwy'r haul yn llithro ar draws padell ffrio'r wybren. Yno, yn fy nghlydfan, mae holl amser y byd yn perthyn i mi.

Be ddywedodd Meg am *kairos*?

Ers talwm roedd y Groegiaid yn mesur dau fath o amser – *chronos* a *kairos*.

Chronos ydi amser cloc, amser tic-toc, amser yn mynd yn daclus mewn llinell syth tuag at dragwyddoldeb.

Ond amser personol, mympwyol ydi *kairos*. Mae'n ymwneud ag un foment bwysig ymysg corsydd maith Amser; chi yn unig sy'n ei brofi. Ac os aiff oddi wrthych, aiff am byth.

Duwdod y foment bwysig, wibiol, ddiaros ydi *kairos*. Ac yno, yn y deildy, mae *kairos* yn byw; yn ein deildy ni, lle mae 'na *fairy lights* a roddwyd yno ddoe gan Meg ar gyfer fy mhen-blwydd, yn wincio'n gyfeillgar yn y cysgodion gwyrdd.

Ac eto, mae anesmwythyd yn y gwynt; oes, mae 'na bryf bach wedi bod yn bwydo ar fy nhu mewn ers tro rŵan. Rhywbeth annelwig, anweledig. Ond rwy'n gwybod y bydd yn rhaid i mi ddod i benderfyniad pwysig cyn bo hir. Mae'r ymdeimlad hwn wedi bod yn cronni'n araf yn fy isymwybod.

Prynais delesgop mawr i astudio'r sêr, i weld ai allan yn y bydysawd y cawn ateb i'r anhrefn yn fy nghalon (dal ati, Mog). Prynais chwyddwydr i weld byd bach trychfilod yr ardd, i ymuno â hwy yn eu bychander diystyr, ond ni chefais weledigaeth yno chwaith (da iawn, ymlaen â thi, mae'r tensiwn yn codi).

Mae'r ateb oddi mewn yn rhywle, yng nghefn gwlad fy modolaeth. Yn yr hen fro (ardderchog – nodyn difrifol, hiraethus).

Ymadewais rywdro ag aelwyd fy sirioldeb, yn ddiarwybod. Rhaid mynd yn ôl. Rhaid cyrchu hen lwybrau fy hanes, rhaid eistedd unwaith eto o dan goed cysgodol fy is-blentyndod. Ond oes posib mynd yn ôl? Pwy a ŵyr (cresiendo dethol iawn, Mog, ingol dros ben).

Nodyn gwyddonol: Mae'r corff yn adnewyddu'n gyfan gwbwl bob saith mlynedd, meddan nhw. Felly, 'rhen gefn, bu saith Mog ar y ddaear erbyn hyn. Oedd Mog 7 yn saith gwaeth fersiwn na Mog 1? Amhosibl! Ond sbia ar dy siâp di, Mog. Wele saith bol efo'i gilydd, yn disgyn fel sgrym heb siâp mewn gêm feddw!

Ôl-nodyn: On'd ydi sgrym fel pry copyn enfawr yn sidanu un o'i wyau?

Rwy'n licio pry cops. Mae 'na un yn sbio arna i yn y gegin bob dydd. Yn golchi llestri anweladwy wrth ei sinc bach unig ei hun. Mini-Mog 8! 'Ta un o'r lleill ydi o? Mini-Mog 1 hwyrach: pry cop ifanc, hogynnaidd?

Uffarn dân, rwy'n colli gafael rŵan.

2

Yma yn y deildy, yn y llonyddwch breuddwydiol, clywaf lais.

Na, dau lais. Tri?

Rhywun ifanc yn chwerthin.

Geiriau'n mynd ac yn dod fel *frisbees*, a lleisiau'n newid wrth i un siaradwr gyfarch y llall.

Effaith Doppler falwodaidd fel y cyrhaedda'r lleisiau gyferbyn â mi, ar y ffordd fach sy'n arwain at Dalafon, ac yna fel yr ânt heibio i dalcen ochr draw'r tŷ. Drws yn cau'n glep, yna distawrwydd eto.

Fe wn erbyn hyn fod Meg wedi dod ag ymwelwyr adre efo hi ar ôl iddi fod i'r safle ailgylchu yn y pentref. Mae hi'n dipyn o ffanatig efo hynny, ac yn swnian byth a beunydd ynglŷn â gwres y byd yn codi, difrodi'r amgylchedd, treisio natur. A ninna efo dau gar, wedi bod yn teithio am hydoedd bob dydd yn ôl a 'mlaen i'n gwaith (ac i'r *24-hour* Tesco wrth gwrs, heb sôn am B&Q a'r *garden centre* bob yn eilddydd). Aiff hi ar y compiwtar am oriau i drafod ein dyfodol efo pobol eraill sy'n gwybod lot mwy na fi am ein dyfodol ni.

Ond pwy 'di'r ymwelwyr? *Environmental activists*, babŵns blêr sy'n mynd i fyw yn y coed o gylch y llyn? Doedden ni ddim yn disgwyl neb. A pheth arall – roedd llais Meg yn swnio'n ifanc, yn falch, ac yn hapus. Pam?

Yna, ymhen tipyn, clywaf ei llais yn galw o'r drws cefn.

'Mo—og.' *Mo* yn uchel, *og* yn is i lawr. Fel pe bai hi'n galw'r gath.

Ac eto. 'Mo—og.'

'Miaw,' medda finna'n hanner cysgu.

Ond rwy'n ufuddhau ac yn codi'n llafurus o 'ngwâl.

Wedi mynd drwy'r deml wydr, gwelaf hi'n sefyll fel ysbryd wrth ddrws y cefn.

'O'n i'n meddwl na fan'na faset ti. Tyrd!'

Ydi ei llais hi wedi newid? Ydi, mae o wedi newid o'r llais ysgafn, direidus glywais i ennyd yn ôl i'w llais 'Rwy'n trio bod yn amyneddgar, Mog'.

A'i gogwydd – oes awgrym o dristwch yn naliad y pen, yn osgo'r ysgwydd?

Fel pe bawn i wedi deffro o berlewyg hir, rwy'n gweld fy ngwraig o'r newydd. Ai hon ydi'r Meg na fydd yn dweud 'run gair am oriau maith, fore na phrynhawn na hwyr, pan fyddwn ni efo'n gilydd? Sy'n gorwedd wrth f'ochr yn y gwely bob nos yn darllen, a'r llyfr rhyngon ni fel tarian i'w hamddiffyn? Y Meg barablus, y Dr Meg Morgan sy'n darlithio ac yn trafod ac yn jocian efo'i myfyrwyr? Y Meg sy'n medru ymgomio dros botelaid o win, yn rhoi'r byd yn ei le, sy'n medru tacluso'r bydysawd yn ei gyfanrwydd erbyn toriad y wawr efo'i ffrindiau (benywaidd) yn y gegin?

Rwy'n teimlo fy hun yn sigo. Amheuaeth wedi fy nharo unwaith eto.

Pan ddaw amheuaeth rhwng dau gariad fe dyf y bwgan bob dydd, nes bydd y tŷ yn ddu dan ei gysgod.

'Be sy?' medda finna'n dawel ac yn gymodlon.

'Tyrd,' medda hitha eto, gan sythu a throi tua'r drws. 'Mae gynnon ni *visitors*. Tyrd i'w cyfarfod nhw.'

A chyn i mi fedru dweud gair mae hi wedi diflannu o flaen fy llygaid.

Yn y gegin rwy'n cyfarfod â'r ddau westai. Wel, eu cefnau.

Maen nhw'n edrych ar fy ngwaith celf i ar y *draining board*, mynydd o lestri a gogor blastig goch wyneb i waered ar y copa, fel caffi'r Wyddfa. Trewir fi gan syniad: efallai y byddai ffigwr bach plastig o Prince Charles yn malu cachu ar ben y gogor yn cwblhau'r darlun, ond lle caech chi rywbeth fel'na? A Camilla. Mi fasa yn rhaid i mi brynu ffigwr bach plastig ohoni hitha. A'r hogia 'na hefyd: oedd, roedd 'na le i bedwar ffigwr ffug-frenhinol ar ben y gogor, ar ben yr Wyddfa, yn agor y caffi coch. Mi faswn i'n medru trefnu 'damwain' gan ddefnyddio bys a bawd fel *hitmen*. Gallwn i wedyn fwynhau darllen tudalen flaen y *Daily Post*:

PRINCE CHARLES HURTLES TO DEATH ON SNOWDON:
FINGER OF BLAME POINTS TO FAMOUS SINK ARTIST MOG
Big jerk felled by tiny little jerk
His last tragic cry: 'What the flick's going on?'
Heir today, gone tomorrow
Dafydd Iwan calls for National Day of ~~Mourning~~ Mooning
William's first words as new Prince of Wales:
  'Sut mae ♛♛♛♛ [filthy Cofi word]?'

Neu hwyrach y dylwn i fynychu dosbarth nos a gwneud cyfres o ffigyrau bach Cymreig ar gyfer y copa beunyddiol ar y *draining board*: tywysogion Cymru – Llywelyn bychan ar gyfer Carnedd Llywelyn, Dafydd ar gyfer Carnedd Dafydd ac yn y blaen. Pob mynydd yng Nghymru efo ffigwr bach trawiadol ar gopa'r gwrthrych; diawcs, erbyn hyn gwelaf galendr ar y wal efo deuddeg o 'mhentyrrau mwyaf trawiadol, a deuddeg o enwogion Cymru ar bob copa. Neu beth am Hillary a Tenzing hwyrach, gan eu bod nhw wedi ymarfer ar yr Wyddfa, on'd do? Darn o gortyn yn lle rhaff. Mi fuaswn i'n medru creu *base camp* ar wefus y platiau mawr ger y gwaelod.

Wrth i mi bensynnu daw tawelwch gweddus i lenwi'r stafell.

Yna, cyn i'r *visitors* droi i 'ngweld, clywaf un ohonyn nhw'n dweud 'Cŵŵŵl' yn y Gymraeg newydd.

Ai plant ydyn nhw, wedi rhedeg i ffwrdd? Ffoaduriaid o gartref preswyl ar gyfer yr amddifaid ifainc? Hansel a Gretel ar goll yn y goedwig, a ni'n dau ydi'r torrwr coed a'r llysfam gas?

Mae'n rhaid 'mod i'n rhythu arnyn nhw, achos maen nhw'n closio at ei gilydd ac yn clymu dwylo pan welant fi am y tro cyntaf.

'Mog! Lle mae dy fanars di?' medda Meg.

A dyma fi wedyn yn gwenu arnyn nhw fel *pervert* efo bag mawr o fferins yn fy llaw.

'Www!' medda'r ferch. Gwelaf yr hogyn yn rhoi ei fraich dros ei sgwyddau a'i thynnu ato'n glòs.

Mae'n deg dweud 'mod i'n gwneud rêl cowdal o'r achlysur.

I wneud pethau'n waeth, rwy'n lluchio fy mraich i gyfeiriad y pentwr llestri a dweud 'Fi nath hwnna', fel petai o newydd ennill y Turner Prize.

Sylla'r ddau arna i fel pe bawn i'n gi efo *rabies*.

'O wel,' medda finna gan droi. 'Rwy'n mynd i weld y seiciatrydd, Meg. Wela i di'n hwyrach.'

Ar fy ffordd i fyny'r grisiau i newid, clywaf Meg yn dweud 'Hitiwch befo, dydi o ddim hanner cyn waethed â'i olwg.'

Pan ddof adref ar ôl y cyfarfod misol efo'r seiciatrydd, Mr Vaughan, gwelaf fod tent fach las ar y lawnt, i lawr wrth dŷ'r cwch.

Sesiwn eitha gwael eto'r wythnos hon.

Af i'r llofft i newid yn ôl i fy nillad bob dydd, gan ddyfalu pam rwy'n gwisgo fy nillad dydd Sul i weld Mr Vaughan. Oni fyddai'n ddoethach i mi fynd yn noeth, iddo fo gael gweld cynnwys y bocs?

Dw i'n dal ddim yn gwybod ei enw cyntaf o, ar ôl bron i flwyddyn, er ei fod yntau yn ddigon rhwydd efo fi. 'Mog, wsti hyn' a 'Mog, wsti be' ydi hi bob tro. Ond ar ôl awr arall efo'n gilydd dydan ni ddim agosach at wraidd y broblem.

'Mog, be ti'n feddwl o'r cowtsh newydd?' ydi'r cwestiwn cyntaf a ddaw o'i geg flewog.

'Neis iawn,' medda finna, ond dydw i ddim yn siŵr chwaith. Roeddwn i wedi arfer efo'r hen un lledr brown efo darnau wedi gwisgo drosto'n frech, fel yr ecsema sydd ar fy nwy benelin.

Un fel'na ydw i, Oxfam a Help the Aged sy'n cael fy musnes i bob tro. Gwell gen i wisgo hen ddillad pobol eraill; mae'r carpiau rwy'n eu gwisgo fel arfer wedi perthyn i o leiaf bedwar dyn sy wedi marw. Rydw i fel Frankenstein dilledol.

Mae oglau'r cowtsh lledr du newydd yn llenwi fy ffroenau ac yn drysu fy synhwyrau.

Ydi, mae Mr Vaughan yn ei gwneud hi'n iawn, mae'n rhaid. Ond rydw i yma ar yr NHS; er nad ydw i'n Gardi, mi fyddai'n well gen i farw'n orffwyll na thalu pres da i fod yn gall.

'Wel, Mog, be sy wedi bod yn digwydd yn dy fywyd di?' medda Mr Vaughan yn ei ffordd agos-atat-ti.

Dydi o ddim yn un o'r Freudians oeraidd 'na sy'n dweud dim heblaw 'Wela i chi mewn mis' ar ôl stwffio'ch pres i mewn i'r drôr.

Rwy'n adrodd hanes y parti pen-blwydd (llwyddiant?) a'm bywyd rhywiol (aflwyddiant anfesuradwy). Mae yntau yn chwydu geiriau fel *neuroimaging, personal volition* a *ventromedial prefrontal cortex*, ond dydw i ddim callach. Mae'r cwestiwn yn un syml, Mr Vaughan. Pam mae'r dyn o'ch blaen chi mor betrus? Mor ddiraen, mor swrth, mor hollol annhebyg i Superman? Sut na fedrith Mog Morgan ddidol a dewis fel pawb arall? Pam mae Mog Morgan yn crwydro o gwmpas y tŷ yn creu mynyddoedd o ddillad budr a llestri glân wrth freuddwydio, pensynnu, a synfyfyrio, ac yn siarad efo fo'i hun, ac yn cosi'i din, ac yn syllu'n fulaidd drwy'r ffenest, ac yn eistedd ar y toiled am hydoedd yn darllen, ac yn cysgu yn y deildy drwy'r pnawn? Pam mae Mog Morgan yn sicrhau nad ydi o BYTH BYTHOEDD yn gorfod gwneud unrhyw benderfyniad o bwys?

Mae Meg eisiau gwybod hynny hefyd. Mwy na fi, mae'n debyg.

'Wyt ti wedi bod yn yfed o gwbwl?' medda Mr Vaughan mewn llais diniwed.

'Na, dim dropyn,' atebaf, gan feddwl am y smotyn o win coch ar y lliain bwrdd, a'r gwydryn cudd islaw'r don yng Nghantre'r Gwaelod.

'A chydbwysedd dy feddwl, sut mae hwnnw wedi bod?' medda yntau.

'Not bad,' atebaf.

Sut fedra i ddweud wrtho fo am y gwynt hiraethus o'r gorffennol sydd wedi bod yn canu grwndi yn fy mhen? Hen wynt bach ingol sy'n dod â thameidiau o fy hanes yn ôl i mi fel cath yn dod â llygod i mewn i'r tŷ.

Na, dydw i ddim yn sôn am y gorffennol, fy nghysgod oriog. Ei greulondeb distaw a'i dynerwch drachefn ar ôl iddo bigo fy nghroen efo'i winedd. Y cofleidiad sy'n rhy dynn; y gusan losgachol; y waedd o wely tywyll y nos.

Yn hytrach, i wastio amser, rwy'n sôn wrth Mr Vaughan am y newydd-ddyfodiaid yn Nhalafon.

Mae'r newyddion o ddiddordeb mawr iddo; yn wir, dydw i 'rioed wedi gweld y dyn mor *excited*. Mae o ar flaen ei sêt. Yna mae o'n gofyn am ddisgrifiad manwl o'r ddau ieuanc.

''Nes i ddim sbio arnyn nhw'n iawn,' medda finna.

'Eu hoed nhw?'

'Tua un ar bymtheg, deunaw, rhywbeth fel'na.'

'A'r ferch, sut un ydi hi?' medda yntau.

'Fedra i ddim cofio,' atebaf inna.

Edrycha Mr Vaughan ar y cloc gan anwesu ei farf gafr. Dyma ddyn sy'n coelio mewn *stereotypes*, mae'n amlwg.

'Rwy'n meddwl ein bod ni'n symud ymlaen yn gampus,' ychwanega'n feddylgar. 'Ond efallai y dylen ni gwrdd yn amlach.' Daw rhyw wên fach gam, fursennaidd dros ei wep. 'Wedi'r cyfan, nid ti sy'n talu.'

Yna mae o'n sgriblo rhywbeth ar ddarn o bapur, fel meddyg yn sgwennu presgripsiwn.

'Fy nghyfeiriad e-bost,' medda fo. 'Cymer lun ohonyn nhw a gyrra fo draw. Rwy'n amau y bydd y ddau yma'n rhan bwysig o'n profiad ni efo'n gilydd.'

Wrth sefyll y tu allan i'w stafell, clywaf ef ar y ffôn; mae ei lais yn uchel ac yn llawn cyffro.

Annwyl Mr Vaughan,

Dyma lun o'r ddau ifanc ar y lawnt yn Nhalafon, o flaen eu pabell, a thŷ'r cwch y soniais amdano eisoes yn y cefndir. Tybed welwch chi'r fflach 'na yng nghornel ucha'r llun? Glas y dorlan! Fy hoff aderyn. Arwydd, 'te! Roedd y ddau ifanc newydd ddod allan o'r dent i dorheulo pan es i yno efo'r camera, dyna pam maen nhw'n hanner noeth. Wnes i jôc o'r peth ond doedden nhw ddim yn *impressed*. Troed Meg 'di honna yn y gornel isa, yn mynd o'na mewn hyff.

Gyda llaw, dydw i ddim yn licio'r cowtsh newydd. Roeddwn i'n gallu ymlacio'n llawer gwell ar yr hen un brown. Roedd hwnnw'n gysurus, gan fod y ddau ohonon ni tua'r un oed!

Y broblem ydi, fedra i ddim ymlacio o gwbwl ers i mi daro canol oed; rwy'n teimlo'n isel ac yn ddiwerth oherwydd 'mod i wedi byw bywyd hollol normal, confensiynol – wnes i ddim byd eithriadol drwy gydol f'oes, ac rwy'n ofni 'mod i'n mynd i farw heb gyflawni dim byd diddorol. Rwy'n teimlo mor ofnadwy o letchwith, fel deinosor mewn disgo.

Gyda llaw, Mr Vaughan, roedd Sigmund Freud yn ofni'r rhif 62 gymaint fel na wnâi aros mewn gwesty efo mwy na 61 o stafelloedd ynddo. A rhif eich tŷ chi ydi 62!

(Rwy am wneud ymdrech lew i fod yn ddiddorol o hyn ymlaen.)

Yr eiddoch yn gywir,

Mog Morgan

(Rhof y s'nam, iddo gofio bod gen i un.)

Peth rhyfedd 'mod i'n cyffesu pethau fel hyn mewn e-bost, 'te?

Mae Meg wedi'u denu nhw i mewn i'r tŷ i ni gael pryd o fwyd efo'n gilydd heno. Ond maen nhw mor swil ac ofnus ag anifeiliaid gwyllt. Gwallt y ddau'n wlyb ar ôl iddyn nhw fod yn y gawod (ar wahân). Ogla shampŵ. Maen nhw'n edrych fel dyfrgwn ifanc newydd sleifio i'r lan. O, dyna brydferth. Mae'n rhaid 'mod inna hefyd wedi edrych fel'na rywdro. Mor ifanc, mor ffres, mor nwyfus. Croen sidanaidd (heblaw am y plorynnod, y Carneddau ar foch y ferch, y Rhinogydd ar ên y bachgen, pob cadwyn o fryniau yng Nghymru yn codi o ddolydd llyfn eu crwyn, a phob mynydd yn y wlad yn tyrru uwchben y sinc yn Nhalafon). Dannedd bach gwyn. Gobaith diderfyn. Y byd yn dal ei wynt, yn aros amdanyn nhw. Dau blât tectonig yn cyfarfod ydi cariad, yn creu plorynnod mynyddig o nwyd a llynnoedd bach o gasgliad melyn. Rydw i a Meg fel hen losgfynyddoedd oer. Wel, fi beth bynnag. Mae 'na fwg yn dod allan o glustiau Meg hyd heddiw. Ew, hwyrach mai lludw folcanig ydi dandryff, yn disgyn ar ôl i'ch *sex drive* chi losgi allan.

Wel, dyna chi dlws. Erbyn hyn maen nhw wedi gwisgo; y ferch yn daclus mewn *singlet* lliw hufen a throsti grys agored efo patrwm siec gwyn a gwyrdd. Yna trowsus denim at y gliniau efo gwaelodion carpiog, ac ar waelod ei choesau bach gwyn, pymps *baseball* efo'r careiau wedi'u datod. Y cwbwl a olyga hyn, rwy'n amau, ydi nad ydi hi'n medru gwneud cwlwm, yn hytrach na'i bod hi'n brolio rhyw estheteg aruchel.

Taldra: o gwmpas 5'2". Llygaid: brown golau. Trwyn: smwt. Ceg: llawn, doniol, synhwyrus, ond yn tueddu i yngan lot o eiriau efo 'www' ynddyn nhw (ai dylanwad yr 'www' cyn pob cyfeiriad ar y we ydi hyn?). Ei phrif ymateb i bawb a phopeth ydi 'Cŵŵŵl'.

Mae hyd yr 'ŵŵŵ' yn y canol yn datgan pa mor cŵl ydi'r testun o dan sylw.

Annwyl Mr Vaughan,

Rwy'n gweld adlais o'r chwedegau yn ei golwg hi. Ia, adeg fy mebyd inna! Mae ganddi hi datŵ bach 'Ban the bomb' y tu ôl i'w chlust dde (pe bai Wyn y mab wedi dod adre efo un o'r rheina mi faswn i wedi mynd yn wirion yn fy mhen).

Mae hi'n gwisgo het fach gron, ddu ar gefn ei phen ac mae ei llygaid fel llygaid *panda bear* dan ddylanwad colur. 'Dach chi'n cofio *A Clockwork Orange*?

Mae ei gwallt hi'n gwta ac yn bigog, ac wedi'i liwio (gyda'r bonion du yn dangos o dan y melyn; secsi iawn). Hefyd, mae modrwy yn ei gwefus isa sy'n f'atgoffa i o'r cylchoedd mawr haearn yn yr harbwr ar gyfer clymu rhaffau cychod.

Dydi hi'n rhyfedd fel mae tatŵs a styds yn siwtio merched y Dwyrain ond yn edrych braidd yn ddi-glem ar ein merched ni? Tybed oes gan Prince Charles datŵ? 'By Royal Appointment' ar ei fol uwchben ei bethma fo? Neu ar ei hyd hi falle!!!!!!!

Hwyl!

Mog

P.S. Faswn i ddim ond jyst yn medru cael 'Mog' ar un fi! A dim ond yr 'M' ar ôl i mi fod yn ymdrochi yn y môr!!

P.P.S. Oni fyddai'n well i chi gael y cowtsh newydd du mewn un stafell ar gyfer y bobol ifanc, a'r hen gowtsh brown mewn stafell arall ar gyfer pobol fel fi? Neu falle nifer o stafelloedd efo nifer o gowtshys i siwtio pawb?

Cyn iddyn nhw fwyta efo ni maen nhw'n gofyn a gân nhw fynd â'r cwch ar y dŵr.

'Wrth gwrs!' medda finna, gan wybod bod f'ymddygiad efo'r camera wedi'i gwneud hi'n anodd i'w gwrthod. A thra rydyn ni'n eistedd yn y gegin fel *geriatrics* yn disgwyl am ein henema wythnosol dacw hwytha yn mynd allan i rwyfo ar y pwll mawr. 'Dan ni'n eu clywed nhw'n chwerthin ac yn galw ac yn sblasio ac yn cloncian.

'Tydyn nhw'n cael hwyl,' medda Meg mewn llais breuddwydiol.

'Be 'di hwnnw?' medda finna, ond rwy'n difaru'n syth bin.

'Ia, wel,' medda Meg, 'mae'r ateb yn dy ddwylo dy hun,' ac mae hi'n gwneud rhyw ystum efo'i llygaid, yna'n rhoi gwên fach slei, gyhuddgar.

Daw y ddau i swpera efo ni; maen nhw eisoes wedi gofyn a gân nhw fynd yn ôl i rwyfo ar y llyn yng ngolau'r lleuad.

Mae Dewi, y bachgen, isio chwarae'r gitâr a chanu mewn cwch o dan y lloer.

'Cewch, â chroeso,' medda Meg efo llygaid mawr bron â dyfrio. Diolch i sblas o golur a blows isel, mae hi'n edrych ar ei gorau heno.

Rydyn ni oll yn mwynhau tamaid hafaidd, saladaidd, efo llu o ddysglau llawn bîns – bîns na chlywswn i 'rioed amdanyn nhw cyn i Meg newid y fwydlen oherwydd fy mol cwmpasog i a'i chryd cymalau hitha. Trodd Meg yn *vegetarian* pybyr ac mae hi'n denau fel milgi, ond mi rydw inna'n lloffa drwy'r cypyrddau yn y nos a dyma fi bellach yn edrych fel un o'r Teletubbies. Diawl diog fues i 'rioed efo'r sosban ond mae gen i hanner dwsin o rysáits y medra i eu dilyn heb roi'r gegin ar dân, a dydw i heb wenwyno neb eto.

Syllaf dan f'amrannau ar Dewi, sy'n eistedd yr ochr draw i'r bwrdd.

Mae ganddo swp o wallt cyrliog, rêl nyth brân, na welodd frws ers wythnosau. Be mae'r merched 'ma'n ei weld yn y fath anhrefn? Mae o'n cribo'i das efo'i fysedd bob hyn a hyn.

Un tal, tenau ydi Dewi efo olion melyn y smociwr ar ei fysedd hir, artistig.

Rwy'n cynhesu tuag ato pan sylwaf fod yntau yn mynd at yr un teiliwr â minna. Mae'r gwadnau wedi cweryla â gweddill ei dreinyrs (a fu unwaith, efallai, yn wyn). Heno, dydi o'n gwisgo dim byd ond jîns wedi'u torri'n fyr, ac mae twll yn agos iawn at yr achos yn y rheini hefyd.

'*Teacher* ydach chi?' hola Dewi rhwng dau lwnc, efo pwyslais sbeitlyd ar y gair *teacher*.

Bron iawn i mi dagu.

'Wedi bod, do. Sut wyt ti'n gwybod?'

'O, fedra i ddeud yn syth bin,' medda fo'n benuchel. 'Does dim rhaid bod yn seicig.'

Yna rhydd wên wybodus. 'Cofiwch, 'dan ni wedi bod yn eistedd o flaen eich sort chi ers deng mlynedd a mwy so 'dan ni'n medru'ch sbotio chi o bellter.'

'O, sut?' medda finna'n ddiniwed.

Dyma'r diawl bach yn tapio'i drwyn ac yn rhoi winc. 'Mae'r gyfrinach yn saff efo fi.'

Meg sy'n malu awyr efo nhw ynglŷn â'u pynciau ysgol a ballu. Trewir fi gan fellten pan glywaf fod y ferch yn hŷn na'r hogyn – yn ddeunaw – ac yn trio gwneud y gorau o'r haf cyn mynd i Rydychen i astudio astro-blydi-ffiseg.

Iesu gwyn, medda finna ar y ffordd i'r sinc efo'r platiau budron, be ddiawl 'swn i'n astudio yn Rhydychen? *Cromlechi Cymru a llestri Mog Morgan: cymhariaeth rhwng capfaen Pentre Ifan a'r gogor goch yn Nhalafon.*

Neu *Astudiaeth ar enwau lleoedd Cymru: Pwy roddodd*

y gogor goch ar ben Llanfairpwllgwyngyllgogerychwyrndrobwll-
llantysiliogogorgoch?

'Tyrd â phedwar o'r Cornettos 'na efo chdi wnei di,
cariad bach?' medda Meg mewn llais gwylaidd.

Yna, mewn islef, clywaf hi'n ychwanegu, 'Y creadur
bach, mae o'n mynd drwy amser caled. *Mid-life crisis.* Mae
o'n hynod o glên, wir, ond ar hyn o bryd mae o'n cerdded
o gwmpas y lle 'ma fel arth efo draenen yn ei bawen.'

'Telynegol iawn, Meg,' medda finna dan fy ngwynt.

'Be 'di draenen?' hola Dewi mewn llais uchel.

Efo'n gilydd yn yr un gwely am y tro cyntaf ers tipyn, rydw
i a Meg (faint o win gafodd hi heno?) yn llechu o dan un
lliain gwyn tenau, er bod hwnnw wedi'i wthio i lawr at ein
gliniau. Rydyn ni'n gorwedd ochr yn ochr, yn teimlo tes yr
haf yn ymostwng yn araf fel yr â'r wybren y tu allan yn las
tywyll, yna'n borffor, ac yna'n binc.

Dyma'r haf sychaf ers bron i ganrif medda llais pell i
ffwrdd ar y radio. Mae popeth yn swnio'n wahanol yn yr
haf, tydi?

Mae'r holl wlad wedi pobi'n araf yn ffwrnes yr haul ers
wythnosau, ac mae'r glaswellt ar y lawnt wedi dechrau crino.
Bydd yn rhaid i mi ddyfrio fory. Gwrandawaf ar synau'r haf
drwy'r ffenest agored: jac-dos yn swnian wrth ddychwelyd
i'w clwydi; tractor yn y pellter; gwenoliaid yn trydar wrth
iddyn nhw ymweld â'r afon am ddŵr. Ond er bod y nos
ar fin cyrraedd mae 'na ddafnau o chwys mân yn pefrio ar
wyneb fy nghroen. Rwy'n arwyddo efo 'mawd tua'r ffenest,
yna'n sibrwd:

'Be maen nhw'n wneud 'ma beth bynnag?'

'Pam, wyt ti'n poeni?'

'Nac'dw, ddim o gwbwl. A dweud y gwir, mae'n neis
bod rhywbeth newydd yn digwydd.'

Distawrwydd rhyngon ni, yna mae Meg yn codi ar ei hochr ac yn edrych arna i'n ddioglyd.

'"Swmera" oedd gair Catrin.'

'Catrin?'

'Y ferch sy'n campio ar y lawnt, Mog. Da chdi, gwna ymgais i gadw efo ni.'

Yna mae hi'n fy mhrocio efo'i bys. 'A phaid â syllu ar ei thits hi o hyd, mae o'n *embarrassing*.'

Rwy'n cnoi dros hyn am dipyn. Swmera. Loetran oedd hynny, 'te?

Ai crwydro oedden nhw? Cymowta?

'Cael dipyn o *adventure* maen nhw, felly?'

'Dyna 'di bod yn ifanc, 'te? Mentro tipyn i'r byd, blasu pethau newydd, arbrofi. Wnaethon ni ddim byd fel'na, naddo?'

'Naddo,' medda finna. 'Biti, 'de.'

Clywaf Dewi yn rhoi un o'r rhwyfau yn ei chrud ar ochr y cwch, yna'i lais yn hisian: 'Let's get twisted, Catrin, you up for it?'

Rwy'n gofyn i Meg be 'di *twisted*.

'Mog druan, a titha wedi bod yn athro. Ddysgest ti ddim byd o gwbwl yn yr ysgol? *Twisted* ydi bod yn rhacs ar gyffuriau, *wasted* ydi bod yn rhacs ar ddiod. Ti'n deall?'

Aflonydda hyn fi.

'Ond maen nhw yn ein cartre ni, Meg. Be 'sa'r polîs yn dod?'

Troi ei chefn tuag ata i yn y gwely wnaiff Meg.

'*Chill*, Mog. Eu bywyd nhw ydi o. Beth bynnag, gan eu bod nhw ar yr afon, problem Dŵr Cymru ydi hi rŵan. Wyt ti am eu ffonio nhw? Oes 'na rif argyfwng? "Sgiwsiwch fi, syr, mae Catrin a Dewi yn mwynhau sbliff ar yr afon ond 'dan ni'n poeni am y gwenoliaid. Be 'sa nhw'n cael llond pig o'r mari-ji-wana 'na?"'

Rwy'n esgus 'mod i heb gael fy mrifo.

'Dyna pam mae'r gwenoliaid ar dipyn o *high*, felly?'

'Bendith rheswm, Mog, cau dy geg!'

Af i gysgu wrth wrando ar y plant yn chwerthin ac yn lolian ar y dŵr.

'Iesu Grist!'

'Ffyc!'

Erbyn hyn 'dan ni ill dau yn eistedd i fyny yn y gwely a Meg yn ymbalfalu am y lamp. Fe fuon ni'n cysgu am sbelan, mae'n rhaid, ar ôl gwrando am hydoedd ar ffwlbri'r ddau ifanc ar y dŵr.

'Be uffarn oedd hynna?'

Yna daw fflach o olau drwy'r ffenest, a chyn i ni fedru dweud gair, clamp o daran yn rhowlian ac yn grwnian drwy'r nefoedd.

Meg yn tincial chwerthin. 'Blydi hel, ges i fraw!'

'Finna hefyd!'

Yna fflach a bang arall, yn agos, a sibrwd yn cychwyn y tu allan – glaw yn pitran ar y to, yna'n cynyddu.

'Ti'n iawn?'

'Ydw, wrth gwrs. Un peth da, fydd dim rhaid i mi ddyfrio'r lawnt rŵan.'

Gwelaf Meg yn gwneud ceg fawr 'O', a'i llygaid yn tyfu'n soseri.

'Y lawnt! Beth am y ddau…?'

Mae hi'n neidio allan o'r gwely ac yn mynd at y ffenest. Gwelaf ei siâp noeth yn erbyn y *net curtains*. Yna mae hi'n dechrau piffian chwerthin eto, ac yn arwyddo arna i i ddod ati.

'Tyrd, bendith rheswm, sbia ar hyn.'

Rwy'n ymuno â hi, yn sefyll yn agos efo'm llaw ar ei thin fach boeth. Mae'n teimlo'n neis, ac rwy'n gafael yn hoffus, hiraethus yn un o'i bochau.

O'n blaen, ar y lawnt, gwelwn ddau ffigwr yn rhedeg rownd a rownd y dent, yn chwerthin, yn annog ei gilydd i gyflawni mwy o ffwlbri. Ac mae'r ddau'n noethlymun.

Erbyn hyn maent yn wlyb domen, efo glaw yn tasgu oddi ar eu cyrff, yn arbennig eu gwallt. Wrth gwrs, aiff fy ngolygon i at y ferch, fel pe bai fy llygaid yn fellt bach eu hunain ac yn trio ffeindio'r rhodenni. Ac, yn wir, mae dwy ohonyn nhw, pethau bach pinc yn pwyntio tuag ataf o fynwes y ferch. Edmygaf nhw yn eu hyfrydwch, eu siâp ifanc disigl. Mae ei chluniau hi'n berffaith, ei chorff hi'n wyn ac yn lluniaidd yn yr hanner gwyll, gyda thriongl du'n bert yn y canol. Teimlaf adwaith y dyn canol oed: smicyn o dristwch na chaf fihafio fel yna byth eto fy hun, ychydig o genfigen, a gorfoledd hefyd ym mhrydferthwch yr ifainc, na wyddant pa mor lwcus ydyn nhw.

'Sbia arno fo!' medda Meg, sydd yn llygadu gwrthrych arall. Trof i weld Dewi ar fin cyflawni tacl rygbi i lorio Catrin. Mae yntau yn fain ac yn ffit, yn wyn efo triongl tywyll, gyda digon yn procio allan i wneud unrhyw ddyn yn genfigennus.

'Www,' medda Meg.

'Da chdi, paid â dechrau "Wwwio" fel Catrin neu mi a' i'n wirion,' medda finna.

'Na, sbia ar ei bethma fo,' medda Meg.

'Anodd iawn peidio,' atebaf.

Erbyn hyn mae Dewi wedi'i dal hi ac mae o ar ei thop hi, mewn ystum sy'n gyfarwydd i gariadon ledled y byd. Ar y lleuad a thrwy'r bydysawd hefyd, hyd y gwn i.

'Www,' medda Meg eto. 'Ti'n meddwl eu bod nhw...?'

Yna rwy'n sylwi lle mae llaw Meg.

Ac mi rydw inna'n codi i gyfarch y gynulleidfa. Am y tro cyntaf ers...

'Argol, be sy'n bod?' medda finna, gan nad oes dim byd fel hyn wedi digwydd ers tro byd. Mae'r cyffro bron â'm lladd: y gwaed yn ffrydio drwy 'nghorff a 'nghalon yn curo fel mwrthwl gof.

'Www,' medda Meg eto, yn rhwbio'i hun yn f'erbyn, ac yn sibrwd mewn llais sidanaidd, 'Tyrd, 'machgen i, cyn i'r storm fynd heibio…'

A chyda'r ddau ohonon ni'n edrych drwy'r ffenest, awn ati i gyflawni gwyrth hynaf dynol ryw. Ac eto wedyn yn y gwely. Ac eto yn y bore bach.

Codi'n hwyr – deg o'r gloch! Teimlo'n grêt. Arogl fel tân gwyllt ar ôl y storm. Y byd yn ffres ac yn wyrdd. Yna rwy'n gwneud brecwast i Meg a mynd â fo i fyny'r grisiau iddi, i'r stafell wely. Gwneud tipyn o ffýs, 'de. Sudd oren a choffi a thost a dau ŵy 'di ferwi yn union fel mae hi'n eu licio nhw, rhai brown golau ar y tro rhwng bod yn feddal ac yn galed. Rhosyn ifanc o'r ardd mewn gwydryn o ddŵr oer. Diferion o law neithiwr yn ei blygion cyfrin dugoch. Chwibanu tiwn fach ysgafn wrth ddringo'r staer.

Popeth yn teimlo'n well heddiw. Y byd yn fwynach. Sŵn y byd yn swynol. Lliwiau'n harddach. Cusan hir gan Meg, a'i braich yn gynnes ar fy ngwar. Fy nwylo'n cyffwrdd yn ei chroen serchdwym.

'Hogyn drwg,' medda hitha wrth gnoi fy nghlust fel ci bach efo slipar. 'Wyt ti wedi gweld y plant eto heddiw?'

Af i lawr y grisiau i wneud brecwast i mi fy hun: y *full monty* efo bacwn a sosej ac ŵy a bara 'di ffrio a thomatos a thost (bara gwyn). Llowcio fo fel nafi ar ôl diwrnod o lafur.

Yna cnoc ysgafn, a phen bach melyn yn ymddangos yn rhan uchaf y drws stabal sy'n cysylltu'r gegin â'r ardd.

'Bore da, Mr…'

'Mog,' medda finna'n dalog. 'Does dim rhaid iwsio'r Morgan.'

'Bore da, Mr Morgan,' medda Catrin mewn llais bloesg.

'Ia, wel, bore da, Catrin. A sut wyt ti heddiw?'

Rwy'n sylwi bod llais yr athro wedi dychwelyd.

'Ddaru chi fwynhau'r storm, Mr Morgan?'

Mae hi'n edrych mor ddiniwed, fel ewig ifanc wedi crwydro draw o'r fforest fawr.

Ond oedd 'na islais heriol i'r cwestiwn? 'Ddaru chi fwynhau'r storm, Mr Morgan, y mochyn aflan?'

Ddaru hi glywed ni wrthi neithiwr?

Rwy'n chwerthin yn afrosgo, fel clocsiwr yn colli'i draed ar lawr slip.

'Mr Morgan...,' medda Catrin yn ei llais melfedaidd. ''Dan ni'n wlyb at ein crwyn. Gawn ni...?'

Ond cyn iddi orffen y frawddeg clywaf lais arall y tu ôl i mi. Llais Meg, yr un mor llyfn, ond yn feistrolgar hefyd: daw darlun i'm meddwl o gath yn glanio wrth f'ochr ar ôl cythgam o naid o lecyn uchel i'r llawr.

'Paid ti â phoeni dim,' medda llais sidanaidd fy ngwraig.

Trof i'w gweld, a disgynna hanner sosej i mewn i waedlif y tomatos oddi ar bigau fy fforc, fel pen bonheddwr yn disgyn oddi ar bicwarch un o'r werin gaws ar strydoedd coch Paris yn ystod y chwyldro, os ddaru rhywbeth fel'na ddigwydd o gwbwl (bydd yn rhaid i mi ymgynghori â'r nodiadau dysgu sy'n llwydo yn yr atig).

Meg ydi hon, 'ta drychiolaeth?

Meg mewn jîns tyllog a phymps.

Meg mewn hen grys-T efo'r geiriau 'Meatloaf' a 'Bat out of Hell' arno fo.

Meg efo rhyw gap bach gwirion ar ei phen (cap cawod?) efo blodau glas a choch arno. Meg efo brws llawr a *feather duster* gwirion tu hwnt, un pinc a glas golau.

Meg?
'Meg! Be ddiawl ti'n wneud rŵan?'

Annwyl Mr Vaughan,
Newyddion mawr. Nid y fi sydd angen cyngor seicolegol ond f'annwyl wraig. Wedi'r storm fawr neithiwr penderfynodd Meg wahodd y ddau ifanc i aros yn y garafán yng ngwaelod yr ardd. Mae'r babell yn sychu yn y garej ac mae'r Lotus Elan *vintage classic* yn pydru ar y ffordd gyhoeddus. Mae Meg wrthi'n glanhau'r garafán ar eu cyfer, a bu'n rhaid i minna wario oriau yn y *24-hour* Tesco yn nôl pob math o geriach, digon i fwydo'r pum mil. Ac wedyn bu'n rhaid i mi lanhau'r ffenestri a thacluso o gwmpas cartref newydd y cariadon, Love Central.

Be wna i rŵan? Mae'r amser distaw a'r cyfnod o fyfyrdod dwys ddaru chi eich hun ei argymell wedi'i chwalu'n rhacs.

Mog Morgan

P.S. Dydi'r hen fafr gafr 'na ddim yn eich siwtio. 'Dach chi'n edrych fel *paedo*. A da chi, gwnewch rywbeth ynglŷn â'r dandryff 'na cyn i rywun agor *ski slope* ar eich sgwyddau chi.

Hia Mog,
Paid â chynhyrfu, boi. *Chill out*. Wyt ti wastad yn gwneud bywyd yn brofiad negyddol/dinistriol. Byd bach meicro 'di byd bach Mog, yn de? Wyt ti'n byw ymysg y morgrug. *Think big*. Nid cariadon bach bywyd bob dydd ydi'r rhain. Maen nhw ar lefel epig. Paris a Helena, Lawnslot a Gwenhwyfar, Napoleon a Josephine. Meddylia amdanyn nhw fel creaduriaid o'r arall fyd. Duwiau efallai. Mog, mae 'na *bwrpas* i'w hymweliad. Edrycha arnyn nhw'n ofalus (mae'r llun dynnaist ti ohonyn nhw o 'mlaen i wrth i mi sgwennu). Ai negeswyr o'r hen fyd clasurol ydyn nhw? Cenhadon cariad? Plant Annwn? Angylion? Welaist ti blu adenydd yn y babell?

Y ddrycin ddaru annerch eu dyfodiad… hud a lledrith a ddaw.

Mog, dos i mewn i ddyfnderoedd dy ddychymyg. Mae'n amser i chdi ddechrau byw.

Gwyn Vaughan MRCPsych

P.S. Os gweli di Meg yn smocio sbliff yn ystod y dyddiau nesa 'ma mi fyddi di'n gwybod mai duwiau ydyn nhw – bydd dy annwyl wraig wedi codi i lefel uwch. Ymuna â hi! Yn y cymylau mae angylion yn byw, nid mewn twll bach du efo twrch.

P.P.S. Brysia draw! Rwy'n colli'n *chats* bach ni. Tyrd â mwy o luniau efo chdi.

P.P.P.S. Mae ôl-nodiadau yn dweud lot amdanat ti. Os ydyn nhw'n hirach na'r nodyn gwreiddiol rwyt ti mewn strach go lew. Llef o dy isymwybod. Düwch y nos yn cronni yn dy *ego*. Yr argae ar fin chwalu. Rydw i wedi'i weld o yn dy lygaid di, Mog. Parddu'r isfyd yn barod i losgi yn simneiau dy enaid. Mog, rwy'n gweddïo drosot ti.

P.P.P.P.S. Pwy sy'n edrych allan o ffenest y llofft yn eich tŷ chi, dros y wlad i gyd, a phwy sy'n trio edrych drwy ffenest fach farugog y lle chwech i lawr grisiau? Pwy ydi'r gweledydd a phwy ydi'r bwbach dall?

P.P.P.P.P.S. Wps! Mae'r ôl-nodiadau yn hirach na'r nodyn gwreiddiol. Iachâ dy hun, feddyg! Rydw inna mor lŵni â chdi, Mog!

Munud ddistaw efo'n gilydd yn y garafán. Cymylau bach gwyn, uchel yn crwydro ar draws yr unig ffenest sy'n gweld awyr las. Mae dwy ochr i gaer y cariadon yn wynebu gwyrdd tywyll y clawdd, fel bod hanner y stafell yn nofio mewn golau emrallt; clywn yr afon yn mynd ac yn dod yn ddioglyd, yn gwneud y synau personol, toiledol a wna merddwr yn yr haf.

Mae hi'n gynnes yma, ac yn groesawus, gydag arogl porffor y *buddleia* yn cyrraedd pob cornel. Hen garafán rhieni Meg ydi hi, wedi crwydro ledled Prydain; ni fynnen nhw ei gwerthu ar ôl iddi gyrraedd diwedd y daith, felly gwnaed cartref iddi yma. Ynddi y crëwyd Meg un noswaith, yn ôl ei thad, pan oedden nhw ar eu gwyliau yn Aberporth. Aeth Meg a'i thad i eistedd ynddi yn ystod rhyw gynhebrwng teuluol, ac mewn eiliad o agosatrwydd anghyfarwydd datgelwyd mai yn y garafán hon − gyda mul* yn edrych dros hanner uchaf y drws, a'i ddwy glust enfawr yn bwrw cysgodion hir ar fur yr hafod ddur − y cenhedlwyd fy ngwraig, y Dr Meg Morgan, Ph.D., D.Phil. (Oxon).

Gofynnodd Meg iddo sut y gwyddai hynny gyda'r fath sicrwydd. Gan edrych arni'n swil, cyfaddefodd 'rhen ddyn (boi bach annwyl, byth yn dweud llawer) nad oedd carwriaeth wedi bod yn faen sylfaen i'r briodas. 'Pethau wedi newid ar ôl i chi blant gyrraedd, wsti,' medda fo mewn llais hiraethus.

Mae Meg wedi rhoi sglein ar hen waith coed cywrain y garafán − coed cneuen Ffrengig drud. Rydw inna wedi symud llwyth o hen geriach oddi yma i'r garej (Duw a ŵyr pryd welith y Lotus ei gartref eto). Yn y garafán mae 'na wydryn tal** ar y bwrdd yn byrlymu efo blodau o'r ardd, ac mae Meg wedi dod â dwfe sbâr o'r tŷ ac wedi gwneud gwely swmpus efo shîts *winceyette* melyn cyfforddus (hei, Meg, rheina ydi fy hoff shîts i!) a chlustogau Sam Tân a Tomos y Tanc a berthynai unwaith i Wyn. 'Dan ni wedi llenwi'r ffrij efo bwyd ac wedi rhoi teclyn miwsig/radio wrth ochr y gwely. Mae'r hen hafod yn edrych yn lyfli. Wir Dduw, mi fuaswn i'n reit hapus cael byw ynddi fy hun.

---

* *Roedd y mul (neu asyn efallai) yn perthyn i berchennog y maes campio. Yno hefyd trigai haid o wyddau swnllyd a adawai eu cachu drewllyd dros bob man (pwy 'sa'n aros mewn lle fel'na heddiw?). Gellid hefyd aros mewn hen garijis trên wedi'u gosod ar dalcen yn wynebu'r môr.*

** *Gwydryn o waith René Jules Lalique, un o artistiaid gorau'r byd yn y maes. Campwaith a brynais yn Ffrainc pan oeddwn yn ddibriod. Croesais fy mysedd rhag i'r ifainc ei dorri, ond ddywedais i ddim gair.*

'Rargian,' medda finna, 'byddan nhw yma am byth.'

Ond dydi Meg ddim yn cyd-weld.

'Na, Mog, nid fel yna mae hi'n gweithio. Byddan nhw wedi mynd mewn chwinciad. Dyna 'di'r drefn. Ond hwyrach, un diwrnod, y byddan nhw'n cofio'r amser gawson nhw yma efo'i gilydd. Paradwys bach. Dyna 'di bywyd, 'de – casgliad bach o hanesion yn ein cof, amgueddfa fach bersonol. Rydw i isio iddyn nhw gofio hyn am byth fel amser hapus iawn. Y broblem ydi, Mog, does gynnon ni ddim byd fel'na i gofio amdano, nag oes?'

Daw lwmp i 'ngwddw ac fe af yn ddistaw am sbelan.

Hwn ydi'r haf sy'n mynd ymlaen am byth. Am byth ac am byth ac am byth.

Diwrnod ar ôl diwrnod o haul tanbaid ac awyr burlas.

Awr ar ôl awr o olau clir a chynhesrwydd mynwesol.

Llwch oer y llawr yn cysuro bodiau ein traed fel talcwm.

Try ein cyrff ni, ill pedwar, yn frown. Aiff ein pryderon a'n gofalon i fyny drwy'r awyr denau, heibio'r haul, draw i'r gofod pell. Mog a Meg, Dewi a Catrin ydi'n henwau ni rŵan. Ymlaciwn gyda'n gilydd yn hanner noeth ar y lawnt. Anghofiwyd y byd: mae'r teledu a'r ffôn yn hel llwch. Aiff Meg neu finna i'r *24-hour* Tesco ganol nos weithiau i nôl bwyd. Os ydyn ni'n effro, clywn ganeuon Dewi ar y dŵr yn yr oriau mân, nodau ei gitâr yn addurno wyneb lloer-ddisglair yr afon.

'Hero a Leander,' medda Meg yn gysglyd wrth f'ochr un noson. 'Gwranda arnyn nhw, ein cariadon bach gwyrthiol ni.'

'Be ti'n ddweud, Meg?'

Mwmian mae hi, efo cwsg yn drwm ar ei hamrannau. Mae hi wedi bod yn smocio sbliffs eto, ac yn edrych am *flights* rhad ar y we. Mae hi isio mynd i rywle egsotig pan ddaw'r haf i ben, pan aiff yr ifainc a'n gadael ni.

Dw i ddim yn gofyn pwy ydi Hero a Leander, ac aiff Meg i gysgu heb esbonio, felly rwy'n cripian draw i'r stydi i gysylltu ag un o'i llyfrau mawr hi, a darllenaf y canlynol:

Merch brydferth yn dilyn cwlt Aphrodite, duwies cariad, oedd Hero. Trigai mewn twr ar lannau'r Hellespont, culfor sy'n gwahanu Asia ac Ewrop ger Istanbwl.

Gwr ifanc yn byw ar y lan bellaf oedd Leander. Arferai nofio ar draws y môr bob nos er mwyn ymweld â'i gariad. Arferai hithau oleuo lamp ar ben y twr er mwyn dangos y ffordd iddo, a buont yn gariadon angerddol am haf cyfan. Ond ar ddiwedd y tymor poeth daeth storm gyntaf yr hydref, a diffoddwyd lamp Hero gan y gwynt; ar goll yn y tonnau gwyllt, boddwyd Leander. Ar ôl gweld y drychineb, lluchiodd Hero ei hun oddi ar gopa'i thwr, a bu hithau farw hefyd.

Nodyn i mi fy hun: Gwell i mi atgoffa Meg yn y bore am ddiweddglo du'r stori, er mwyn iddi gael dewis esiampl well – dau gariad arall o'r gorffennol. Be 'sa Dewi'n boddi yn yr afon? Wedi'r cyfan, 'dan ni i gyd isio diweddglo hapus, does?!

Mae'r afalau yn y berllan fach o gwmpas y garafán yn cochi. Cnwd da eto. Roedd y blagur yn wefreiddiol eleni – fel tân gwyllt yn clecian o amgylch hafod y ddau gariad, caleidosgop o liwiau gwyrdd golau, pinc, gwyn, coch, a hufen. Symudliw pêr.

Afalau mawr coch... gardd ym mharadwys; ond na, does dim cwymp na sarff i fod yma. I'r gwrthwyneb. Rwy'n teimlo'n agosach at y nefoedd bob munud.

Hwyl a sbri heddiw. Roedd y ddau ifanc yn reidio

rownd a rownd yr ardd ar y teclyn torri gwair, tractor bach coch, yn gwneud sŵn cowbois mewn rodeo, Catrin yn dreifio a Dewi yn gafael yn wirion o dynn am ei chanol, fel pe bai o mewn peryg mawr. Yna ymunodd Meg yn yr hwyl – aeth â'r sprinclar i ganol yr ardd ac agorodd y tap, fel bod yn rhaid i'r ifainc weu i mewn ac allan drwy'r ffrydlif. Sôn am chwerthin. Wedyn ddaru ni redeg fel pobol wallgof rownd a rownd o dan y dŵr, cyn i bawb neidio i mewn i'r pwll mawr yn yr afon.

Cydchwarae fel plant tan amser te. Ar ôl iddi dywyllu es i a Catrin am dro yn y Lotus, gan fod honno isio gweld llygaid cwningod yn sgleinio yng ngolau'r car.

Gwelson ni ddeg ohonyn nhw, a thylluan wen yn croesi'r ffordd. Lledrithiol. Roedd y ferch wedi dotio. Rhoddais fy nhroed i lawr ar y lôn bost ac es i'n ddigon cyflym i wneud iddi sgrechian ac wwwio. Wrth eistedd yn y car ar ôl cyrraedd adref, o dan lond y nefoedd o sêr, dywedais wrthi am y telesgop, ac aethon ni i edrych ar yr wybren yn y nos.

Astro–blydi–ffiseg… mae hi'n nabod pob blincin seren. Ac roedd hi wedi dwli ar ein cuddfan yn y clawdd.

'Ydych chi wedi bod yn sbio arnon ni drwy'r telesgop 'ma, Mog?'

Gwadu'n daer.

'Naddo wir, Catrin, sut fath o ddyn wyt ti'n meddwl ydw i?'

Edrychodd arna i'n goeglyd, a throis fy ngwep tua'r sêr.

Ond do, wrth gwrs y bûm i'n sbio arnyn nhw. Buodd Meg hefyd. Efo'n gilydd, weithiau. Sbio arnyn nhw fel petaen nhw'n adar prin o wlad bell, neu'n gomed annisgwyl; yn ddau bili-pala lliwgar nas gwelwyd yng Nghymru 'rioed o'r blaen.

Sbio arnyn nhw'n canu, yn chwerthin, yn yfed, yn smocio, yn cusanu, yn cweryla, yn piso, yn caru, yn cysgu. Yn byw.

Ia, yn byw yn ein gardd ni.

'Mog, 'dach chi isio gwybod rhywbeth am y sêr?'

Y ddau ohonon ni yn y guddfan, rywbryd yn Awst.

'Catrin f'anwylyd,' medda fi wrthyf fy hun, 'mi faswn i'n gwrando arnat ti'n trafod bol malwen pe cawn i fod yn agos at goelcerth dy fodolaeth am ennyd ychwanegol.'

Gwnaf ystum – digon i ddweud 'Rwy'n barod i lyncu pob gair ti'n ddweud, maestro.'

'Wna i ddechrau efo rhywbeth hawdd. 'Dach chi'n gweld y tair seren fawr 'cw uwchben, fel triongl mawr?'

Dilynaf ei bys, a'u gweld nhw'n ddigon hawdd. Rhyfedd na sylwais arnyn nhw o'r blaen.

'Honna ar y pen ucha ar y chwith ydi Deneb, ac mae hi'n perthyn i batrwm Cygnus. Alarch ydi Cygnus. 'Dach chi'n gweld yr alarch?'

Myn diawl, ydw, rwy'n gweld siâp alarch serennog yn croesi'r agendor mawr du.

'A'r sêr eraill – Vega ydi honna, yng nghlwstwr Lyra, ac Altair ydi'r un waelod, yng nghlwstwr Aquila – yr eryr. 'Dach chi'n gweld ffurf eryr?'

Dw i ddim, ond rwy'n mwmian 'Ydw' fel petawn i wedi gweld cyfoeth Midas.

Mae'r cyfuniad o fod efo Catrin a dysgu am y sêr yn gyrru gwefr drwy 'nghorff i.

'Enw'r tair seren yna ydi triongl yr haf,' sibryda Catrin wrth afael yn fy llaw.

Mae hi'n gafael yn fy llaw!

Aiff fy meddwl ar chwâl, a dywedaf rywbeth hollol hurt.

'Triongl yr haf? Rydw i wedi gweld hwnnw'n barod, noson y storm!'

Dyma Catrin yn datod ei llaw o f'un i ac yn camu oddi wrtha i. Sylla arna i fel prifathrawes yn ceryddu plentyn drwg.

'Mog, rydw i wedi synnu. A finna'n trio dangos rhyfeddodau'r nos i chi.'

Plygaf fy mhen.

'Sori, Catrin, 'na i'm gwneud hynna eto.'

Yna chwardda, gan brocio fy mol.

'Hogyn drwg, Mog. Hogyn drwg iawn.'

Ew, rydw i'n licio bod yn hogyn drwg.

Postcard o baradwys:

Annwyl bawb,

Mae hyn yn hwyl! Dw i ddim wedi cael cymaint o hwyl ers y trip ysgol Sul pan chwydais i'n binc (candi fflos) i mewn i'r Marine Lake yn y Rhyl! Paradwys ein hail blentyndod ydi'r ardd… efo cadwyn o flodau yn lle bangl, glaswelltyn yn lle modrwy briodas. Mae patrwm newydd yn y nen, pedair seren lachar yn troi o gylch lloer ein hapusrwydd! O na fyddai'n haf o hyd…

SEREN WIB
Cylchgrawn Seryddwyr Cymru

Yr holiadur

Ein gwestai y mis hwn ydi Mog Morgan, cyn-bennaeth Adran Hanes Ysgol Glyn-cuch, a'r Cymro cyntaf i ddarganfod seren gynffon newydd, sy'n dwyn ei enw.

Mog, pryd welsoch chi Nefoedd-Annwyl-Mog 1A am y tro cyntaf?

Wrth ddal dwylo efo merch brydferth iawn yn fy ngardd ar noson hyfryd o haf – noson hapusaf fy mywyd.

Sut ddaru chi ddathlu?

Pedair potelaid o *champagne*, pryd o fwyd bendigedig yn

cynnwys 18 math o fins, yna nofio'n noeth efo'n gilydd yn y pwll mawr gyda Dewi yn canu fy hoff ganeuon ar y lan. Yna ddaru fi a Meg fwynhau **** diddiwedd tan ganiad cyntaf y ceiliog ar fuarth Wern Isa.

Sut fath o ** ydych chi'n licio?**

Angerddol, cynnes, a swnllyd. Rhaid i'r awyrgylch fod yn iawn, gyda phawb yn mwynhau'r profiad gymaint â'i gilydd.

Ydych chi'n hoff o glymu'ch partner, neu'n licio *handcuffs* a chwipiau?

Dim diawl o beryg!

Eich hoff ystum corfforol wrth gyflawni **?**

Cowgirl ydi'r term Saesneg, rwy'n credu.

Gwyrthiol, a chithau dros eich hanner cant bellach. Unrhyw atgof bythgofiadwy?

Cwrdd â myfyrwraig mewn tŷ tafarn un amser cinio, blondan fach anhygoel o handi. Yna mynd ati i gydastudio bioleg yn yr atig mewn hen dŷ gwag ar lan y môr tra bod ei thad yn curo'n wyllt ar y drws ffrynt.

Hei, Mog – parch! A beth ydi eich hoff air?

Www.

Ydych chi'n credu mewn astroleg, ac os ydych chi, o dan ba arwydd y'ch ganed chi?

Ydw – ac mi rydw i'n rêl Cranc. Oriog, emosiynol, creadigol. Breuddwydiol, sensitif, yn barod i guddio o dan fy nghragen os caf fy mrifo. Rwy'n glên ac yn gallu cadw cyfrinach. Rwy'n disgwyl cael mwy o gariad a gofal na llawer, ond rydw i hefyd yn barod i achub eraill. Caf syniadau negyddol yn hawdd, ond rydw i hefyd yn medru mendio fy hun yn gynt na llawer.

Fuoch chi erioed yn anffyddlon i Meg?

Naddo.

Fuodd Meg erioed yn anffyddlon i chi?

Do.

Ddaru hynny newid eich perthynas?

Do.

Ddaru o frifo?

Do.

Ydych chi wedi trafod y profiad efo arbenigwr?

Do. Mi welais Jac y Do, yn eistedd ar ben to...

Hoffech chi ymddiheuro i rywun am unrhyw beth a wnaethoch yn y gorffennol?

O, i lot o bobol. I Meg, ond fedra i ddim. Ac i Mrs Morris o'r cartref plant. Hi'n arbennig. Roeddwn i'n ofnadwy o frwnt. Rhy hwyr rŵan. Es i yn ôl i chwilio amdani hi, ond roedd y cartref a hitha wedi diflannu. Anialdir. Chwyn a brics 'di malu. Profiad rhyfedd iawn.

Ydych chi'n medru crio?

Go brin. Ond mi gries i am flwyddyn gron unwaith. Fuasech chi ddim yn coelio fod 'na gymaint o ddŵr mewn un corff bach meidrol.

Ydych chi erioed wedi dweud wrth rywun eich bod chi'n eu caru, er nad oeddech chi?

Naddo. Dw i ddim wedi gwneud digon o ddefnydd o'r gair.

Ac i ddiweddu, ydi Meg yn dal yn eich caru chi?

Yn anffodus, dydw i ddim yn gwybod.

Mr Mog Morgan, diolch yn fawr.

Does 'na ddim diwedd ar giamocs y ddau ifanc 'ma.

Ffwlbri noeth eto heno (wel, dim cweit yn noeth – 'dan ni'n dal yn ein gêr nofio, er bod hanner nos wedi sleifio heibio heb i neb sylwi).

Mae hi'n dal yn gynnes iawn o hyd, gyda gwyfynod ysbrydol yn cyrraedd yn sydyn o'r düwch ac yn dawnsio o flaen *fairy lights* y deildy. *X Factor* y gwybed heno.

Rydyn ni oll yn hapus, braidd yn feddw hwyrach, ond

yn feddw o ganlyniad i'n hapusrwydd a'n cynhesrwydd yn fwy nag o ganlyniad i'r gwin. Buon ni'n gorweddian ac yn ymgomio'n dawel, gan fwynhau awelon y nos yn serch-anadlu ar ein crwyn. Dyma ydi teimlo'n fyw. Rwy'n myfyrio am y biliynau o eneidiau, plant dynolryw, sydd wedi dawnsio am eiliad o dan *fairy light* yr haul, ac yna wedi dychwelyd i'r gwyll. Ni chânt deimlo dim byd fel hyn byth eto.

'Dewch,' medda Catrin yn sydyn, gan godi ar ei thraed. Saif o'n blaenau ni gyda'i dwylo ar ei chluniau. Rwy'n gweld corongylch euraid o amgylch ei phen, y goleuadau yn y clawdd yn creu effaith angylaidd.

'Dewch!'

'Dan ni ar ein traed ymhen dim. Rhaid diffodd yr holl oleuadau. Rhaid gorwedd ar y lawnt ar ein cefnau ar siâp seren, yn dal dwylo. Ond dydi hynny ddim yn siwtio, rhaid i ni fynd i gae mawr Wern Isa, gyferbyn â'r tŷ dros y lôn, reit i'w ganol, a rhaid i ni orwedd ar laswellt y cae yn dal dwylo a 'bod yn *serious* am unwaith' gan edrych i fyny ar y *fairy lights* sy'n serennu'r gofod.

'Dyna well, does 'na ddim byd i'n hatal ni rŵan. 'Dan ni'n mynd i bellteroedd y gwagle,' medda hi mewn llais gwirion, swyddogol, fel y llais a glywch chi yn y Planetarium yn Llundain.

Dyma Meg yn dechrau siglo chwerthin. Rwy'n teimlo'i llaw hi'n crynu.

'Shysh!' medda pawb.

Allanoliad serennol ydi'r nod, medda Catrin. *Astral projection*. Efo ychydig bach o ddychymyg 'dan ni'n mynd i ollwng dwylo'n gilydd, yna 'dan ni'n mynd i ymadael ag wyneb y Ddaear a hedfan draw i'r gofod.

Er mawr syndod i mi, mae o'n gweithio. Yn sydyn, rwy'n nofio yng nghanol y sêr, ac mae o'n deimlad anhygoel.

'Wow!' medda finna.

'Www,' medda Meg.

Rwy'n ymadael â'r gweddill i ymweld â thriongl yr haf
– ac ymhen dim rydw i yn ei ganol.

Tipyn bach o hwyl, dyna'r cyfan. Ac eto, mi ddaru
rhywbeth pwysig ddigwydd i mi i fyny yn y gofod.

Tric syml ydi *astral projection*. Mae'n bwysig nad ydi'r
teithiwr yn gweld dim oll heblaw wybren y nos a'r sêr; os
gwelwch chi gymaint â gwelltyn sy'n perthyn i'r byd hwn
daw'r arbrawf i ben. Ond i mi, hawdd oedd datgysylltu
â Chymru. Mewn eiliad roeddwn wedi anwybyddu
disgyrchiant, wedi saethu fel seren wib i ganol y nos.

A be ddigwyddodd i mi ar y siwrne?

Pum munud yn unig a dreuliais yn iard gefn y bydysawd,
ond fe welais i fwy na'm bychander fi fy hun. Gwelais
hefyd fy unigrwydd.

Yn nhŵr gwydr y gofod, yn oerni clir y stratosfferau
pell, syllais fel astronawt drwy ffenest fy enaid...

Yn gyfoethog neu'n dlawd, yn enwog neu'n hollol ddi-
nod, dywedir nad oes gan neb ar y ddaear fwy na phum
cyfaill go iawn pan fydd mewn trybini mawr – pan aiff y
cachu i mewn i'ch welingtons chi. Pwy oedd fy ffrindiau
inna, i lawr ar y tir?

Wyddwn i ddim. Welais i neb yn edrych i fyny tuag
ataf wrth imi esgyn y tŵr gwydr.

Cyn gynted ag y cyffyrddodd fy nghefn â'r pridd trwm
yng nghae Wern Isa drachefn, gwyddwn fod y fantol wedi
symud, a bod si-so fy mywyd ar fin newid gogwydd unwaith
eto; gwyddwn hefyd fod newid aruthrol ar droed.

Be ydw i'n gofio ar ôl neithiwr? Teimlo'n ifanc eto.
Bod yn wirion. Arbrofi, fel efrydydd coleg yn llyncu tab o
LSD ac yn aros am... dwn i ddim. Lliwiau newydd? Byd

newydd dychmygol? Welais i 'rioed dab o LSD – roeddech chi'n lwcus cael cynnig *tea bag* ffres yn Aber-yababdw.

Realiti'n toddi. Arallfyd y meddwl yn deffro; y llen yn agor, actorion carpiog yr isymwybod yn llwyfannu drama swreal yn theatr yr ymennydd cudd.

Ond ar y ffordd i lawr o'r tŵr gwydr teimlwn fy synhwyrau yn miniogi – fy nghlyw yn ymateb i bob smic, fy llygaid yn gweld ffurfiau a lliwiau'n well nag y gwnaethant ers pan oeddwn i'n blentyn: fel pe bawn i wedi syrthio mewn cariad unwaith eto.

Ia, synhwyrau plentyn neu garwr ifanc a atgyfodwyd, fel y bydd cafod gynnes yn yr haf yn atgyfodi aroglau swynol y glaswellt a blodau'r clawdd.

Yn yr ardd, yn sefyll yng nghysgod un o'r coed 'falau, yn disgwyl i'r plant ddeffro, gwelaf las y dorlan yn cyrraedd, yn glanio ar do tŷ'r cwch.

Yna daw arogl newydd i'm ffroenau – arogl y tymor yn troi.

Newidiadau dirgel, anniffiniol. Atgof o Meg yn dychwelyd ar ôl gwyliau efo'i ffrindiau yn Sbaen, a finna'n gwybod, rywsut, fod rhywbeth wedi newid.

Y mymryn lleiaf o wahaniaeth. Gaeaf, gwanwyn, haf, hydref. Yna gaeaf eto.

Yma yn yr ardd, yn y mannau cudd, mae'r dail wedi dechrau crino. Daw un teulu o flodau ar ôl y llall, yn llawn miri, fel tylwyth teg – ac yna ânt yn ôl i borfa fras, ddistaw'r gorffennol.

Y llysiau'n cochi; y coed yn hel llwch haf fel hen ddodrefn mewn tŷ gwag.

Yna'r tristwch ysgafn sy'n dilyn. Pwl o chwithdod.

Erbyn i'r glas y dorlan ddiflannu i'r coed rwy'n sawru teimlad nad ydw i wedi'i brofi ers dyfodiad y bobol ifainc.

Iselder yn cripian drwy *catflap* fy ymwybyddiaeth, efo aderyn bach fy hapusrwydd yn gelain rhwng ei ddannedd miniog.

Wrth sefyll o dan y goeden gwelaf afal mawr coch yn syrthio i'r llawr. Gwenaf yn wantan wrth dystio i ddigwyddiad mor symbolaidd.

Saif dyn canol oed yng nghysgod coeden yn edrych ar fân ddigwyddiadau'r bore, yn ffroeni awel oeraidd sy'n crychu'i groen fel twrch yn malu cae llyfn yr haf.

Af i mewn i'r tŷ i gael paned ac i dacluso; yn araf, symudaf lwch y gegin tua'r drws efo brwsh ac yna sefyll ar y trothwy yn edrych ar yr awel yn cipio darnau bach o'r gronynnau a'u gyrru nhw nôl i mewn i'r stafell.

Dilynaf un o Rizlas Dewi reit yn ôl i'r gornel bella, a gwyliaf y papur tenau yn troi ac yn trosi ar y teils.

Daw darlun i'm cof, o'r gorffennol. Y stafell fawr yn yr uned seiciatrig, hogyn ifanc yn symud o'r naill le i'r llall, yn hercian heb reswm o un fangre i'r nesaf. Yn sibrwd yn orffwyll wrth rywun anweledig o flaen ei lygaid.

Meddyliau fel hyn sy'n llenwi pen Mog Morgan, B.Ed., ar fore o haf yng Nghymru.

Arwyddion fod newid ar fin cyrraedd paradwys:

a) Llygaid Catrin yn goch pan ddaw (o'r diwedd) i mewn i'r gegin.

b) Dewi'n gofyn a gaiff o ddefnyddio'r ffôn.

c) Catrin yn ddidafod.

ch) Dewi'n flin.

d) Dewi'n pacio'r babell ac yn gofyn a gaiff o ddreifio'r Lotus i mewn i'r garej (rwy'n gwrthod).

dd) Catrin yn cau bwyta brecwast ac yn mynd draw i sefyll wrth y pwll mawr.

e) Dewi (yn sefyll) a Catrin (yn eistedd) yn y cwch ar y pwll mawr yn cweryla.

f) Catrin yn gwthio Dewi i mewn i'r dŵr.

ff) Neb yn chwerthin.

Mae'r parti drosodd.

Poteli gwag ar lawr yr haf, y gwynt yn sibrwd yn eu cegau oer.

Niwl gwyn yn fwll dros ein cartref.

Maen nhw wedi gadael.

Pwy sy'n eistedd yn bruddglwyfus yng nghysgodion gwyrdd y garafán?

Ia, fi. Mystic Mog. Byddai eraill wedi symud ymlaen, wedi anghofio'r cyfnod yn barod. Aiff digwyddiadau'r bore drwy fy mhen fel trên.

Dewi'n ffonio adre. Ia, rhyfedd fel mae'r ifainc yn rhedeg yn ôl at eu mam a'u tad mewn adfyd.

Dônt, mi ddônt yn syth bin.

Cyrhaedda *camper van* wen efo streips brown ar ei hochrau a rhwd ar y *mudguards*. Doeddwn i ddim yn disgwyl *camper van*. Crwydriaid fel eu mab. Cartref newydd bob yn eilddydd. Nid fel fi, Promethiws arall wedi fy nghadwyno i'r graig yn Nhalafon.

Dau wyneb canol oed, aneglur, y tu ôl i'r weipars. Paned efo'n gilydd tra bod Meg a'r plant yn pacio. Neb yn dweud llawer; ymgom herciog, ffurfiol am y tywydd a ballu. Maen nhw'n dod o Brestatyn. Ydyn wir. I ffwrdd â nhw. Ffarwél haf, neb yn sbio'n ôl.

Ar fwrdd y garafán, llun a dynnais efo *self-timer* y Nikon. Cylch brown gwaelod mỳg arno fo. Y pedwar ohonon ni efo'n gilydd yn y deildy, yn codi'n gwydrau tua'r lens. Golwg hapus ar Meg, ei gwallt ar goll mewn tywel pinc; wedi bod yn nofio, mae'n rhaid. Dewi a Catrin yn cusanu. Ond mae llaw Dewi ar lin Meg, rwy'n sylwi. Ar y bwrdd, sbectol ar lyfr: Meg wedi bod wrthi'n darllen un o'i llyfrau trwm, academaidd. Rwy'n dilyn gogwydd y telesgop – tua'r garafán.

Tynnaf fy nillad ac af i mewn i'r gwely. Fy synhwyrau ar dân: arogl blodau ffres yn y *vase* Lalique (gwaith Meg eto?) ac arogl eu cyrff noeth rhwng y dillad gwely glân (Meg, mi fuost yn eu swcro fel morwyn).

Ymhen dim mae hwiangerdd y glaw a'r golau gwyrdd wedi fy swyno ac af i gysgu am sbelan.

Deffro'n sydyn, gyda'r llun yn fy llaw, afonydd bach o law mân yn crwydro i lawr y ffenest agosaf. Mae'r tywydd wedi torri. Arogl pridd gwlyb. Arogl pryfaid genwair yn boddi. Rwy'n gorwedd yn glyd, yn fy hoff shîts, yn gwylio dagrau'r glaw yn ffrydio i lawr y gwydr, yn aros yma a thraw am eiliad, yn ymuno â'i gilydd, yn newid cyfeiriad, ac yn diflannu dros y dibyn.

Gadawsant y pethau bach arferol ar eu hôl, wrth gwrs.

Bydd pawb yn gadael rhan fach ohonyn nhw eu hunain yng ngwelyau pobol craill, weithiau'n bwrpasol, weithiau'n ddamweiniol. Sawl clustog welodd hirflewyn o ben cysglyd Meg, ei nwyd yn llinell benllanw goch ar y lliain gwyn?

Yn y gwely, clip gwallt gwyrdd (rwy'n ei gofio, yn dalog ar ben Catrin, hoff beth plentyn).

Yn y bin sbwriel, taflenni papur crychlyd efo cerdd neu gân yn egino mewn rhesi blêr ar y llinellau glas.

Geiriau ystrydebol fel 'cariad' a 'dewis' a 'phoen'. Cana'r ifainc am bynciau sy'n tewi'r hen.

Unwaith yn y gorffennol collais bob teimlad yn fy ngwefusau am bron i chwe mis.

Braw, medda'r meddyg. Sioc. A hyd heddiw, aiff y ddwy wefus yn ôl i gysgu pan fydda i'n trafod y cyfnod hwnnw.

Ailgrychaf y papurau a'u rhoi nhw nôl yn y bin. Gwisgaf.

Cywiraf y gwely. Plygaf i ogleuo'r blodau. Af oddi yno, gan gau'r drws yn ofalus.

Af i nôl ychydig o bethau: dillad a phapur sgwennu a llyfrau a'r laptop; rwy'n dod yn ôl i gysgu yma heno. Be ddywed Meg, tybed?

Yn hwyr yn y nos sylwaf fod eitem arall wedi'i gadael yn ystod yr ymadawiad. Gadawodd un ohonyn nhw lyfr clawr meddal ar y silff yng nghornel y garafán.

3

Daw y newid yn ddistaw, slei i'r ardd.

Ymysg y borderi blodau, crina ambell i ddeilen aeddfed, ac ni sylwa neb ond fi ar arogl y cnwd lliwgar yn dyfnhau, ar fiwsig y robin goch yn newid o'r cywair llon i'r lleddf.

Arhosa'r gwlith ar y lawnt yn hwyrach bob bore.

Dridiau ar ôl ymadawiad y plant, dydw i ddim wedi symud, bron, o'r garafân. Mae'r dyddiau hyn ymysg dyddiau hapusaf fy mywyd; teimlaf fel Robinson Crusoe ar ei ynys fach hyfryd, drofannol, ar ôl y dymestl a'r llongddrylliad – cyn i realiti ei daro.

Bûm yn synfyfyrio, yn cysgu, yn bwyta bara menyn efo *champagne*, yn darllen, yn gwrando ar ddistawrwydd oes-oesol fy mharadwys bychan fy hun. Bu wyneb y ddaear yn cysgu fel hyn am amser maith, am filiynau o flynyddoedd, cyn dyfod baldordd hyll yr heidiau dwygoes.

Gorweddaf ar y gwely yn gwylio'r gwyrdd dwfn sy'n goleuo siambr fy nghartref newydd: gwelaf y gwyrdd yn ysgafnhau ac yn newid ei gymeriad fel y cwyd yr haul; daw cysgodion yn raddol i batrymu'r carped, a chomedau bychain yn ogystal. Llafnau o olau disglair yn symud ar draws y byd bach oddi mewn i gaer y cariadon.

Syllaf ar y *vase* Lalique ar y bwrdd, yn newid ei lliw yn araf fel yr â'r dydd rhagddo. Gwydr – gall fod yn frau ac eto'n gryf, yn boeth ac eto'n oer eiliadau wedyn, yn lliwgar neu'n glir. Fel cariad. Gall cariad, fel gwydr, ddal ffrwythau'r bartneriaeth rhwng gŵr a gwraig, yn anweledig, ac eto mae o mor hawdd i'w dorri. A pheth arall: gall ambell ddysgl fregus drawo'r llawr heb falu, tra gwelir dysgl fwy sylweddol yn torri'n deilchion. Pam?

Ŵyr neb pam. Rwy'n hoff iawn o wydr – mae ei gyffyrddiad o'n fendigedig ac yn oruwchnaturiol. Fel croen angel neu dduw. Ai dyna sut y teimlai Amser ei hun pe cawn redeg fy mys ar hyd y canrifoedd diderfyn a aeth heibio ers geni'r bydysawd? Try fy meddwl at groen Meg, croen hufen a mefus ei bronnau. A oeddwn i wedi gollwng Meg rywdro, wedi gadael iddi syrthio i'r llawr, wedi gadael i'w theimladau cudd falu'n yfflon? A oes gan bawb galon wydr?

Gwydrau. Rydw i mor hoff o synau yfed – clinc y rhew yn taro'r gwydryn. Glyg gyddfol y gwin yn ymadael â'r botel – sŵn tebyg i'r pwll mawr yn yr afon yn sugno dŵr rhwng ei ddannedd caregog.

Mae rhywbeth cyfrin ynglŷn â gwydr. Onid oedd gwneuthurwyr gwydr ynys Murano yn Fenis yn wardio rhag i neb ddwyn eu cyfrinachau yn yr Oesoedd Canol, yn lladd neu'n hacio dwylo'r rhai a ymdrechai i ffoi oddi yno efo'r wybodaeth?

Cyfrinachau. Stafelloedd dan glo mewn adeilad cyhoeddus. Ai proses araf ydi pob priodas o gyfri'r stafelloedd hynny lle caiff dau fynd ynghyd, lle cânt fynd ar eu pennau'u hunain, lle na chaiff ond un ohonyn nhw fynd, neu lle na chaiff 'run ohonyn nhw fynd byth?

Mae stafelloedd felly yn y tŷ yn Nhalafon, rhai go iawn a rhai dychmygol. Ond, yn wir, fe gaiff pawb ddod i'r garafán yn yr ardd.

Ar y silff fach uwchben y ffenest mae'r plant wedi gadael llyfr. Mae darlun anifail gwyllt ar y clawr, yn codi ar ei draed ôl. Digon hawdd dweud mai llyfr clasurol ydi o, nid llyfr ystrydebol, ysgafn.

Darllenaf y llyfr o glawr i glawr, yn araf ac yn bwyllog; syllaf am yn hir ar lun du a gwyn yr awdur ar y cefn, yn edrych i mewn i lygad y camera, yn ddifrifol a heb wên. Eistedda ar fainc, mewn gardd rywle yn yr Eidal mae'n debyg, efo sigarét hir rhwng ei fysedd. Dalia'r sigarét mewn ffordd hen ffasiwn. Yn ôl y blyrb, mi sgwennodd o'r llyfr yn y ddwy flynedd cyn iddo farw; stori ramantus ydyw, yn dod o gof hen ddyn a welsai chwyldro a newid mawr. Wnaeth o ddim byw i weld cyhoeddi ei gampwaith.

Sylwaf fod y cyn-ddarllenydd wedi troi cornel uchaf un o'r tudalennau – un yn unig, ac mae hynny'n awgrymu, rywsut, nad ydi'r darllenydd wedi gorffen y stori. Darllenaf y dudalen hon droeon, gan edrych am allwedd i ddatgloi'r benbleth. Rwyf am ddilyn hynt y darllenydd ar hyd llwybrau'r llyfr; rwyf am gasglu hynny a fedraf o wybodaeth ynglŷn â thrywydd y darllenydd wrth iddo fynd ar ei siwrne drwy'r gyfrol.

Teitl y llyfr ydi *Y Llewpard* gan Giuseppe Tomasi di Lampedusa. Ac ar y dudalen honno sydd â chraith ar ei hwyneb bach gwyn mae dyfyniad:

Paratoad oedd y dyddiau hynny ar gyfer priodas na fyddai, hyd yn oed yn ei hanterth erotig, yn llwyddiant; ond roedd y paratoad hwn, rywsut, yn ddigon ynddo'i hun, fel y darn agoriadol sydd wedi goroesi sawl opera nas cofir bellach; *overture* byr, tyner, prudd, a siriol sy'n rhagflas hiraethus o'r arias sy'n dilyn nas datblygwyd yn gymwys – methiant bob un.

Mae'n neges drawiadol a phwerus. Sawl priodas yn hanes y byd sydd wedi mynd yr un ffordd? Pob un wedi dechrau'n ffrwydrol, ond wele'r tân yn diffodd yn syth bin, cyn iddo gynnau bron. Priciau gwlyb. Ond pam mai hon ydi'r dudalen olaf a ddarllenwyd, os ydi hynny'n wir hefyd? Oedd y darllenydd wedi rhoi'r gorau i'r daith? Ynteu ai hoe fach oedd hon, pum munud o gwsg ar ochr y ffordd, yn y glaswellt cynnes, o dan un o'r coed prydferth yn nychymyg Giuseppe Tomasi di Lampedusa?

Rydw i am wybod mwy. Â'r stori rownd a rownd yn fy mhen fel tiwn fachog; rwyf wedi disgyn mewn cariad â chymeriadau'r llyfr.

Aiff y llyfr â fi ar daith yn ôl i ddiwrnod ym mis Tachwedd 1860.

Fe'm gosodir o flaen adeilad di-nod ar stryd fudr mewn tref fach grasboeth, dlawd, rywle ym mhen draw Sicily.

Ond y tu ôl i wyneb yr adeilad mae palas hirfawr o'r amser gynt, efo stafelloedd dirgel nas ymwelwyd â hwy ers blynyddoedd maith; preswyl haf teulu bonheddig ydi o, ac mae eu hanes yn hel llwch ar lawr y cynteddau diddiwedd, y grisiau cudd, y neuaddau tywyll, a'r capeli euraid.

Enwau'r cariadon ifanc ydi Tancredi ac Angelica; hudir pawb o'u cwmpas gan rym trydanol eu nwyd. Ond fe ŵyr y darllenydd o'r dechrau mai aflwyddiannus fydd eu priodas. Er na ŵyr y ddau ifanc hynny, y cyfnod byr, melys a dreuliant yn cuddio, yn sibrwd, yn cyffwrdd, ac yn dal dwylo ym mherfeddion yr hen balas fydd oriau hapusaf eu bywydau. Dyddiau rhamantus, cnawdboeth, â'r ddau'n dal yn ôl ar y funud olaf pan fônt ar fin bodloni chwant y cnawd, wrth orwedd ym mreichiau ei gilydd mewn arallfyd plentynnaidd.

Darllenaf y stori'n awchus. Yna crwydraf, yn fy nychymyg, drwy stafelloedd ein cartref ni yma yn Nhalafon. Ydi, mae pob stafell yma hefyd yn mynegi ei hanes a'i harbenigrwydd ei hun.

Y gegin: fel pob cegin arall, mae hon yn croesawu dieithriaid; lle niwtral. Ond mae grym y stafell – ei chalon fagnetig – yn perthyn i Meg a'r deunaw math o fîns yn eu llestri pridd.

Nid y rhesymau arferol (dynes = gwas y gegin) sy'n gyfrifol am hynny; yn hytrach, gwêl Meg y gegin fel castell bychan neu fel lle diogel, rhywle y caiff fod yn geidwad cadarn, yn llywodraethu pob gweithgaredd.

Teimla'n esmwyth yn y gegin, gan fod defodau bwyd yn rhoi trefn i'w bywyd. Mae pob pryd yn perthyn i adran ar wyneb y cloc. Ia, Meg ydi rheolwraig y gegin. Ni thrafodwyd hyn 'rioed. Ac eto, fi ydi swyddog y sinc; pan freuddwydiaf ynglŷn â Thalafon, wrth y sinc yn golchi'r llestri y byddaf i.

Heliwr-gasglwr, fel un o hen drigolion ogofeydd y cynfyd, ydw i o ran anian; lloffa am fwyd fydda i'n licio – bwyta i fodloni'r bol, nid y cloc. Tybed a ydi merched yn fwy o *control freaks* na dynion oherwydd bod yn rhaid i rywun gadw trefn ar bethau pan fydd plant bach yn rhemp dros y lle, a photiau mawr poeth ar y tân? Wps! Well i fi roi'r *grenade* yna yn ôl yn ei bocs heb dynnu'r pin.

Os mai'r gegin ydi Pegwn y De ym maes magnetig Meg, y llofft ydi Pegwn y Gogledd, oherwydd hi hefyd sy'n dewis bwydlenni'r nos: y swyn-ganeuon a'r oriau serch a chwsg.

Darllena bob nos tan i drymder ddod i'w hamrannau, yna cysga'n ddistaw fel llygoden drwy gydol oriau'r tywyllwch (a'r bore hefyd pan gaiff gyfle). Hi sydd yn agor swyddfa'r dôl yng nghornel y stafell bob hyn a hyn ac yn gwneud taliad brys pan aiff hi'n eithriadol o gyfyng ar Mog Morgan. Rwyf wedi bod yn byw ar y clwt (o ran serch) ers tro. Clywais gan ambell i gydfegerwr, ac oddi wrth fodrybedd gwybodus y cylchgronau, bod honno'n sefyllfa gyffredin iawn. Ar ôl cyfnod byr, gorfoleddus yn ymbalfalu yng nghyfoeth ogof Aladin, mae'n naturiol i ddyn fwrw gweddill ei oes yn cardota ar strydoedd didostur y cnawd. Sylwais dros y blynyddoedd fod serch yn ymweld â'n gwely priodasol ni'n amlach pan fydd ymwelwyr yn aros yn y tŷ, yn arbennig dynion eraill; yn wir, cenhedlwyd Wyn, ein hunig fab, ar noson stormus pan oedd hen ffrind i mi'n cysgu yn y *spare*

room. Roedd fel petai ymgom a hwyl y bwrdd swper wedi
bod yn affrodisiac.

Ond dyw hynny'n poeni dim arna i heddiw. Mae hi'n
haws dygymod â diffygion serch pan fyddaf ar fy mhen fy
hun; does dim rhaid i mi boeni am orwedd wrth ymyl corff
cynnes Meg, yn teimlo fel ci wedi cachu ar y carped a heb
gael mwythau ers dyddiau.

Rwy'n tynnu fy nillad ac yn gorwedd ar lawr y garafán, yna
rwy'n cau fy llygaid. Teimlaf wedyn fel un o'r dynion tew
'na'n gorwedd ar eu cefnau yn y Môr Marw, yn smocio sigâr
ac yn darllen papur newydd. Ond y Môr Gwyrdd ydi hwn.
Rwy'n teimlo'n gyfforddus ac yn esmwyth. Er hynny, fe â'r
hen feddwl ar ddisberod i lefydd tywyll; daw cwestiwn yn ôl
i mi drosodd a throsodd: lle mae hi?

Ia, lle mae Meg? Oherwydd mae fy annwyl wraig wedi
diflannu, ac nid am y tro cyntaf. Aeth Meg fel mwg i'r awyr
ar yr un diwrnod yn union ag yr aeth y plant oddi yma.

Ydi, mae Meg wedi diflannu i'r pedwar gwynt.

Rydw i wrthi'n myfyrio eto, yn noeth ar fy nghefn yn y
garafán.

Oes unrhyw stafell yn ein cartref sydd wedi'i rhannu'n
gyfartal rhwng y ddau ohonon ni?

Y stafell molchi? Na, Meg ydi brenhines y bathrwm.

Y lolfa? Oes, mae rhyw fath o gydraddoldeb yn y fan
honno, er nad oes llawer iawn o lol. A oes angen cael lol mewn
priodas? Oes, mae'n rhaid cael lot o lol mewn priodas.

Meg pia'r stydi hefyd, gan ei bod hi'n sgwennu llyfr arall.

Y pwnc? 'Syrpréis,' medda hitha'n ddirgelaidd pan ofynnais
be oedd dan sylw.

Un o'i phynciau sych, academaidd, bid siŵr. Mae Meg yn
ddarlithydd yn y brifysgol, yn trafod llên Cymru yn y ddwy

iaith, ac mewn ieithoedd eraill hefyd pan fydd raid. Mae Meg yn glyfar, yn glyfrach na fi. Fe ŵyr pawb hynny, fi fwy na neb.

Un stafell yn unig sydd yn perthyn yn ddiymwad i fi: y tŷ bach i lawr y grisiau, wrth y drws cefn. Mae gen i lyfrgell fach yno, a theledu i wylio'r chwaraeon. Fi sy'n hawlio ymerodraeth y tŷ bach. Wrth godi'n uwch yn y tŷ, cryfhau wna gafael Meg; mae'r atig yn perthyn iddi hi'n llwyr, gan mai hi'n unig sy'n didoli be sy allan o ffasiwn neu'n rhy hen, a'i yrru (fel ymerodres Rufeinig) i'w alltudiaeth unig o dan y bargod. Felly mae hi ym mhob cartref yn y byd, hyd y gwn i.

Ond po isa yr awn ni yn y tŷ, fi sy'n cryfhau fy ngafael, a fi'n unig aiff i lawr i fol du'r selar. Ia, Meg sydd yn rheoli teyrnas yr haul, a fi sy'n rheoli dyfnderoedd Annwn.

Wrth orwedd ar fy nghefn ar lawr y garafán, rwy'n bodio drwy *Y Llewpard* ac yn synhwyro'r print du ar y dalennau gwynion; rwy'n teimlo'n agos at y perchennog, y cyn-ddarllenydd, a'r rhai hynny sydd wedi cyffwrdd yn y llyfr. Mae 'na dylwyth arall hefyd, wrth gwrs, gan gynnwys holl drigolion y byd sydd wedi siario'r stori, mewn nifer o ieithoedd. Tybed pa iaith sydd wedi cyfleu'r stori orau? Yr Eidaleg wreiddiol? Ac eto, dichon bod lot mwy o bobol wedi darllen y llyfr yn Saesneg.

Gwelaf dorf enfawr o ddarllenwyr o 'mlaen, fel y dorf yn ymadael â Stadiwm y Mileniwm ar ôl gêm bwysig, ac yn eu mysg gwelaf wyneb Catrin (gan fy mod i'n teimlo, ym mêr fy esgyrn, mai hi sydd wedi bod yn darllen *Y Llewpard*).

Yna rwy'n dechrau pensynnu am Catrin. Be yn union yw ei hatyniad hi? Ei harddwch? Na, dydi hi ddim harddach na lot o ferched eraill.

Ei hynni hi, bwrlwm ei gwaed ifanc? Ei meddwl gwych? Ia, efallai...

Bûm wrthi'n pendroni ymysg y cysgodion gwyrdd symudol yn fy nghaer.

Yna daw darlun i mi, darlun yn fframio rhannau bychain o gorff Catrin: ei gwar, ei gwddw, ei chlust dde, a'r blewiach du naturiol ar odre'r twmpathau melyn o botel. Ai dyna'n unig fu'n gwresogi fy nghalon pan syllais arni? Ia wir, dyna oedd yn tynnu fy llygaid i'w chyfeiriad. Ond pam? Ai atgof am ferch arall oedd yno? Mam? Ond wnes i 'rioed nabod Mam, hyd y gwn i. Efallai, wrth gwrs, fod yr ychydig eiliadau/funudau/oriau/dyddiau(?) y bûm efo hi wedi serio llun yn fy isymwybod, llun bythgofiadwy yn fframio ei chlust a'i gwddw, y fam na wnes i 'rioed ymgais i'w ffeindio, er gwaethaf erfyniadau Meg.

Ond efallai mai fy nghariad cyntaf oedd wrth fôn yr atyniad. Fy annwyl wraig, Meg: chwilotaf am lun o Meg yn fy nghof, oherwydd hi oedd fy nghariad cyntaf (heblaw am dipyn o *crush* ar Mrs Morris yn y cartref plant). Yna dilynaf sgwarnog arall yn fy nychymyg: a fu pob un o'r merched deniadol yn fy mywyd yn dangos yr un war *identikit*, yr un gwddw, yr un glust, yr un ymylwe o wallt mân yn ymddangos fel banadl drwy eira'r gaeaf ar lethrau gwyn y Foel? Neu efallai mai rhywbeth teuluol ydi hyn: hwyrach fod pob un o wŷr y Morganiaid wedi chwenychu yr un rhan o'r corff benywaidd, a bod yr un chwant am wddw a chlust yn mynd yn ôl i'r Oesoedd Canol, neu i Oes y Cerrig hyd yn oed, pan drawyd Mog ap Ug gan y cariad puraf am Meg ab Ug o flaen yr ogof enwog honno yn Bontnewydd. Pwy a ŵyr, efallai fod clust Catrin yn adlais perffaith o siâp agoriad yr ogof...

Twyma fy ymennydd dan faich yr holl forgrug-feddyliau yn mynd yn ôl ac ymlaen, ond ymhen tipyn rwy'n ymlacio, yn cau fy llygaid, ac yn mynd yn ôl i feddwl am Meg. Be wna i ynglŷn â'i diflaniad? Ffonio'r heddlu?

Na, wna i byth mo hynny.

Wedi gwisgo amdanaf rwy'n mynd allan i'r ardd. Mae'r glaw wedi rhoi hwb i'r glaswellt; o dan fy nhraed noeth mae'r tyfiant newydd yn oer, yn ffres, ac yn gynhyrfus. Sylwaf fod rhai o ddail y coed yn dechrau crino, a gwelaf flinder ymysg y blodau bach. Mae'r haf yn paratoi i ymadael â'r parti.

Rwy'n pwyso fy nghefn ar un o'r coed afalau a gwnaf ymdrech i gysylltu â Meg trwy anfon neges delepathig ati. Wedi i mi gau fy llygaid, sibrydaf 'Meg' dro ar ôl tro, ac anfonaf gwestiwn ati ar hyd twnnel pelydrol yn fy mhen. *Lle rwyt ti, Meg?* Dychmygaf fy ngwraig yn stopio'n sydyn ar y stryd yn rhywle ac yn codi'i phen i dderbyn y neges. Mae gwên hyfryd ar ei hwyneb ac mae gwynt angerddol yn chwythu ei gwallt yn ôl mewn mwng coch.

Ond ymhen ychydig crwydra fy ngolygon at yr afal agosaf. Pe bai hwnnw'n disgyn i'r llawr y funud hon, tybed a fyddwn i'n gallu canfod disgyrchiant, pe na bai Newton wedi gwneud hynny flynyddoedd maith yn ôl?

Na, rwy'n gwybod yn iawn erbyn hyn nad yw'r hen focs brêns 'ma'n medru cwmpasu pethau dyfnion. Ond beth am Meg? A fedr hi weld y tu hwnt i'r gorwel pell? Ynteu ai cyfyng ydi ei gweledigaeth hitha hefyd? Wedi'r cyfan, dim ond canran fechan iawn o'r ddynolryw sydd wedi darganfod unrhyw beth trawiadol. Mae 99.99 y cant o bobol y byd 'run fath â fi, ddim wedi gwneud dim iot o wahaniaeth i ddynoliaeth. Gellir dweud ein stori mewn tri gair: geni, cenhedlu, marw.

Af i mewn i'r tŷ ac eisteddaf i lawr wrth y ffôn. Rwy'n bodio drwy'r llyfr cyfeiriadau, o A i Z, cyn rhoi'r llyfr yn ôl ar y ford. Na, dydw i ddim am alw neb. I be y gwnawn i hynny? Beth bynnag, teimlaf mai mater personol ydi hwn. Rhywbeth rhyngof fi a Meg. Rhyw fath o ddiweddglo. Mae hi'n hen bryd sortio hyn unwaith ac am byth, er bod y fath syniad yn cnoi fy nhu mewn i ac yn gwneud i 'nghalon losgi. Na, ddyweda i ddim gair wrth neb. Mi af ar ei hôl hi, a'i darganfod mewn hotel unig ar ben clogwyn rhywle yn Sicily. Bydd hitha'n troi ei phen prydferth tuag ataf pan agoraf y drws; bydd deigryn yn ei llygad pan ddaw tuag ataf i drwy hanner gwyll poeth y stafell gan sibrwd, 'Mog, rwyt ti wedi dod o'r diwedd...'

Ond cyn hynny, bydd yn rhaid i mi droi'n dditectif. Ac mae 'na ddau beth yn angenrheidiol cyn i mi ddechrau: sbectol dywyll a sigarét. Eisteddaf am dipyn yn y deildy yn dychmygu fy mywyd newydd fel rhyw fath o Morse neu Columbo Cymreig; af ati i bractisio, gan gyfarch y baned sy'n mygu o 'mlaen i gan ddefnyddio llais sawl actor (gwelaf ellyll bach yn codi o wyneb y te poeth, yn barod i'm helpu efo'r cyrch, fel y *genie* ddaru ymddangos i Aladin pan rwbiodd o'r lamp).

Af i ffidlan o gwmpas yn y tŷ, ond wela i ddim sbectol dywyll, a'r unig sigarét sydd ar gael ydi *roll-up* gam, sathredig ar lawr y garafán. Dydw i ddim yn smocio ond rwy'n penderfynu mynd ati rŵan. Damia, lle ga i dân? Does 'na ddim matsys yn unlle...

Mog, rwyt ti'n blydi *hopeless*, medda llais dolefus yn fy mhen. Sut fath o dditectif wyt ti, efo sigarét gam yn dy geg a morgrug bach coch yn brathu dy draed?

Dydw i ddim wedi dangos llawer o allu fel ditectif hyd yn hyn. Wnes i fethu'n llwyr â ffeindio'r bocs tŵls. Yna mi ges i *brainwave* a mynd i edrych yng nghefn y Lotus. Ac yn wir i chi, des o hyd i sgriwdreifar yn y diwedd, ond nid cyn malu fy nhraed yn rhacs ar gerrig mân y ffordd.

Bydd yn rhaid i mi dorri i mewn i ddrôr y ddesg yn y stydi lle ceidw Meg ei dogfennau personol. Yno, rwy'n gwybod bod cyfrinachau mawr. Dydw i 'rioed wedi trio'u dadorchuddio nhw cyn heddiw, rhag ofn i mi gael fy mrifo. Mae cyfrinachau fel'na'n medru neidio allan a brathu dyn fel ci gwarchod. Ac mae arna i ofn fod 'na Doberman newynog yn aros amdana i yng nghilfachau'r stydi.

Rwy'n eistedd yn y stydi yn chwerthin yn ddistaw – oherwydd pan es ati efo'r sgriwdreifar i dorri clo'r ddrôr uchaf, agorodd honno'n rhwydd, heb imi orfod gwneud dim. Doedd Meg heb ei chloi. Daw llif o ddagrau cynnes, hallt i lawr fy ngruddiau, gymaint yw'r rhyddhad. Rwy'n annaturiol o dynn drwof; efallai fod diflaniad Meg, a'r weithred o ymyrryd yn ei phethau personol, wedi 'ngyrru at ymyl y dibyn unwaith eto. Daw ofn drosof wrth i mi edrych i lawr ar foroedd peryglus yr isymwybod; dydw i ddim eisiau dioddef salwch meddyliol eto. Mae arwyddion yno'n barod: y teimlad fy mod i'n diodde o'r ffliw, yr ofn oer yn fy mrest. Rwyf eisoes wedi dechrau'r broses o ymneilltuo oddi wrth y byd, fel anifail gwael yn ymadael â'r praidd ac yn mynd i gysgod clawdd.

Ar ben y twr o bapurau mae ffeil gardbord las efo sgwennu Meg yn daclus ar y clawr yn dynodi'r testun: *Y cudd-deithwyr a'r llongddrylliedig mewn hanes / The stowaways and castaways of history.*

Ai deunydd ydi hwn ar gyfer syrpréis Meg?

Codaf o'r gadair, cydiaf yn y ffeil, ac ar ôl cau'r ddrôr rwy'n mynd i lawr y grisiau efo'r sgriwdreifar yn un llaw a'r ffeil las yn y llall. Ymhen dim rwy'n eistedd yn y garafán yn darllen y darn o bapur cyntaf a ddaw i law – tudalen wedi'i ffotocopïo o lyfr:

Tra oedd y teithwyr eraill yn dringo i lawr ystol y Graf Zeppelin ar ôl eu siwrne ar draws yr Iwerydd yn 1928, roedd un bachgen ifanc yn edrych drwy un o ffenestri bach crwn yr awyrlong enwog.

Roedd Clarence Terhune, 19, wedi cuddio ym mol y llong-awyr enfawr yn New Jersey, ar ôl iddi deithio yno o'r Almaen.

Erbyn iddi lanio yn ôl yn Ewrop roedd criw y 'falŵn' enfawr wedi ffeindio Clarence – y *stowaway* cyntaf i groesi dyfroedd oer yr Iwerydd – a dyrchafwyd ef yn seleb dros nos.

Darganfuwyd ef am chwech o'r gloch y bore, wrth i'r llong hedfan dros arfordir yr Amerig. Disgrifiwyd ef fel bachgen yn edrych am dipyn o antur efo $50 yn ei boced – ei holl eiddo. Gwnaed ffilm ohono gan Gaumont, yn gweithio am ei swper yng nghegin y gondola.

Yn yr Almaen, aethpwyd ag ef i swyddfa cyfarwyddwyr y cwmni oedd pia'r Graf Zeppelin tra gwaeddai'r dorf: Lle mae'r cudd-deithiwr?

Erbyn hyn roedd Clarence, hogyn deniadol efo gwallt golau, yn dipyn o arwr; daeth ymwelwyr di-ri yno a bu'n rhaid iddo arwyddo'i enw gannoedd o weithiau yn eu llyfrau llofnod. Er hynny, gwrthododd bob cynnig am waith yn Ewrop, gan ddweud ei fod yn dymuno dychwelyd 'i f'annwyl Unol Daleithiau' cyn gynted â phosib. Ac yn wir, aeth Clarence adref cyn pen yr wythnos ar y leinar Ffrengig, yr *SS Île de France*.

Ond cododd taith enwog Clarence fraw ar yr awdurdodau, ac wedi hynny, o ganfod cudd-deithiwr fe'i cedwid ef fel carcharor am weddill y siwrne, a gwneud iddo lanhau'r toiledau, pilio tatws, ac yn y blaen, fel cosb, a hynny oherwydd fod pwysau un teithiwr ychwanegol yn medru amharu ar allu llong-awyr i gario tanwydd, bwyd, ac yn y blaen.

Ôl-nodyn: Yn ôl rhai sylwebyddion, roedd gohebwyr wedi smyglo Clarence i grombil y Graf Zeppelin, efo'r bagiau post, er mwyn rhoi sbeis i'r stori.

Wedi darllen y darn hwn aiff yr hen frêns ar ras wyllt, fel ci'n trio corlannu dwsin o ddefaid gwyllt. Oes neges i mi yn y stori? Ydi Meg wedi ymuno â chudd-deithwyr y byd, ac wedi ffoi oddi yma? Na, oddi wrtha i, Mog Morgan, mae hi wedi dianc, 'te? Oherwydd dydi hi ddim wedi ffoi o Dalafon – mae hi mor hoff o'r lle. Na, Mog Morgan ydi'r maen tramgwydd. Mae hi wedi syrffedu arna i unwaith eto, mae'n rhaid. Daw ton o hunandosturi drosof. Ia, arnaf fi mae'r bai. Sut medr dynes glyfar, uchelgeisiol fel Meg fyw efo lwmpyn di-glem fel fi? Oes modd i wraig ddawnus fel hitha fyw drwy gydol ei hoes efo un dyn boring o gofio bod cymaint o bysgod yn y môr? Ia, cymaint o ddynion anhygoel o glyfar/handi/doniol efo cocs mulod yn bla ar hyd a lled y wlad.

Af ati i edrych ar fy mol ac i deimlo'n sori iawn drosof fi'n hun. Daw darlun i fy mhen o Meg yn rhedeg yn noeth ar hyd un o hen goridors y brifysgol yn chwerthin yn afreolus ar ymgom afieithus dyn anhygoel o hardd ac athletig, wrth iddo ei hela hi efo clamp o fin. Gwyliaf nhw'n caru o 'mlaen, yn erbyn un o'r drysau. Sylwaf fy mod inna wedi dechrau ecseitio hefyd. Be sydd yn bod arnaf fi?

Af i'r lle chwech i folchi o dan ddŵr oer.

Mog, be sy'n bod arnat ti, boi, medda fi wrth y drych. Mae fy llygaid yn goch, efo cylchoedd duon oddi tanynt. Try fy meddwl at Catrin, efo'i cholur *panda bear*, a daw darlun newydd i fy mhen, o Meg a Catrin a Dewi yn nofio efo'i gilydd yn y pwll mawr, mewn cylch bach tyn yn cyffwrdd â'i gilydd, yn nofio dros ei gilydd ac o dan ei gilydd, eu crwyn cynnes, gwlyb yn llithro drwy'r dŵr ac yn fflachio fel eogiaid yn esgyn i fyny'r afon yn y gwanwyn i silio. A lle roedd Mog bryd hynny? Ar y lan efo'i blydi Nikon. Ei gyfaill gorau. Oherwydd gwyliwr ydw i. Sylwedydd. Arsyllydd. *Introvert*. *Neanderthal* emosiynol; un o'r hen Gymry, wedi claddu'i deimladau mewn bocs bach du mewn twll mawr du yn y ddaear. Ond Meg… mae Meg yn *gwneud*, mae Meg yn *cyflawni*, mae Meg yn *dangos*. Mae ei chroen yn cyffwrdd â chrwyn eraill, mae hi'n nofio o gwmpas yn Afon Bywyd. Mae hi'n dawnsio efo pobol, yn dawnsio efo nhw drwy'r nos, dim ots pwy ydyn nhw.

Ymhen tipyn af i wneud paned ffres yn fy hen fyg glas a melyn; sylwaf fod ei waelod yn frown o dan gramen y tanin. Ai dyna ydi profiad? Cen yn tywyllu'r mỳgs yng nghegin pob bywyd? Ai cen ydw inna ar fywyd Meg?

Tyd o'na, Mog, siapia. Paid â hel meddylia, meddaf wrth

fy hoff fŷg. Dim ots am y staen; yn wir, rwy'n hoffi'r mŷg fwyfwy oherwydd y nam. Af yn ôl i'r garafán.

Darllenaf un eitem arall o ffeil Meg cyn rhoi'r ffidil yn y to am y noson a mynd i'r tŷ am gawod. Rwy'n dechrau drewi fel cardotyn. Dyma be welais i ar yr ail ddarn o bapur:

Bu'r morwr Alexander Selkirk, a aned yn 1676, yn byw am bedair blynedd ar ynys fach heb gwmni – ac y fo, mae'n debyg, oedd ysbrydoliaeth Daniel Defoe pan sgwennodd y clasur *Robinson Crusoe*.

Yn fab i grydd, roedd Selkirk yn hogyn cwerylgar ac annymunol: pan orchmynnwyd iddo ymddangos o flaen llys am fihafio yn anweddus yn yr eglwys, rhedodd i ffwrdd i'r môr.

Ymunodd â chriw o fôr-ladron ym Moroedd y De, ond pan geisiodd berswadio ei gyd-forwyr i adael y llong oherwydd ei bod hi'n dyllog ac yn beryglus, gadawyd ef ar un o ynysoedd Juan Fernández ger Chile – efo dryll, powdr gwn, taclau saer, cyllell, ychydig o ddillad, darn o raff, a Beibl.

Oherwydd iddo glywed synau ofnadwy yn dod o grombil yr ynys, arhosodd ar y lan yn bwyta ffrwythau'r môr. Dywedwyd iddo ddioddef yn enbyd o unigrwydd, iselder, ac edifeirwch. Ond gyrrwyd ef o'r lan gan heidiau o fôr-lewod swnllyd, ac aeth ar siwrne i ganol yr ynys.

Yno darganfu storfa newydd o fwyd, fel cig a llefrith y geifr, swêj gwyllt, cabej, ac aeron. Ymosododd llygod mawr arno yn y nos, ond wedi iddo gynefino â theulu o gathod gwyllt, cafodd gysgu'n dawel unwaith eto. Adeiladodd ddau gwt, a buodd yn byw yn eitha dedwydd tan iddo gael damwain ddifrifol.

Ar ôl i'r powdr gwn orffen bu'n rhaid iddo redeg ar ôl anifeiliaid gwyllt, ac yn ystod un helfa syrthiodd yn bendramwnwgl o ben clogwyn; bu'n gorwedd yno'n ddiymadferth am ddiwrnod cyfan (yn ffodus, roedd o wedi glanio ar gefn yr anifail a gyrchai, neu mi fyddai wedi trengi).

Tra oedd ei glwyfau'n gwella darllenodd ei Feibl, a bu hynny'n gysur mawr iddo yn ei gystudd. Wedi iddo wella bu'n rhaid iddo wneud dillad newydd o grwyn geifr, gan ddefnyddio hoelen fel nodwydd. Ymwelodd dwy long â'r ynys yn y cyfnod hwn, ond gan mai Sbaeneg oedd eu hiaith bu'n rhaid i Selkirk guddio neu mi fyddai'r ymwelwyr wedi'i ladd.

Cael a chael oedd hi un tro pan stopiodd criw o Sbaenwyr i wneud dŵr o dan y goeden lle roedd o'n cuddio. Tystiodd llawer fod y blynyddoedd unig ar yr ynys wedi newid Selkirk; roedd ei feddwl yn llonydd ac yn ddigynnwrf ar ôl y profiad, ac roedd ei gorff yn gryf ac yn gyhyrog.

Pan achubwyd ef ym mis Chwefror 1709 gan long yn perthyn i griw o fôr-ladron, roedd yn methu siarad bron, gymaint oedd ei orfoledd. Bu'n gyfrifol am adfer iechyd y criw, gan ei fod yn medru dal digon o eifr bob dydd i'w bwydo. Diwedd y gân oedd i Selkirk ddod yn gapten ar un o longau'r lladron.

Dychwelodd Selkirk i'r Alban: cyfarfu â llaethferch ifanc, Sophia Bruce, 16, a rhedodd y ddau i ffwrdd i Lundain (er nad oes unrhyw dystiolaeth iddynt fod yn briod). Aeth Selkirk yn ôl i'r môr, ac yn ystod ymweliad â Plymouth priododd â thafarnwraig weddw.

Bu farw, yn ôl log y llong, am wyth o'r gloch y nos ar 13 Rhagfyr 1721, ar *HMS Weymouth*. Roedd y clefyd melyn wedi lladd nifer o'r criw, a dichon mai dyna oedd achos ei farwolaeth ef hefyd; rhoddwyd ei gorff yn y môr ger arfordir gorllewinol yr Affrig.

Wedi i mi orffen darllen yr hanes, daw tri chwestiwn amlwg i'm meddwl:

a) Tybed ydi Meg wedi gadael cliwiau ar fy nghyfer i, fel y ffeil las, i fy hudo ar ei hôl hi?

b) Pam ddaru Meg danlinellu un frawddeg? Achos 'mod i'n chwyrnu fel morlew?

c) Ai fersiwn o Alexander Selkirk ydw inna hefyd erbyn hyn, ar fy ynys fach fy hun yn Nhalafon? Os mai dyna ydi'r gwir, mae gen i ddewis: caf yntau aros tan y daw rhywun i'm hachub, neu bydd yn rhaid i mi wneud ymdrech i ddianc oddi yma.

Wrth ddychwelyd i 'nghartref newydd teimlaf yn lân ac yn effro. Medraf fod yn ddiog efo'r sebon. Bydd yn rhaid i mi folchi'n amlach: dydi Meg ddim yma bellach i gwyno, ac mi fyddai'n hawdd i mi anwybyddu fy nglanweithdra personol. Ond ar y llaw arall, pa ots? Does neb yma i'm hogleuo. Sut roedd yr hen Selkirk wedi delio â'r broblem, tybed? Oedd o wedi mynd am gawod ym merw'r môr bob bore am dipyn? Yna wedi diogi, wedi dechrau drewi fel hen gi defaid? Onid ydi'r corff yn cyrraedd rhyw fath o falans ar ôl tair wythnos, yna'n aros yn ddi-wiff? Ynteu ai myth ydi hynny, fel cymaint o *factoids* y ganrif ddiwethaf?

Tynnaf fy nillad eto, ac yna plygaf yn araf nes cyrraedd llawr y garafán, fel Mwslim yn gweddïo. Y tro hwn af ar fy mol, gan wynebu'r carped, efo 'mreichiau ar led, fel aderyn wedi taro'n smac yn erbyn winscrin car. Arhosaf yno'n hollol lonydd am sbelan, yn teimlo gwrychyn y carped yn cyffwrdd â'm croen. Neis iawn. Mae pob math o aroglau o gwmpas fy nhrwyn, ac rwy'n eu ffroeni'n giaidd a swnllyd nes blino ar y llwch yn cosi'm ffroenau.

Yna af ati i feddwl am Alexander Selkirk eto, a'i *doppelgänger*, Robinson Crusoe.

Roedd Crusoe druan wedi treulio 28 o flynyddoedd ar ynys anghysbell, yn ôl ffeil Meg.

Ia, 28 o flynyddoedd! Mae hynny'n anhygoel. Dyna oedd fy oed inna pan aned Wyn. Mae 28 mlynedd yn amser maith. Daw teimlad cynnes, neis drosof wrth feddwl am fy mab. Mae hwnnw hefyd ar ynys ar hyn o bryd, yn Awstralia. Os ynys hefyd. Mae o wedi cyfarfod â merch yno wrth drafeilio'r byd, yr un hen stori. Wyn, fy unig blentyn. Fy annwyl fab, mor bell i ffwrdd. Yr unig berson, heblaw Meg, yr ydw i wedi'i garu yn ystod fy holl fywyd. Dydw i ddim yn hollol sicr be ydi ystyr y gair 'cariad' fel y'i traddodir ef gan yr haid o'm cwmpas. Y cariad plentynnaidd hwnnw yn y caneuon pop gwag, diddiwedd sy'n taranu o'r radio yn y gegin, cariad yn llenwi pob drôr a chwpwrdd yn y byd efo fferins lliwgar, melys, sothachlyd. Cariad cegin. Y cariad ail-law ar raglenni teledu diddiwedd a diystyr; cariad cyn yr egwyl, cariad yn yr egwyl, cariad ar ôl yr egwyl. Cariad y ffilmiau Americanaidd diddiwedd, heb fawr o sôn am gariad ynysig Prydain, cariad y fferm a'r ffordd fach wledig, cariad swynol y mynydd, cariad yr afonig, cariad yr ehedydd a'r grug, cariad di-ddweud yr hen fuchedd Gymreig. Mi wn i un peth yn sicr: gwn mai'r bobol agosaf ataf fi sydd fwyaf tebyg o 'mrifo i. Ia, dyna ydi'r sym bwysicaf ar y bwrdd du ym mhrifysgol bywyd. Cariad = poen.

Medrai hyd yn oed Wyn fy mrifo. Ond nid yn Awstralia, mae o'n rhy bell i ffwrdd. Hwyrach mai dyna pam yr aeth o yno. Mae Wyn yn byw yn un o 'mreuddwydion i rŵan, ac nid yn y byd go iawn. Cymru ydi realiti, a ffantasi ydi'r byd y tu hwnt.

Fel Robinson Crusoe, mae gan Wyn ffrind bach pluog yn yr ardd hefyd – parot. Rhywle mae llun o Wyn efo'r parot ar ei ysgwydd. Mae ganddo fo ei Friday bach ei hun hefyd – merch o'r enw Alison.

Ond wnaeth Wyn 'rioed droi at ei Feibl fel Crusoe, na chyfarfod â chanibals (hyd y gwn i). Rwy'n cofio jôc am ganibal yn dod adre o'i wyliau ar faglau, heb un o'i goesau.

'Sut amser gest ti?' hola ei ffrindiau.

'Blydi grêt – tywydd bendigedig, *hotel* swmpus a merched del ofnadwy,' medda'r canibal.

'Ond be ddigwyddodd i dy goes di?' medd ei ffrindiau.

'Dyna'r unig *bummer*,' medda'r canibal. 'Roedd y lle'n *self-catering.*'

Chwarddaf dros bob man, gan lenwi'r garafán efo'm cyfarth.

Pan ddaw Wyn yn ôl i Gymru, fel y bwriada wneud bob tair blynedd, bydd y ddau ohonon ni'n disgwyl amdano efo llygaid llaith wrth y drws lledrithiol hwnnw yn Heathrow. Ond roedd y croeso i Crusoe (croeso i Crusoe!) pan ddaeth hwnnw adref wedi bod yn dra gwahanol: cafodd ei deulu sioc farwol, gan fod pawb yn credu (wrth gwrs) fod y creadur wedi trengi ers blynyddoedd.

Aiff fy meddwl am dro'n hamddenol neis o gwmpas nifer o bynciau Crusoeaidd.

Dysgodd Crusoe ei barot i siarad Saesneg, a dameg oedd y stori, wrth gwrs, ynglŷn â'r Saeson a'u blys ar goloneiddio. Mae Meg wedi cynnwys dyfyniad gan yr awdur James Joyce:

The whole Anglo-Saxon spirit is in Crusoe: the manly independence, the unconscious cruelty, the persistence, the slow yet efficient intelligence, the sexual apathy, the calculating taciturnity.

Nodyn arall:

Crusoe is not a hero, but an everyman. He begins as a wanderer, aimless on a sea he does not understand, and ends as a pilgrim, crossing a final mountain to enter the promised land. The book tells the story of how Crusoe becomes closer to God, not through listening to sermons in a church but through spending time alone amongst nature with only a Bible to read.

Fel Jona, roedd Crusoe wedi torri addewid, ac oherwydd hynny roedd o wedi cael ei gosbi ar y môr.

Erbyn hyn mae fy mol yn brifo, a rhaid i mi droi ar fy nghefn. Dyna welliant: rwy'n medru gweld y clawdd rŵan, a theulu o adar y to'n gwibio hwnt ac yma.

'P'run ydw i?' meddaf yn uchel wrth yr adar mân. Gwibiant i ffwrdd ar frys.

'P'run ydw i, Selkirk 'ta Crusoe?' meddaf eto, yn ddistaw y tro hwn.

Af ati i gysidro'r pwnc. Selkirk oedd y dyn go iawn a Crusoe oedd y fersiwn llenyddol, rhamantus.

Mae 'na Selkirk y tu mewn i fi hefyd – y bachgen bach a erys ynof fi hyd heddiw, ia, am byth: y Mog go iawn, yr enaid bach gwyn, dilychwin, yn cuddio o dan yr wyneb.

Ac mae 'na Crusoe hefyd ynof – y dyn gerbron y byd, y creadur cyhoeddus, arwynebol, y cowdal o gnawd a hanes personol; fersiwn hologram o Mog sy'n cynnwys tipyn o'r gwir (beth bynnag ydi hwnnw), tipyn o fytholeg, tipyn o ffuglen.

Pa un wêl Meg? Pa Mog sydd yn nofio o'i blaen hi bob bore wrth iddi agor ei llygaid ar y byd? Y Selkirk diniwed, pur ei enaid, pur ei gariad, o dan groen canol oed Mog, 'ta rhith fel Crusoe – creadur afreal a gynhyrchwyd i ddiwallu chwantau'r byd?

Gorweddaf ar lawr y garafán, yn noeth fel Adda, gyda fy nheclyn yn fy llaw dde. Af ati i feddwl am Meg.

'Dyna 'di dynion i chi,' medda hi ar y ffôn un diwrnod, yn stwnsian eto rhywun. 'Yr unig reswm ddaru nhw ddechrau cerdded ar eu coesau ôl yn y lle cyntaf oedd er mwyn iddyn nhw gael edrych o gwmpas ar y merched a chwarae efo'u piden ar yr un pryd.'

Efallai ei bod hi'n iawn.

Yna af i'r byd bach pornograffig yn fy meddwl, a dychmygaf senario i'm helpu ar daith fer pleser y cnawd: croen gwyn Meg a'i thriongl coch; y carwr blewog, pwerus a'i cipiodd hi un tro, flynyddoedd maith yn ôl; y ddau ohonyn nhw'n mwynhau rhyw swnllyd ar risiau dychmygol y tŷ yng Nghasnewydd.

Y carwr y bûm i'n ei ofni byth ers hynny. Disgwyliaf bob dydd am ymweliad arall gan y carwr diwyneb o'r deheubarth.

Ar ôl dwy funud o ymarfer corff – rwyf wedi colli 'ngwynt erbyn y diwedd – af am gawod. Dwy gawod mewn diwrnod, mae hynny'n gosod safon newydd. Wrth sefyll o dan y piglaw daw iselder drosof – edrychaf i lawr ar fy mhiden a theimlaf fy mychander yn y cyfanfyd, fy meidroldeb hefyd. Teimlaf yn unig. Rydw i newydd gyflawni rhywbeth eitha Crusoeaidd. Os oedd yr hen forwr wedi bod yn byw ar ei ben ei hun am chwarter canrif heb neb i'w gysuro, dichon fod y creadur wedi gorfod ateb galwad y cnawd rywbryd neu'i gilydd. Tybed be oedd agwedd yr eglwys tuag at hynny? A fyddai'r Pab wedi caniatáu gollyngiad arbennig iddo fo gael chwarae efo'i biden? Na, dim diawl o beryg. Beth bynnag, piwritan oedd Crusoe, a doedd piwritaniaid byth, byth yn gwneud pethau fel'na. Doedden nhw ddim hyd yn oed yn meddwl am y peth. Doedd y gair *mast****tion* ddim yn y Geiriadur Mawr, felly doedd o ddim yn bod eto yng Nghymru. Rhywbeth eitha modern oedd trafod y pwnc unrhywle yn y byd, hyd yn oed mewn awyren. Yn yr hen ddyddiau byddech chi'n mynd i uffern a dyna fo. Heddiw, roedd 'na bosibilrwydd gwan y byddai dyn yn cael rhyw fath o faddeuant os âi o am gawod yn syth bin wedyn.

Yn ôl yn y garafán, efo tywel Meg yn sarff binc ar fy mhen, darllenaf chwaneg o nodiadau fy ngwraig.

Rhagfyr 24, 2000 – dringodd Maikel Almira, 16, ac Alberto Rodriguez, 15, i mewn i agen olwynion awyren yn Havana, Cuba; darganfuwyd corff Almira mewn cae bum milltir o Gatwick, a chwympodd corff Rodriguez o'r awyren fel roedd hi'n ymadael am Fecsico y diwrnod canlynol… roedd Almira wedi gadael nodyn i'w fam yn dweud ei fod o'n mynd i'r Amerig, ond gan fod yr awyren, a ddylsai fod wedi fflio i Miami, yn hwyr, cymerwyd ei slot gan awyren oedd yn mynd i Gatwick.

Mehefin 9, 2010 – syrthiodd gŵr ifanc o Rwmania allan o offer glanio Boeing 747 a oedd yn perthyn i *sheik* cyfoethog pan laniodd yn Heathrow;

nid anafwyd ef yn ddrwg. Dywedwyd bod y cudd-deithiwr wedi goroesi oherwydd bod yr awyren wedi hedfan yn isel mewn tywydd garw...

Teimlaf nad oes unrhyw bwynt darllen ymhellach. Ni adawodd Meg gymaint ag un cliw i'm tywys tuag ati. Rwy'n lluchio'r papurau ar y gwely ac af o dan y dwfe am nap. Os aiff llwybrau'r byd yn sbageti cymhleth, af inna am nap. Dyna ydi fy ymateb. Pe bai Gandhi neu Krishnamurti neu Wittgenstein wedi argymell y nap ffurfiol fel ateb i holl broblemau dynolryw, yna fyddai dim problemau yn bodoli yn y byd. Dyna farn answyddogol Mog Morgan.

Cysgaf yn gyffordddus yn fy ngwely dros dro. Symuda'r cysgodion gwyrdd yn ddisylw dros fy wyneb pigog (ydi, mae o'n lân, ond dydw i ddim wedi eillio ers dyddiau, gan na fedra i ddioddef siafio) ac fe aiff awr o amser y byd heibio'r garafán heb i neb sylwi arnaf i'n rhochian ac yn tyrchu yn fy isymwybod.

Breuddwydiaf fod Meg a fi ar y si-so ym maes chwarae'r pentref, gyda chylch o blant o'n cwmpas yn ein gwylio'n mynd i fyny ac i lawr, ac mae'r cwbwl yn sugno'u bodiau, gan gynnwys fi a Meg hyd yn oed.

Ymhen tipyn daw glas y dorlan yno a glanio ar ysgwydd Meg; mae pwysau pitw'r aderyn yn ddigon i gadw traed Meg ar y llawr, tra 'mod inna i fyny yn yr awyr fel brân fawr ddu ar gangen. Chwardda'r plant gan guro'u dwylo, cyn i bob un roi ei fawd yn ôl yn ei geg unwaith eto.

Diwedda'r freuddwyd a deffraf efo 'mawd yn fy ngheg.

Y gwir ydi, medd llais bach yn fy mhenglog, fod y ddau ohonon ni wedi bod ar si-so drwy gydol ein priodas. Cymhariaeth ystrydebol ydi hon, ond ar y llaw arall, onid ydi bron iawn pob priodas yn ystrydeb ac yn ystrydebol hefyd?

Mebyd, magu, marw, mynd.

A beth yn union ydi cariad rhwng gŵr a gwraig? Llif, cerrynt biolegol yn unig, fel y cerrynt hwnnw sy'n gyrru miliynau o blanhigion bach gwyrdd allan drwy wyneb y ddaear bob gwanwyn?

Rhamant – ai blodyn bach del ydi hwnnw i ddenu gwenyn serch ac i ddechrau'r broses unwaith eto? Drosodd a throsodd a throsodd…

Rwy'n ddrwgdybus ynghylch llywodraeth y cnawd. Gwelaf hwnnw fel hen rym caled, diysgog, gormesol a gipiodd fy ieuenctid i fel rhiant gorddisgybledig.

Colur ydi rhamant, wyneb del ar hen gorff nwydus. Ai moethusrwydd cyntaf dyn oedd y stori ramantus? Cyn sebon, cyn celwydd, cyn crefydd, cyn sgidiau?

Yn ystod y nosweithiau hirion, tywyll yn yr ogof honno yn Bontnewydd, gyda dim oll i'w wneud heblaw cysgu a chenhedlu, chwyrnu am dipyn ac wedyn cenhedlu eto, tybed a oedd sgerbwd noethwyn cnawdolrwydd wedi clincian yng ngwynt oer amser, fel yr âi hwnnw drwy'r düwch yn mwmian, ac wedi rhoi braw i bawb? Tybed a oedd fy nghyndeidiau (y clust-addolwyr) wedi mynd ati bryd hynny i addurno esgyrn cnawdolrwydd efo gwisg o straeon, gwasgod ffantasïol, het bluog y bardd a'r cyfarwydd?

Ar fy nghefn ar y gwely yn y garafán, edrychaf yn ffyrnig ar y to dur melynwyn yn ymdonni uwch fy mhen, a gwnaf ymdrech lew i feddwl yn glir.

Cwyd pob priodas cyn disgyn i lawr ar fantol amser.

Mae cydbwysedd priodasol yn dibynnu ar lot o bethau, ond y brif elfen ydi cyd-angen. Mae pob partner eisiau rhywbeth: plant, cynhaliaeth, cynhesrwydd, cefnogaeth, lot o bethau gwahanol. Rhyw fath o *bargaining chip* ydi cariad. Ar ddechrau unrhyw briodas neu bartneriaeth fe aiff pawb at yr olwyn *roulette* efo pentwr o *chips* sy'n cynrychioli cariad. Mae gan rai lot mwy o *chips* nag eraill. Mae gan rai sustem, tra nad oes gan eraill unrhyw glem o gwbwl. Lwc ydi'r ffactor pwysicaf; dim ond ambell i un sydd yn ennill ac yn ymadael â'r olwyn efo llond bag o *chips*.

Daw grwnian uchel o gyfeiriad fy mol (oherwydd fod cymaint o sôn wedi bod am *chips*?).

I gymhlethu pethau, mae pwysau pob person ar y ddaear yn wahanol (disgynna fy llygaid ar fy mol am eiliad, cyn dringo'n flinedig yn ôl i'r to).

Nid ein pwysau ar sgêls y bathrwm rwy'n feddwl, ond ein pwysau mewnol. Ein pwysau atomig. Cyfuniad ydi hwnnw o'n henaid, ein cyrff, ein hysbryd, ein meddwl, ein profiadau, a rhywbeth arall hefyd, rhyw ffactor X. Mae rhai pobol yn drwm fel Meg ond yn ysgafn o ran corff, ac mae rhai yn ysgafn fel fi ond yn drwm o ran corff.

Felly, rwyf i yn drwm-ysgafn ac mae Meg yn ysgafn-drwm.

Erbyn hyn mae fy mhen i'n mygu o dan y straen.

Dyna ddigon o hynna, meddaf wrthyf fi fy hun, a dychwela fy llygaid yn ôl i'r bryn bach twmpathog sy'n codi rhwng fy ngên a fy mhidcn anweledig. Dychmygaf fintai o dylwyth teg yn cynnal twmpath dawns arno; clywaf fiwsig arallfydol ymhell i ffwrdd yn fy mhen, a theimlaf draed y bobol bach yn baglu ym mieri'r blewiach o gwmpas fy mogel. Mieri lle bo mawredd! Chwarddaf yn uchel. Yna distawaf, a thristáu. Clywaf lais Meg ymhell i ffwrdd, fel adlais mewn ogof, yn dweud: 'Ond cariad 'di cariad, wsti Mog. Nid peth gwyddonol 'di cariad. Afon yn rhedeg drwydda i 'di cariad. Mog, rwy'n dy garu di, fe wyddost ti hynny'n iawn...'

Oes, mae 'na ffasiwn beth â chariad noeth, pur hefyd.

A minnau wedi dechrau diflasu erbyn hyn, gafaelaf mewn taflen o bapur sydd o dan fy nhin ac af ati i'w darllen, ar ôl ei smwddio efo'm llaw:

Gafaelodd Perce Blackborow ym mhluen siawns wrth i'r bluen honno fynd heibio ar y gwynt, a newidiwyd ei fywyd am byth – gan mai ef oedd yr unig gudd-deithiwr i ymweld â'r Antarctig. Dengys stori Perce fod deng munud ym mywyd dyn yn medru newid cwrs y byd. Ganed Blackborow yn fab i forwr o Gasnewydd, Sir Fynwy, yn 1896 ac aeth yntau ar y môr fel ei dad; yn anffodus, wrth hwylio i Dde'r Amerig llongddrylliwyd ef pan yrrwyd ei gwch, y *Golden Gate*, ar y creigiau ger Montefideo.

Aeth oddi yno i Buenos Aires i edrych am waith efo'i gyd-forwyr Walter How a William Bakewell. Cafodd How a Bakewell waith ar *Endurance*, llong Ernest Shackleton, anturiaethwr a fwriadai groesi anialwch gwyn Pegwn y De.

Gan mai ifanc (18) oedd Blackborow, gwrthodwyd ef. Ond os mêts, mêts, ac aeth Bakewell a How ati i smyglo Blackborow i fol y llong; darganfuwyd ef mewn cist yn ystod trydydd diwrnod y daith.

Cynddeiriogwyd Shackleton, a rhoddwyd Blackborow drwy'r felin o flaen y criw. Bu adwaith ei fêts yn ddigon i ddinoethi'r cynllwyn.

Erys dyfyniad enwog o'r awr honno ar fôr mawr y De, pan fu Shackleton a Blackborow benben â'i gilydd. 'Wyddost ti fod dynion ar daith hir fel hon bron marw eisiau bwyd ar adegau, ac mai cudd-deithwyr fel ti ydi'r cyntaf i mewn i'r crochan mewn argyfwng?' Edrychodd Blackborow ar Shackleton (a oedd ymhell o fod yn denau) ac atebodd: 'Mi fuasen nhw'n ffeindio lot mwy o gig arnoch chi, syr.'

Aeth Blackborow ymlaen i brofi ei hun fel gweithiwr distaw, craff, doniol, poblogaidd, a chydwybodol. Bu'n cynorthwyo'r cogydd yn y gegin, ac yna ar wyneb caled y môr pan lyncwyd yr *Endurance* gan yr iâ; bu wrthi'n llafurio o'r bore bach tan yr hwyr, yn gwneud bwyd i 28 o ddynion newynog.

Arhosa fy llygaid ar un gair am yn hir – yr enw 'Casnewydd', gan mai yno mae cartref y carwr cyhyrog, cryf, blewog, clyfar, piden-enfawr a gipiodd Meg oddi wrthyf flynyddoedd yn ôl. Ac mae 'na rif pwysig yn y stori hefyd: y rhif 28. Dyna oedd fy oed pan aned Wyn, a dyna hefyd oedd nifer y blynyddoedd y bu Robinson Crusoe yn byw ar ci ben ei hun ar ynys fach ym môr mawr ei fywyd unig.

Teimlaf fy nghalon fregus yn curo ar ddrws ei chell, ac yn rhoi gwaedd erchyll. Ydi, mae fy nghalon wedi gwario mwy o amser yn y carchar na Nelson Mandela. Chwarddaf ar y jôc. Ond yn wir, mae fy nghalon yn medru trymhau yn sydyn iawn pan deimla'n ddwys.

'Reit!' meddaf wrth y blodau yn y gwydryn. Mae'r rhosod wedi blino'n ofnadwy erbyn hyn, yn gwyro tua'r bwrdd ac yn paratoi i chwydu eu petalau ar y pren llychlyd.

'Awn ni am beint,' meddaf wrth fy sandalau.

Drwy gydol y pnawn mae glaw ysgafn wedi lluwchio'n araf drwy'r cwm; llenni gwyn fel *lace curtains* Meg yn disgyn yn firain ac yn osgeiddig drwy'r awyr boeth. Prynhawn hir, gwlyb ar derfyn yr haf. Gwelaf y coed yn yr ardd yn ymgrymu o flaen y gwynt, a dychmygaf wenith y ffermydd yn ymdonni ac yn siffrwd tuag ataf. Llochesaf yma yn y garafán efo fy nghyndeidiau, y clust-addolwyr; eisteddaf gyferbyn â nhw drwy'r oriau distaw, yn gwrando ar amser maith y gorffennol yn dod at y drws, yn aros, yn ffroeni'r gwynt, yn gorwedd i lawr, ac yna'n mynd i gysgu fel bwystfil dall o'r cynfyd, ei hirflew du'n drwm dan chwys y frwydr a glaw ariannaidd Annwn.

Dyma sut roedd Robinson Crusoe wedi byw; yn gwrando ar y distawrwydd, yn dychmygu'r gwenith draw yng nghaeau ei famwlad, ymhell dros y môr, yn tonni dan alaw drist y gwynt.

Unigedd. Teimlaf yn unig ar fy ynys yn Nhalafon. Clymaf fy sandalau a gwnaf yn siŵr fod fy malog ynghau cyn mynd tua'r garej i nôl fy meic. Teimlaf y gwynt cynnes yn nwydus ac yn angerddol ar fy nghroen. Mae ton o lawenydd yn rhedeg drwy fy nghhorff, awel gynnes yn gwyntyllu gwenith fy nghaeau mewnol; hapusrwydd syml yw fy nod yn awr, hapusrwydd Crusoe yn edrych ar y môr glas a'r traeth melyn, y gloÿnnod byw gwych a'r ffrwythau ysblennydd yn ffrwydro'n felys ar ei dafod.

Erbyn i mi gyrraedd y beic rwy'n feddw wrth deimlo pleser y glaw ar fy nghroen, ac yn gorfoleddu yn nistawrwydd eglwysig y byd, heb bobol yn clegar, yn ffraeo, yn hau hadau eu casineb ar hyd a lled y ddaear. Ond mae un o deiars y beic yn fflat, a phenderfynaf gerdded i'r White Lion. Af i'r tŷ, ac ar ôl stwffio swp o bres i fy mhoced af at y drws ffrynt, sy'n wynebu'r ffordd.

Rhaid i mi symud o'ma! Wedi'r cyfan, dyna ydi hanes y byd, pobol yn symud. Tonnau ohonyn nhw'n symud fel gwenith, eu hwynebau yn siglo'n ôl ac ymlaen dan wynt amser, eu gwreiddiau ynghlwm wrth y lle y'u heuwyd. Joseph Seth Jones yn mudo i'r Wladfa yn y *Mimosa* i sefydlu Caer Antur, Lloyd George yn mynd i Lundain ar y trên i fod yn Brif Weinidog, Wyn yn mynd i Awstralia mewn awyren i garu, ei gefnder Huw yn mynd i Slough mewn Ford Escort i fod yn athro. Mae milwyr, athrawon, mwyngloddwyr Cymru wedi heidio dros wyneb y ddaear yn chwilio am waith. Mae Saeson wedi heidio i Gymru yn ymofyn prydferthwch a distawrwydd. Onid ydi pawb yn cofnodi ei fywyd fel cyfres o symudiadau? Wedyn es i fan'cw, wedyn dois i fan'ma. Clywaf fy llais fy hun yn dysgu yn yr ysgol: yna daeth ton Geltaidd o Ewrop, ac efallai un arall, yna pobol y Biceri, yna'r lluoedd duon, yna'r Gwyddelod, yna'r Saeson, yna'r Normaniaid, yna daeth Mr a Mrs Walter Smith efo Miriam, Angela, a Norman Smith o Wythenshawe i Butlins Pwllheli…

Didolwyd pob cenhedlaeth yng Nghymru i'r rhai a arhosodd a'r rhai a aeth.

Ydwyf, rwyf am ymuno â llif afon bywyd.

Wedi agor y drws, hoelir fy sylw gan gysgod ar lechen y stepan: siâp troed fawr wlyb ar y garreg las. Nid troed noeth fel troed Friday, ond troed mewn treinyr neu rywbeth fel'na, oherwydd mae patrwm y wadn yn glir ar y garreg. Hawdd gweld sut daeth y cysgod yno; mae'r llechen wedi cadw'n sych o dan gysgod y portsh, ac mae pwy bynnag sydd wedi sefyll arni wedi camu mewn pwll o ddŵr. Ond pwy sydd wedi troedio'r lintal? Ddaru nhw ganu'r gloch?

Rwy'n cau'r drws yn ddisymwth a mynd yn ôl i'r tŷ. Eisteddaf ar un o gadeiriau'r gegin, ac af ati i feddwl be wna i nesa. Dal ymlaen, mynd i'r dafarn? Ynteu aros am dipyn rhag ofn i Friday (neu Meg?) ddychwelyd?

Ar ôl bwrw diwrnod syml ar fy mhen fy hun, fedra i ddim dygymod ag unrhyw gymhlethdod. Af i nôl hambwrdd, rhof swp o fwydydd arno, yna af yn ôl i fy ynys yng nghornel yr ardd; yn fy nychymyg, cyfnewidiaf y coed afalau am goed palmwydd wrth gerdded draw i'r garafán.

Trewir fi gan syniad: ym materion serch, mae pob copa walltog yn y byd naill ai'n llongddrylliedig neu'n gudd-deithiwr. Rydw i, Mog Morgan, wedi byw ar ynys emosiynol am dalm o'm hoes yn disgwyl achubiaeth, i dipyn o gariad gyrraedd ar fwrdd llong; galiwn estron, ddi-fflag, ei gynnau trwm yn tanio yn y bae, ac yn fy nghynhyrfu i'n annisgwyl. Ond mae Meg yn gudd-deithiwr, yn cuddio ar longau diarth ac yn disgwyl i rywun ei ffeindio.

Lle mae hi heddiw, tybed? Ydi hi'n cerdded o dan yr un glaw mân cynnes sy'n nofio'n freuddwydiol dros Dalafon, ac sy'n cyffwrdd yn nwydus yn fy nghroen inna hefyd? Neu hwyrach mai neidio o long i long mae hi efo cytlas yn ei cheg, yn disgwyl yn eiddgar am y syrpréis a welith hi yn llygaid rhyw forwr cysglyd pan agora hwnnw gist ei chalon.

Ew, mae'r hen frêns yn dyrnu fel melin heddiw.

Eisteddaf wrth y bwrdd yn rhwygo darnau o fara o'r dorth

ac yn bwyta cowdal o fwydydd o'r ffrij. Lluchiaf rywfaint o stwff stêl dros y clawdd i'r afon; bydd yn rhaid mynd i siopa yn y *24-hour* Tesco cyn bo hir. Af yno yn y nos, pan fydd hi'n ddistaw fel y bedd. Crusoe'n crŵsio efo cerdyn credyd.

Wrth sglaffio'r bwyd, darllenaf weddill y darn am Perce Blackborow:

Pan oeddent yn paratoi bwyd ar glawr caled y môr rhewllyd, defnyddid bloneg morloi neu bengwins fel tanwydd, a gan fod mwg du'n codi o'r tân roedd wynebau'r cogyddion yn ddu fel y fagddu.

Wedi colli'r *Endurance* hwyliasant mewn dau gwch bychan i Ynys Eliffant, ac oherwydd fod Blackborow yn gwisgo sgidiau gwael pydrodd bysedd ei draed.

Gwelodd Shackleton fod y morwr Cymreig yn dioddef yn enbyd, a chyflwynodd iddo'r anrhydedd o fod y dyn cyntaf erioed i sefyll ar yr ynys: methai gerdded, oherwydd y pydredd, a bu'n rhaid iddo gropian drwy'r ewyn rhynllyd.

Ar yr ynys anghysbell honno torrwyd bysedd ei droed chwith i ffwrdd gan lawfeddygon yr ymgyrch, Macklin a McIllroy.

Mae'n anodd credu na fuodd neb farw ar yr ymgyrch enwog hwnnw i'r Catraeth iasol ar y gwastadir gwyn. Pan ddychwelodd Blackborow i'w gartref yng Nghasnewydd fe dderbyniodd fedal, er iddo osgoi'r parti croeso iddo yn y stesion drwy groesi'r cledrau a dianc oddi wrthynt.

Bu yn y Llynges Fasnachol yn ystod y Rhyfel Byd Cyntaf, ac wedi hynny gweithiodd yn y doc yng Nghasnewydd. Priododd ferch leol, Kate Kearns, a chawsant chwech o blant, ond bu dau ohonyn nhw farw'n ifanc.

Os mêts, mêts: parhaodd y cyfeillgarwch rhyngddo a'i gyd-forwyr, How a Bakewell, drwy gydol ei oes.

Bu farw Perce Blackborow yn ei gartref, 41 Maesglas Grove, Casnewydd, yn 1949, yn dioddef o fronceitis a chlefyd y galon; roedd yn 54. Claddwyd ei gorff ym mynwent St Woolos, Casnewydd.

Mae llun o Blackborow ymysg y papurau, efo cath yr *Endurance* yn eistedd ar ei ysgwydd dde fel parot: Mrs Chippy oedd ei henw, medda'r capsiwn. Enw rhyfedd ar gath, 'te? Onid oedd Alexander Selkirk wedi creu cyfeillgarwch efo cathod gwyllt? Does 'na ddim cath yn Nhalafon, na chi, na pharot chwaith.

Af yn ddistaw bach i'r tŷ efo'r hambwrdd yn fy nwylo. Mae 'na gynllun yn siapio yn fy mhen bach moel, a rhof sylw iddo wrth olchi'r llestri. A minna'n sefyll yno wrth y sinc, aiff tiwn blentynnaidd rownd a rownd yn fy mhen. La-la-la-la… ga-ga-ga-ga. Tiwn gron yn mwmian yn fy mhenglog. Damia! Gwnaf ymdrech i atal y diwn, heb lwyddiant: cyn gynted ag yr ydw i wedi ffoi i stafell arall yn fy meddwl, neu i lawr i'r selar, neu i fyny i'r atig, clywaf y diwn yn atseinio eto, fel petai llabwst annifyr yn pwyso ar ffrâm y drws efo'i ddwylo yn ei bocedi a'i ben ar ogwydd dirmygus, yn chwibanu…

Mae'r plât mawr gwyn a ddefnyddiais i fwyta yn y garafán yn nofio ar wyneb y dŵr sebon, a dychmygaf mai silff o iâ ydyw, un debyg i'r silff o iâ y bu Perce Blackborow a'i gyd-deithwyr yn byw arni wedi i'r *Endurance* ddiflannu i fol y môr ganrif yn ôl. Gwydr y byd naturiol ydi iâ, 'de? Gwydr barugog, fel ffenest y stafell molchi. Pared rhwng dyfnderoedd y môr a'r awyr oer; gwahanfur fel y pared rhyngddo fi a Meg – weithiau'n anweladwy, weithiau'n wyn ac yn ddigon rhewllyd i oerlosgi fy nghroen. Ar adegau, amgylchynir llongau bach pren ein hemosiynau gan bac o rew peryglus a chanddo'r grym i falu popeth yn rhacs.

Pwysaf ar y plât efo 'mysedd ac edrychaf arno'n suddo'n araf o dan y dŵr. Yna gwenaf; rwy'n teimlo'n hunandosturiol. Gyda threigl y blynyddoedd rydw i wedi dysgu sut i nabod y symptomau, a medraf chwerthin ar fy mhen fy hun yn awr.

Wedi golchi'r llestri, af â'r hambwrdd at y boilar i sychu, gan bwyso'i gefn yn erbyn y deial. Yna clywaf sŵn ar y ffordd. Ydi Friday wedi dychwelyd? Ydi Meg wedi dod adref?

Cerddaf yn gyflym at ffenest y lolfa a sbio allan, gan guddio y tu ôl i'r llenni. Teimlaf fy nghalon yn curo. Ond na, nid Meg sydd yno: Mrs B sydd yn hebrwng ei chŵn ar hyd y lôn gefn a hitha wedi bod yn galw ar un ohonyn nhw. Af yn ôl i'r gegin ac eistedd ar fy hoff gadair, sy'n wynebu'r ardd. Mae hi'n hen bryd i mi wneud penderfyniad. Ond does 'na ddim sens yn dod i fy mhen yn y gegin, felly af yn ôl i'r garafán. Estynnaf un o daflenni ymchwil Meg a sgwennaf restr ar ei chefn.

a) Aros yn Nhalafon a mynd i'r *24-hour* Tesco.
b) Cysylltu â'r heddlu/ffrindiau.
c) Dilyn Meg, ond i ble?

Dadwisgaf unwaith eto (heb unrhyw reswm, ond teimlaf yn esmwythach pan fyddaf yn noeth ar hyn o bryd) ac af i sefyll ar ganol y lawnt, lle bu'r ddau ifanc yn campio. Rwy'n gobeithio na wêl Mrs B fy nghorff noeth wrth fynd heibio, ond dydw i ddim yn malio cymaint â hynny chwaith. Mae hi'n bryd i Mrs B weld y brodorion *au naturelle*. Teimlaf awel yr hwyrddydd yn fwyn ar fy nghroen.

Rwy'n dod i benderfyniad sicr ar y lawnt, wrth i laswellt gwlyb ymwthio rhwng bodiau fy nhraed, a gwrandawaf ar y dŵr glaw yn rhowlio'n bowld ac yn swnllyd yn yr afon frownddu.

Fedra i ddim aros yn Nhalafon am byth heb gwmni, byddaf yn mynd o 'nghof. Rwy'n perthyn i deulu mawr dynolryw, a bydd yn rhaid i mi gyrchu rhyw fath o gwmni'n hwyr neu'n hwyrach, pe bai hynny'n golygu dim ond siarad rwtsh rwdins am ddeng munud efo Luned Tŷ Coch ar y sgwâr. A dyw Luned 'rioed wedi dweud gair call wrth unrhyw un yn ei bywyd.

Na, mi fydd yn rhaid i mi adael fy nghartref, bydd yn rhaid i mi ymuno â'r byd unwaith eto.

Rhaid i mi ffeindio Meg. Ond ym mhle?

Yn araf ond yn bwrpasol, cerddaf draw at dŷ'r cwch a dringaf i mewn i'r cwch; eisteddaf ynddo'n urddasol, ac af ati i ddyfalu hynt a helynt Meg.

Fe ddiflannodd hi ar yr union adeg pan aeth y ddau ifanc yn ôl i Brestatyn. Tybed a oedd hi wedi cuddio yn y *camper van* ac wedi mynd efo nhw fel cudd-deithiwr?

Dyna Hypothesis A.

Wel, dyna'r unig ddamcaniaeth a ddaw i'm meddwl, ac mae honno wedi bod yn rhowlian ac yn cloncian yn fy mhen, fel un o gerrig yr afon, ers y diwrnod pan aeth pawb a'm gadael ar fy mhen fy hun.

Be wn i am Sunny Prestatyn? Nesa peth i ddim. Lot o bobol Saesneg wedi ymddeol yno. Stryd fawr reit ddel. Yr awdur Emyr Humphreys wedi'i eni yno. A John Prescott. Tad Bob Marley hefyd, medd rhai, ond myth ydi hynny mae'n debyg. *No woman no cry.*

Man cychwyn, neu ben y daith, i'r pererinion sy'n cerdded bob blwyddyn ar hyd llwybr Clawdd Offa. Ac i ble aiff hwnnw? I rywle'n agos i Gas-gwent, neu Chepstow. A ble mae'r lle hwnnw? Nid nepell o Gasnewydd, hen gartref Perce Blackborow.

Ystyriaf ai doeth mynd â'r cwch ar y dŵr budr, troellog, peryglus.

Na, gwirion fyddai hynny, felly cerddaf i mewn i'r afon, hyd at fy mogel.

Brensiach annwyl, mae'r dŵr yn drybeilig o oer. Crymaf i mewn dros fy mhen, a gwrandawaf am rai eiliadau ar ru'r dŵr yn fy nghlustiau. Yna rhedaf ar y lawnt, fel morlo'n dianc o'r môr i'r traeth, a safaf ar y glaswellt yn rhwbio fy llygaid gan anadlu'n ddwfn. Cymer hydoedd i mi gael fy ngwynt ataf.

Yna daw'r penderfyniad olaf. Bydd yn rhaid i mi fynd i Brestatyn, gan ohirio'r penderfyniad o be wna i wedyn tan i mi gyrraedd yno. Caf fynd ar hyd Clawdd Offa, efallai, i lawr i'r de, i weld a yw Meg wedi mynd yno i weld ei hen gariad blewog, clyfar, talentog, ceiliogaidd, Supermanaidd. Mi fydd 'na andros o *showdown* yno, yr un olaf oll rhyngom. Dychmygaf y ddau ohonon ni ar risiau'r stesion, yn cael sgwrs dyngedfennol. Bydd un o'm bysedd yn pwyntio tua'r gogledd, tuag at Dalafon, lle rwy'n sefyll yn awr, yn crynu ar y lawnt werdd.

Does 'na fawr o sens yn y peth, ond be arall wna i? Ac mi fydda i'n mynd ar dipyn o antur. Mog Mentrus, yn wynebu peryglon, yn gorchfygu pob rhwystr.

Ac ar ddiwedd y daith, bydd fy mywyd wedi newid am byth. Ia'n wir, fe af i Sunny Prestatyn drennydd. Dyna yw'r penderfyniad.

Yna cerddaf yn chwim i gyfeiriad y stafell molchi, gyda 'nannedd yn clecian.

4

Heddiw, o'r diwedd, rwyf am gychwyn ar y daith.

Taith i ffeindio Meg, taith i ffeindio fi fy hunan hefyd. Ymestyn allan i'r byd, dechrau'r ymgom. Stwnsian efo'r hen bennau ar y bws. Gwenu ar y *traffic wardens*. Gwenu ar blant bach drwg, gwenu ar neiniau bach pur, gwenu ar bawb. Prynu'r *Big Issue*, cofleidio'r gwerthwr gwalltog a'i gi moel. Dangos 'mod i'n perthyn.

Dechreuad traddodiadol Gymreig i'r siwrne – sefyll wrth y siop a'r swyddfa bost gan ddisgwyl am y bws bach gwyn.

'Helô, Mrs Williams, sut 'dach chi heddiw? Helô, Mr Evans, sut mae'r wraig erbyn hyn?'

Hwythau'n esgus peidio sylwi ar y pac cefn ar y llawr wrth fy nhraed. Pac coch, boliog.

Ia, cychwyn sy'n hollol Gymreig, mor Gymreig â'r jôcs am ddefaid.

Be 'dach chi'n galw dafad 'di chlymu wrth bostyn yn y Blaenau? *Leisure centre*... Ha ha ha ha ha.

Rwy'n chwerthin, rwy'n hapus. Dyma fi'n camu ar y bws, heb gymaint ag un aelod o'r *paparazzi* i dynnu fy llun i'r *Daily Post*. Mi welaf y pennawd rŵan: 'One small step for Mog Morgan...'

I'r duwiau, eu cerbydau aur; i'r Cymry, eu bysus bach cefn gwlad, yn chwilota'r lonydd culion fel chwilod dall. Bws bach budr sydd wedi dod i lawr yr allt tuag ata i heddiw.

'Helô, Brian.'

Gŵr o Fanceinion ydi Brian, y dreifar, ac mae o'n llonni'r teithwyr efo'i ffraethineb a'i ddoniolwch.

Y'all raaat, luv?

I fyny ac i lawr â ni, boing-di-boing-di-boing, yn hercian o un pentref i'r llall, drwy'r glesni llaith. Ydi, mae hi'n bwrw glaw. Dechreuad perffaith i'r siwrne Gymreig.

Ys gwn i: Ai parabl ar gyfer ein hoes ni ydi'r ffenestri tywyll sy'n addurno ein cerbydau newydd – gwydr sydd mor fyglyd fel na all neb weld drwyddo? Fel pe baen ni am anwybyddu'r byd. Yn dallu ein hunain, fel Oedipws.

Mi fflies i i Mosco un tro. Cychwyn amser brecwast, cyrraedd cyn cinio.

Mae fy siwrne heddiw cyn hired, er 'mod i bron iawn yn gallu gweld tyrau prydferth Prestatyn o ffenest y llofft yn Nhalafon.

Siwrne drwy'r bore, i lawr o'r mynyddoedd ac yna ar hyd glan y môr. *Adventure holiday* ar y bws bach gwyn, yna trên o Fangor.

Coronation Street fawr, hir ydi'r arfordir erbyn hyn. *Coronation Street* yn ymestyn ymhell tua'r gorwel, o Fangor i Gaer, cartref i filoedd o bobol sy'n gwylio *Coronation Street* ar y bocs bob nos ac yna'n trafod yr un pynciau yn union â'r actorion yn *Coronation Street*, gan ddefnyddio'r un acen. Maen nhw'n gwybod mwy am America nag y maen nhw am Gymru. *Lot* mwy. Cawn ddiolch i Hollywood am eu dysgu nhw sut i ladd dyn/merch/plentyn mewn cant a mil o ffyrdd trawiadol, ac i ddelio'n wrol efo *werewolfs/aliens/ Vietcong/Ruskies/towelheads/mosquitoes/Sioux/Apache/Arapaho* neu unrhyw rai eraill o hen elynion Cymru.

A be wnaiff Brian rhwng gwylio ffilmiau Hollywood? Dreifio'i fws yng nghefn gwlad Cymru ymysg y *werewolfs/ aliens / Vietcong / Ruskies / towelheads / mosquitoes / Sioux / Apache* a bod yn glên wrth bawb.

Y'all raaat, luv?

Dydi'r Cynulliad yn malio dim, wrth gwrs.

Atebwch hyn, gyfeillion: Sut nad oes unrhyw un, bron, yn y Cynulliad yn edrych fel pe baen nhw'n Gymry? Ond yn wir i chi, mae 'na un peth sy'n hollol weddus: mae'r adeilad yn fwy o sgubor na sgubor go iawn. Pentwr o *big bales* ac oen 'di marw yn y gornel, 'sa hynny'n berffaith.

Iawn, Mr Cadeirydd, awn ni ymlaen at y pwnc nesaf.

Dyma fi unwaith eto'n sefyll yng ngorsaf Bangor – lle daw'r gorffennol, y presennol, a'r dyfodol i gyd-chwarae ac i ddal dwylo.

Rwy'n teimlo fel gwybedyn sydd newydd hedfan i ganol gwe pry cop. Gwelaf ei lygaid mawr melyn yn syllu arna i o'i dwnnel tywyll, yna mae o'n rasio tuag ata i.

Pry copyn mawr glas ydi o (*Arriva Drudfawricus*). Ymhen dim rwy'n ymwingo yn ei grombil haearn.

Y gorffennol: Pa flwyddyn oedd hi? 1979? Dechreuad newydd. Roedd yr hen fyd ar fin diflannu fel gwybedyn i fol y gorffennol pan gyrhaeddais i y platfform gyferbyn am y tro cyntaf. Welwch chi'r hogyn tal, tenau 'cw sy'n sefyll wrth y piler? Fi 'di hwnna. Welwch chi fo'n siglo, yn edrych o'i gwmpas yn syn, yn trio penderfynu be i wneud?

Diwrnod poeth yn niwedd yr haf, a fyntau'n dechrau chwysu yn ei gôt aeaf: ei unig gôt. Mae'n ormod o ddandi i'w chario ar ei fraich. Siwtces trwm, ac ynddo ei holl eiddo (ahhh, bechod). Mae o eisoes wedi dechrau ar hyd ei lwybr bach ei hun, llwybr llai amlwg na'r lleill; *a road less travelled*. Mieri a mwd ar y ffordd, bois bach. Ta ta, Mrs Morris, ta ta i'r cartref plant, ta ta i'r teuluoedd bondigrybwyll ddaru agor y drws iddo a'i gau ar ei ôl drachefn rhwng dyfod a darfod ploryn…

Sbiwch, mae o'n sleifio i ffwrdd dros y bont sy'n arwain at yr anialwch ym mhen draw'r orsaf; i ble mae o'n mynd? Mae ei gerddediad yn simsan. Ydi'r gwalch bach wedi bod ar y botel yn barod? Ydi, myn uffarn i, a'r haul heb gyrraedd ei anterth. Mae'r dipso bach dibwrpas wedi bod yn llymeitian yn barod. Dacw fo, yn gweu drwy'r rhwbel, yn cyrchu cysgod hen gwt sy'n sefyll ymysg chwalfa o frics; mae o'n eistedd a'i gefn at y cwt ac yn mynd i gysgu. Y diogyn, y diawl bach di-asgwrn-cĕfn. Haul poeth yn y nen, haul poeth yn ei ben, chwe thun o lager yn ei fol. Penbwl yn pendwmpian. Pererin penchwiban. Wedi bod wrthi'n yfed yn barod. Cyn cinio. Cyn ei ddarlith gyntaf yn y coleg arobryn sy'n disgwyl y mab afradlon – un arall ymysg y miloedd.

Sbiwch, mae rhywbeth yn digwydd. Dau blismon yn cerdded draw at y cwt ac yn ei ysgwyd. Ac eto – mae o 'mhell i ffwrdd, yng ngwladfa bêr y botel. Deffra, boi bach.

Sôn am giamocs: i ffwrdd â fo, a'i ben i lawr a'i lygaid yn osgoi'r llygaid sy'n ei wylio. Mae o'n crwydro ar hyd ei lwybr bach tywyll ei hun, â photel yn hytrach na chwmpawd i'w arwain drwy'r anialwch. Ond mae o wedi colli'i ffordd cyn cychwyn.

Y presennol: Dyma fi eto, yng ngwe'r pry cop. Wedi sticio'n sownd yng nghlydwch bywyd. Ffawd y gwybedyn, ffawd Mog hefyd. Dibwys i bawb, heblaw i fi fy hun.

Y dyfodol: Welwch chi'r ddau ffigwr 'na wrth y caffi, benben â'i gilydd, un yn siarad yn gyflym, y llall yn gwrando'n astud? Ai Mog a Meg ydyn nhw? Fi a hi? Ai fel yna y daw'r daith i ben – dau gysgod yn troi'n sydyn tua'r porth ac yn cerdded yn chwim i gyfeiriad y dyfodol?

Sbiwch ar y bobol 'ma o f'amgylch i yn stesion Bangor; dydw i 'rioed wedi'u gwylio nhw'n ymadael o'r blaen, fy nghydwladwyr yn ymfudo. Be oedden nhw'n galw'r miloedd 'na aeth ar goll yn yr Ariannin yng nghyfnod y *junta?* Dyna fo – *Desaparecidos.* Y Diflanedig. Cannoedd ar filoedd o Gymry wedi 'madael fel hyn hefyd. Gwaedlif... staen coch ar lawr pob gorsaf a phob porthladd yn y wlad.

Rhai'n mynd i gaethiwed, eraill i flasu rhyddid. Rhyddid rhag hanes Cymru, rhyddid rhag crafangau'r teulu, rhyddid rhag baich eu dyled i'r famwlad. Ond, ar ôl tipyn, hiraethu am adref. Prynu CDs, llyfrau, edrych ar wefannau. Cyfnod mewn limbo, heb berthyn i'r naill wlad na'r llall. Y wlad newydd yn ffug, a'r hen Gymru yn ffug hefyd. Gwlad ddychmygol. Gwlad bell yn datblygu ac yn trawsnewid ac yn bwrw ei chroen bob hyn a hyn fel neidr, tra bo'r crwydryn yn parhau yn ei hen groen. Ai dyna wnes inna – aros yn fy hen groen tra bod Meg wedi mynd ymlaen i sicrhau bywyd newydd, gan ennill croen newydd caboledig bob blwyddyn, bob degawd?

Does neb yr un fath wedi dod adref. Fel Gulliver, yn wyliadwrus. Yn pwyso ac yn mesur. Rhiant creulon ydi gwlad. Dydi gwlad ddim yn aros am neb. Dydi gwlad yn malio dim am ei phlant. Heblaw am ambell i lwyddiant...

Annwyl Meg,

Gwyliau grêt hyd yn hyn. Tywydd yn boeth a'r môr yn ardal Cyffordd Llandudno yn wyrddlas, yn union fel mae o yn y Caribî. Nid twll o le ydi hwn (*Rough Guide*) ond paradwys bach coll lle swynir ni'n foreuol gan y môr-forynion prydfertha welais i 'rioed. Danteithion melys, tywod gwyn cynnes. Piti na fuaset ti yma. Cofia fi at bawb.

Adios,

Mog xxx

Annwyl Mrs Morris,

Gwyliau'n mynd o dda i well, wedi cyrraedd Bae Colwyn. Tref hyfryd sy'n cysgodi o dan goed palmwydd ysblennydd. Maen nhw'n siarad rhyw fath o *patois* Saesneg yma ac rwy'n medru deall ambell air yma a thraw.

Yn Ffordd y Stesion gwelais griw o ddiddanwyr yn dawnsio ac yn canu'n orfoleddus o dan ddylanwad rhyw *rum* nerthol, fel petaent yn Hawaii! Soniais wrthyn nhw am Gymru ond nid oes neb wedi clywed am yr hen wlad.

Cofion,

Mog (yr hogyn drwg 'na ddaru'ch brathu chi! Sori, Mrs Morris!)

Annwyl Mr Gwyn Vaughan MRCPsych,

Rhyl ydi'r lle gorau eto. Gorfoleddus! Mae pobol yn tyrru yma yn eu miloedd, a dwi'n gweld pam. Paradwys! O'r wawr hyd at fachlud haul darperir arlwy swmpus ar ein cyfer: dramâu, darlleniadau o glasuron ein llên (Dafydd ap Gwilym heddiw), diwylliant godidog ein gwlad yn dygyfor o'n cwmpas. Does dim tlodi nac afiechyd yma, a dyma fan ymgynnull dynion a gwragedd cyfoethocaf a harddaf Ewrop. Mae'r Marine Lake wedi disodli San Marino ac Elba erbyn hyn fel cyrchfan y byddigions, ac mae arian parod yn tywallt o beiriannau a ddarperir ar ein cyfer yn y plasdai hyfryd sy'n addurno'r promenâd. Pan ofynnais i heddwas a glywsai am Gymru 'rioed, anfonodd fi i'r amgueddfa am wybodaeth. Ni chlywsant 'rioed am Iesu na'r Iorddonen ond maent i gyd yn adnabod dynes o'r enw Jordan yn dda iawn. Gwnaed ei bronnau, meddan nhw, o deiars hen Ffyrgi Bach. Disgwylir diwygiad tanboeth yn y dref cyn bo hir. Bydd bron iawn pawb yn cyfarfod mewn temlau bach dur ar lan y môr er mwyn offrymu i'w duwiau; yno cysgant blith-draphlith ar ôl cynnal eu seremonïau llesmeiriol a serchus. Ni fydd angen seiciatrydd yn y fan hon byth eto, gyfaill!

Hasta la vista, baby!

Mog

Prestatyn!

'Ystyr yr enw ydi fferm yr offeiriaid,' medda fi wrth ddyn bach twt o dan het Oxfam yn y caffi. Dyma fo'n edrych arna i fel y bydd dafad yn gwylio ci mewn corlan.

'Old English,' ategaf yn araf ac yn glir.

Perffaith! Roeddwn i wedi'i sbotio fo ar unwaith ac

wedi parcio 'nhin ar y gadair agosaf. Y creadur druan. Fo = cwningen. Fi = lori jygarnot yn ei gleuo hi lawr y ffordd tuag at y *24-hour* Tesco. Canlyniad = sblat!

Dyma fi'n eistedd gyferbyn ag o, dros y bwrdd, yn bihafio fel *werewolf* mewn cartŵn, yn syllu ar blentyn bach diniwed efo cyllell a fforc a *serviette* fawr wen dros fy mrest. Rwy'n mynd i fwynhau pryd yng nghwmni'r boi bach anffodus 'ma yn ei het dorcalonnus. Pryd o dafod.

'Ia wir, Hen Saesneg, iaith na all neb yn y dref 'ma ei deall bellach. Dyna i chi eironi, ynte gyfaill,' medda fi wrth y dyn bach diniwed efo mwstás siani flewog a llygaid sy'n erfyn am faddeuant, am ddistawrwydd, ac sy'n erfyn arna i i gau fy ngheg.

Ond na, rwy'n feistr ar hyn, rwy'n arbenigwr ar y grefft o falu cachu. Capten tîm Cymru. Crys coch ar y wal, f'enw yn yr *hall of fame.*

'Ystyr y "tyn" ym Mhrestatyn ydi fferm,' medda finna'n cŵl braf, gan ychwanegu'n ddiangen, 'er does dim llawer o ffermydd yma rŵan, nag oes?'

Rwy'n mwydro'r dyn rŵan, rwy'n pregethu llith, rwy'n mynd i hwyl. Ni, y dynion canol oed, sy'n rhedeg y wlad rŵan o'n pulpudau symudol: ar y stryd, ar lan y môr, ar ben y mynyddoedd mawr. Ia, dynion canol oed fel fi sy'n rhedeg y byd. Democratiaeth ar droed. Cegau blewog yn cnoi ac yn canu cnul; cegau o ddannedd melyn yn ailgylchu hen syniadau fel hetiau Oxfam.

'And the "Prest" in "Prestatyn" comes from the same root as priest,' medda fi wrtho fel diweddglo.

Edrycha'r dyn arna i'n syn.

'But we're in Wales,' medda'r winci bach wanclyd, 'are you sure?'

'Sure as eggs. Sure as sure can be. Sure as Scousers suck sausages...'

Gwelaf nad ydi o'n coelio gair. *Bullshitter*, medda ei lygaid bach pinc, llygodaidd.

Aiff ati i lymeitian o'i gwpan de, gan drio f'anwybyddu. Yna mae o'n gwneud mistêc mwya'i fywyd. Mae o'n gofyn cwestiwn.

Mae o'n gofyn: 'What are you doing here, anyway?'

Rwy'n gwenu'n ddirmygus arno. Y ffwlbart. Y penbwl.

Na, dydi'r hanner penci ddim wedi dysgu gwers bwysicaf bywyd.

Peidiwch byth, byth, byth â gofyn i fwydrwr be mae o'n wneud.

Eisteddaf yn llonydd ac yn hapus yn y caffi ym Mhrestatyn – yn sawru'r foment.

Rydw i am dwyllo'r dyn bach twt 'ma; rydw i am ei ffug-berswadio nad ydw i'n mynd i fanteisio ar ei ffwlbri. Aiff yr eiliadau heibio'n daclus – rwy'n mynd i amseru f'ateb yn berffaith; gwyliaf ei lygaid yn astud, a gwelaf obaith yn codi'n araf ynddyn nhw fel dŵr yn llenwi llygaid Jerry'r llygoden ar ôl i Tom y gath ei lluchio i mewn i'r tanc pysgod.

Mae hen diwn gron yn swnio fel pry yn y stafell, ac rydw i bron iawn â cholli momentwm wrth i mi drio cofio be ydi'r gân. Be 'di'i henw hi, hefyd? Damia, ddaw o ddim, fedra i ddim cofio.

Yna, rwy'n gwneud symudiad, rwy'n dechrau carlamu tuag at y dyn bach twt fel llewpard yn paratoi i ladd ewig fach glwyfedig. Snap! Caea fy ngenau yn dynn ar ei chorn gwddw.

'What am I doing?' medda fi mewn llais diniwed. 'Did you ask me what I'm doing here?'

Gwelaf ei lygaid yn pylu, ei gyhyrau yn llacio; gwelaf

obaith yn ymadael ag ef, fel ysbryd y gwningen fach bert, fflyffi sy o dan deiars jygarnot Tesco.

'I'm on walkabout, if you must know,' medda fi wrtho.

Yna rwy'n troi'r gyllell yn araf. Rwyf am iddo ddioddef am ei hyfdra.

Efallai i chwi glywed am frodorion cynhenid Awstralia, ychwanegaf, gan sylwi ar ei law yn crynu wrth iddo symud y llwy o'r gwpan i'r soser.

'Aborigines?' Mae ei lais yn floesg erbyn hyn.

Ia, *Aborigines*, medda finna. Ers talwm, cyn hanes, cyn bod sgwennu a chyn Hogia'r Wyddfa, aeth cyndeidiau y brodorion o gwmpas y wlad yn canu'r byd i fodolaeth.

Gadawsant alawon a geiriau blith-draphlith ar hyd a lled y ddaear, llwybrau wedi'u nyddu o hen ganeuon, mapiau breuddwydiol, a dyna oedd cwmpawd y brodorion – gallent symud o gwmpas y wlad drwy ddilyn yr hen alawon a drosglwyddwyd iddynt dros y canrifoedd maith.

Syllaf ar y dyn bach twt a distawaf am foment er mwyn dwysáu'r ddrama.

'It's exactly the same in Wales,' ategaf. 'If we move around the country and hear a song being sung we know exactly where we are; and if we follow the pathways of our ancestors we experience dreams which tell us where to go, what dangers lie ahead, and what we should do to create and enjoy absolute happiness.'

Distawrwydd. Mae'r miwsig ar y radio wedi tewi, a finna hefyd. Daw ysfa i gipio'r het porc pei o Oxfam a'i gyrru fel *frisbee* ar draws y caffi. Daw ysfa i floeddio: Pa helmed ydi hon, gyfeillion, ond helmed Syr Walter Devereaux yn uchel yn llaw Owain Glyndŵr ar ôl brwydr Bryn Glas?

Heddiw, mewn caffi di-nod ym Mhrestatyn, caed buddugoliaeth enwog. *Cysgid Lloegr llydan nifer a lleufer yn eu llygaid.*

Mwydrwrs Cymru 1, Dynion Bach Twt 0.

Af allan drwy'r drws yn urddasol ac yn falch 'mod i'n Gymro. Ac yna, dyrchafaf fy llygaid i'r mynyddoedd.

Annwyl Mrs Morris,

Syrpréis syrpréis! Rwy'n mynd ar daith drwy Gymru fach.

Taith fer y tu mewn i daith hir, achos siwrne ydi bywyd hefyd – dyna ddwedech chi pan fyddwn i'n isel, 'te?

I fyny ac i lawr. Pethau da'n digwydd, wedyn pethau drwg. Pant a bryn. Ffisig chwerw ac yna fferen felys. Hanner sbrowten ych a fi a thamaid o stwnsh neis efo'i gilydd i glirio'r plât. Mynd i gysgodi mewn tent pan ddaw'r glaw, rhedeg drwy'r grug pan ddaw'r haul.

Ond rwy'n colli Meg. Ydw wir, Mrs Morris. Rwy'n colli ei chwmni, ei bodolaeth.

Rwy'n colli'r orsaf niwcliar sy'n mwmian y tu mewn iddi yn ystod y dydd, rwy'n colli'r lleuad llawn a'r sêr digyfri sy'n ewynnu ei chroen yn y nos. Be wna i hebddi?

Y ddeuoliaeth glasurol. P'run ai cerdded ar hyd glyn cysgod angau yn ddistaw bach ar eich pen eich hun (fel na sylwa'r duwiau blin ar eich hynt) 'ta gorymdeithio mewn gosgordd swnllyd (fel y cilia'r duwiau blin oddi wrthych mewn braw). Y duwiau blin, Mrs Morris, ydyn nhw'n gwylio ac yn gwrando? Ydyn nhw'n dilyn fy hynt? Eich Duw Mawr chi, Mrs Morris, dydw i 'rioed wedi cyfarfod â'ch Duw Mawr chi. Ond hen dduwiau bach Cymru, Mrs Morris, mi wela i nhw ym mhobman.

Annwyl Meg, lle bynnag rwyt ti,

Hei, wyddost ti be? Rwy'n cael amser da'n crwydro ar hyd y Gororau ar fy mhen fy hun. Blydi grêt, haf bach Mihangel yn twymo'r wlad. Gweld neb am oriau bwygilydd. Hedd perffaith hedd. Wsti be, Meg? Mae gen i gyfrinach fach yr hoffwn ei siario. Efo ti, a neb arall. Ein cariadon ifanc ni yn Nhalafon – maen nhw wedi gadael eu hoel arna i. Dw i ddim yn poeni gymaint ag oeddwn i cynt. Rwy'n symud yn hapus braf drwy fywyd. Does neb hapusach na fi o dan yr haul ar hyn o bryd. A pheth arall. Rydw i'n cysgu yn eu pabell nhw! Na, nid yr hen babell fawr drom honno ddaru ni ei phrynu yn Bodmin sydd yn fy mhac i – ddaru nhw ei chymryd hi yn lle eu pabell nhw! Y babell fach las ysgafn sydd gen i, ac mae hi'n ogleuo'n neis heno gan 'mod i wedi hel mwsog, llysiau, a blodau a'u gosod i mewn ynddi fel pe baet ti yma i'w siario. Mae'r babell fel eu cariad nhw, yn ysgafn ac yn lliwgar. Tybed oedd ein pabell ni'n rhy drwm ac yn rhy dywyll? Meg, dydw i ddim yn siŵr lle ydw i, heblaw 'mod i yn rhywle ar Glawdd Offa. Be 'di'r ots! Bydda i ar goll am byth hebddot ti, fe wyddost ti hynny.

Cariad mawr,

d'annwyl Mog

Annwyl Mr Gwyn Vaughan MRCPsych,

Y chi a'ch *Adult Separation Anxiety Disorder*. Wel, sôn am rwtsh potas maip. Stwffiwch eich sylwadau bach clyfar i fyny'ch tin, a naw wfft i'ch cowtsh newydd drud chi hefyd. Be fuasai'n gwneud daioni i chi fyddai wythnos yn cerdded ar y ffordd agored efo fi, yn moli natur, yn cyfarch ein cyd-deithwyr, yn adrodd straeon, ac yn canu wrth olau'r tân fin nos, yn cysgu o dan y sêr, ac yn mendio'r creithiau ar ein crwyn, creithiau'r bywyd modern. Dewch! Pabell fach las mewn cwr o fynydd, newid aelwyd bob yn eilddydd.

Mi welais i lwynog cyfrwys heddiw yn croesi'r llwybr, ond ddaru o ddim codi *fifty quid* yr awr fel chi. Ffyc off, Mr Gwyn Vaughan MRCPsych (*alias* Gwyn cwac cwac, achos cwac o ddoctor 'dach chi). Na, welwch chi byth mohono i eto!

Yr eiddoch yn gywir,

Mog Morgan

Mae brodorion croenddu yr *outback* yn iawn: breuddwyd ydi pob siwrne. Hen, hen freuddwyd ydi pob diwrnod ar Glawdd Offa, gwaddol drud a drosglwyddwyd i ni gan ein cyndeidiau. Nhw ddaru freuddwydio Cymru i fodolaeth ganrifoedd yn ôl, a'r oll rwy'n ei wneud bob dydd ydi ailfreuddwydio'r hen freuddwyd gymunedol Gymreig. Dydi'r Gororau 'ma ddim yn perthyn i neb rywsut; dydyn nhw ddim yn perthyn i Gymru nac i Loegr, nac i unrhyw un sy'n fyw chwaith.

Tir neb yw hwn, llannerch hudol rhwng dwy goedwig enfawr; rwy'n teimlo fel un o dylwyth Moses wedi iddo wahanu'r Môr Coch a'u harwain nhw o gaethiwed.

'Dyw'r tirwedd ddim wedi newid llawer mewn canrifoedd. Ydi Ynys y Cedyrn yn dal i fodoli, y tu hwnt i'r coed 'cw? Ydi swnian tragwyddol dynolryw yn poeni clustiau'r byd o hyd? Oes pobol a threfi a thrais a rhyfel y tu draw i'r afon 'cw sy'n ariannu'r tir yn y pellter?

Nid *chronos* sy'n rheoli amser yma, ond *kairos*. Dydd a nos yn unig sy'n bwysig. Cysgaf fel plentyn o dan sêr y nos. Ac yna mae'r dydd cyn hired neu cyn fyrred ag y mynnaf. Bydd un funud weithiau yn para awr. Dro arall, bydd teirawr yn para eiliad.

Pan newidiwyd Calendr Iwl i Galendr Gregori ym Mhrydain yn 1752 fe 'gollwyd' 11 diwrnod a bu anhrefn a therfysg yn y wlad; ymgynulliodd tyrfaoedd a mynnu cael y dyrnodiau coll yn ôl.

A dyma nhw, y dyddiau colledig – yn anrheg i mi, yn wyrth. Aur, thus, a myrr. Dim ond y fi a'm cysgod, a gosgordd o feddyliau melys yn dilyn ar f'ôl, fel meillion Olwen. Erbyn hyn rwy'n teimlo rhythm newydd; gwelaf fod y rhan fwyaf o'r pererinion yn cerdded o'r de i'r gogledd, ac ânt heibio mewn un ton fawr tua'r un adeg bob dydd. Pan welaf y cyntaf, paratoaf ar gyfer yr haid sy'n ei ddilyn. Synnir fi gan nifer y Cymry sy'n eu mysg. Rwy'n loetran yma a thraw, wrth gamfeydd a giatiau, er mwyn sgwrsio efo nhw. Yn trafod y daith; yn gorfoleddu; yn siario pecyn o amser sy'n golledig i weddill y byd.

Yna, dim byd ond patrwm o gaeau, clytwaith hyfryd;

gwartheg a defaid a phorfa ac awel a blodau a chysgodion o'r henfyd. Eglwys gysglyd mewn pant; hen gaer o Oes yr Haearn yn modrwyo copa bryn. Paradwys.

Wybren ddigwmwl. Distawrwydd. Aiff dau ddyn mewn trywsusau cwta glas heibio ar frys. Maen nhw'n dilyn llwybr hir fel hwn bob blwyddyn, medda un. Ond i fi, hwn ydi'r unig lwybr sydd ar ôl yn y byd.

Distawrwydd eto. Mae rhythm y daith, un droed ar ôl y llall, yn fy suo; mae pob cam yn nodyn mewn symffoni. Rywbryd yn ystod y pnawn af i gysgod clawdd i fwyta bara a chaws, ac i synfyfyrio. Af ati i bendwmpian yn y tes; swynir fi gan ddawns y gorwel a'i darth porffor; clywaf si-hei-lwli pell y gwenyn a'r pryfed hardd o'm cwmpas yn yr irddail. Af i gysgu. Breuddwydiaf ar fy ngwely hyfrydlas. Breuddwydiaf, wrth gwrs, am Meg – am y noson pan welais hi gyntaf, gyda gwydr yn ei llaw a modrwy ar ei bys yn ei pharti dyweddïo, amser maith yn ôl. Pan oedd pethau fel partïon dyweddïo'n dal mewn bodolaeth. Pan oeddwn i'n ifanc, pan oedd Meg yn ifanc. Pan oedd y byd yn ifanc hefyd.

Roedd hi mor ofnadwy o ddeniadol y noson honno, yn hudo fy llygaid tuag ati ar draws y stafell. Welais i mo'i hwyneb tan yn hwyrach, pan oedd y gwesteion yn dechrau 'madael, pan ataliwyd y clebran yn ddisymwth gan sŵn gwydr yn torri'n deilchion.

Yr hyn a welais i gyntaf oedd ei chlust dde, ei gwddw, a'i gwallt coch – wedi'i dorchi yn uchel ar ei phen – gyda dolenni crog yn addurno'i chroen gwyn, llachar wyn, dilychwin. Hoeliwyd fy llygaid gan siâp y gwddw, a'r glust; gan drofeydd ei gên a'i thrwyn hefyd.

Patrymau. Ai dyna wnawn ni drwy gydol ein bywyd – edrych am batrymau sy'n ein plesio? Rhyw estheteg gynhenid: galwad o'r gwaed ei hun, fel cri baban yn wylofain am fwyd?

Ai ceinder biolegol sydd yn cyfarwyddo ein llygaid i gyrchu tirwedd hyfryd, i ddilyn llwybrau'r corff a throfeydd lluniaidd y fron noeth? Oes, mae 'na batrymau yn y gwaed, ac mi welais i batrwm pwysig ym mhroffil Meg y noson honno. Patrymau eraill – patrymau hanesyddol – sy'n fy nhywys i ar hyd ffin Cymru heddiw. Ffin fel siâp merch, ac mae'r atyniad i'w gyffwrdd yr un mor gryf. Gwelaf y cyfnod hwn fel bwlch mewn hen jig-so a etifeddais gan fy nheulu, jig-so sydd yn awr yn mynnu fy mod i'n llenwi'r bwlch hwnnw a'i orffen.

Pwy a ŵyr. Ond erys y llun hwnnw ohoni yn fy nghof; dyna ydi'r darlun sy'n dod i'm meddwl pan ddywed rhywun ei henw: Meg. Megan i'w theulu, ond Meg i bawb arall. Megan y ddynes gyhoeddus, uchel ei bri; Meg yr eneth, ein Meg fach ni. Gwelaf hyd heddiw ei gwefus isaf yn cyffwrdd â min y gwydryn hwnnw, nad ydi o'n bod bellach, y gwydryn ddaru hi ei ollwng (mewn act symbolaidd?) yn ystod y noson dyngedfennol honno, a'i falu'n deilchion. Y noson pan ddistawodd stafell yng Nghymru; pan drodd Meg ei phen tuag ataf. Pan gyfarfu ein llygaid am y tro cyntaf.

Soniodd Meg am y foment honno droeon. Gwnaeth ymdrech i esbonio'r peth, ond doeddwn i ddim yn deall. 'Gwranda, Mog,' medda hi wrthyf. 'Bydd llygaid dynion a merched yn cyfarfod gannoedd, yn wir filoedd o weithiau bob dydd, ond unwaith bob blwyddyn, neu bob degawd, neu falle dim ond unwaith mewn bywyd cyfan, bydd y ffaith bod llygaid dau berson yn cyfarfod yn eu huno nhw am byth. Am ryw reswm annirnadwy, clymir dau enaid ynghyd am weddill eu hoes, ia, hyd yn oed os na welant ei gilydd byth wedyn wedi'r foment honno. Rhyw fath o ymdoddiad poeth sy'n uno dau fetel prin. Dyna ddigwyddodd i ni, Mog. Os ei di o'm golwg i am byth yfory mi fydd y cwlwm yn dal yna, dim ots be ddigwyddith, wyt ti'n deall?'

Na, medda finna (wrthyf fi fy hun), dydi dynion ddim yn deall pethau fel'na, Meg.

Rwy'n deffro'n araf, araf, a rhan o 'meddwl i'n dal i afael yn dynn yn y freuddwyd. Yna, fel y daw'r pnawn poeth yn ôl i f'ymwybyddiaeth, clywaf fy hun yn mwmian enw: *Robinson Crusoe, Robinson Crusoe...*

Ac fel y dychwel y byd i'm golwg, gwelaf rywun yn sefyll drosta i, yn ymgrymu ychydig wrth edrych i lawr arna i. Gwnaf ymdrech i weindio'r handlen drom sy'n dod â'r ffocws yn ôl i'm llygaid, ac fe gliria'r freuddwyd; cwyd niwl fy nghwsg o'r tir ac ailymunaf â phererinion Clawdd Offa: gwelaf eto lwybr hardd, y coed godidog, a'r gwenyn swynol wrthi'n hel neithdar.

'Meg!'

Rwy'n estyn fy llaw dde tuag ati, ac mae hi'n gafael ynddi. Silwét fy ngwraig sydd yno, a'r haul yn coroni ei gwallt eurgoch.

'Meg!' medda fi eto, gan gydio yn ei dwylaw a'i thynnu tuag ataf. 'Roeddwn i'n gwybod 'swn i'n dy ffeindio di!'

Daw chwarddiad direidus oddi wrthi.

'Rydw i 'di cael 'y ngalw'n lot o bethau, ond 'rioed Meg...'

Nid llais Meg sydd yno. Syllaf yn hurt arni. Ac er nad ydi hi'n trio datgysylltu'r cydio dwylo, rwy'n deall yn araf mai rhywun arall sydd o 'mlaen i, rhywun tebyg iawn i 'ngwraig i – ond nid Meg ydi hi. Anhygoel o debyg, ond yn iau o lawer. Yr un gwallt, yr un sgwyddau, yr un nodweddion cnawdol; yr un *aura*.

Ond nid Meg Talafon ydi hi. Y fi sy'n rhyddhau ei

dwylo gyntaf, ac yna'n codi ar fy nhraed yn llafurus. Rydw i wedi stiffio yn ystod y freuddwyd, ac rwy'n cael job plygu i lawr i frwsio'r manion gwyrddlas oddi ar fy nhrowsus. Daw ffrwd o feddyliau syn i 'mhen – adwaith i'r sioc o weld Meg, ond nid Meg.

Rwy'n gwenu arni erbyn hyn, ac yn gwneud ystum efo 'mreichiau, cystal â dweud: 'Pwy 'sa'n coelio'r fath beth, wir?'

'Sori! Roeddwn i'n meddwl yn siŵr mai Meg, fy ngwraig, oeddech chi,' meddwn fel ymddiheuriad. 'Rydych chi'r 'run ffunud â hi!'

Sylwaf ar wyrdroadau ei gwddw a'i chlustiau. Yr un trwyn hefyd. Ond does 'na ddim llinellau mân o gwmpas y llygaid, does 'na ddim gwyriad i'r geg hyd yn hyn. Rwy'n gwneud ymgais i beidio â syllu arni, ond mae fy syndod mor amlwg fel y daw gwên chwareus i'w gwefusau.

'Wrth gwrs, fe wna i newid fy enw os leiciwch chi…'

Y 'chi' sy'n cadarnhau mai dieithryn sydd yno. 'Chi' moesgar y Cymry, yn dangos parch i bobol ddiarth a'r hen (perthyn i'r cyntaf rydw i, wrth gwrs!).

Ia, fersiwn o Meg sydd o 'mlaen i; mae hi'n dalach ac yn deneuach, ond copi ydi hi o'r Meg adwaenwn i ddeng mlynedd ar hugain yn ôl. Y Meg honno ddaru feddwi'n araf gyda mi mewn cegin yng Nghymru ar ôl i'w dyweddi fynd i'w wely'n chwil ac ar ôl i bawb arall fynd adref. Dair awr neu fwy ar ôl i ni blygu efo'n gilydd i hel darnau o'r gwydryn colledig oddi ar y teils.

'Heledd ydw i,' medda'r ferch o 'mlaen i. 'A Robinson Crusoe ydach chi, ia?'

Daliaf i edrych arni.

'Ia, ar un cyfrif,' atebaf. 'Ond Mog ydi'r enw iawn.'

Edrycha Heledd i mewn i'm llygaid am yn hir, fel pe bai'r enw'n golygu rhywbeth iddi.

'Mog,' medda hi'n ddistaw. 'A lle mae Meg, eich gwraig go iawn?'

Aiff munud lawn heibio a minna heb ddweud gair, cyn i mi ffurfio ateb call. Yna dywedaf:

'Mae Meg wedi diflannu, ac rwy'n chwilio amdani.'

Distawrwydd.

'Wedi diflannu... yn fan'ma? Lle mae'r heddlu?'

Distawrwydd.

'Stori hir, Heledd. Nid ar goll yn fan'ma, ond rwy'n credu...'

Distawrwydd llwm eto. Sut medra i esbonio?

'Ydi Meg wedi'i chladdu o dan y patio, tybed?' medda Heledd gan edrych arna i'n ddigon rhyfedd.

Chwarddaf nes daw'r dagrau i lawr fy mochau, chwarddaf yn uchel a'm llygaid yn agored ac yna'n ddistaw wedi i mi gau fy llygaid. Rhyddhad. Teimlaf fy nghorff yn datglymu ac yn ysgafnhau. Casglaf y dagrau poeth ar gefn fy llaw.

'Ydi Heledd, mae hi o dan y patio.'

Daw'n amlwg, ymhen tipyn, fod Heledd wedi ymlacio hcfyd.

'Dydych chi ddim yn ddyn peryglus felly?'

'*Serial killer* cynta Cymru, *at your service*.'

Adroddaf ychydig o'r stori wrthi ar frys. Ymhen tipyn rwy'n teimlo 'mod i wedi'i hargyhoeddi nad ydw i'n llofrudd gwallgof. Mor hawdd ydi perswadio merched!

Ar ôl iddi hel y glaswellt o 'nghefn fe ddywed:

'Iawn, Mog, ydyn ni am gerdded efo'n gilydd?'

Rhof fy mhac ar fy nghefn a chychwynnwn oddi yno, wrth i'r haul gilio drwy'r coed ar yr ochr Gymreig.

Annwyl Meg,

Esgob annwyl, mi ges i fraw heddiw! Gwelais i dy ail di ar Glawdd Offa. Ffotocopi lliw! Sôn am sioc, dy gyfarfod di fel'na – Meg Nymbar Tŵ. Mae hi'n llaw chwith fel chdi, mi sylwes i ar hynny pan gododd hi gudynnau o'i gwallt (coch!) y tu ôl i'w chlust chwith (yn union fel chdi!). Mae hi'n cnoi'i hewinadd fel chdi, ac yn brathu'i gwefus isa pan fydd hi'n ystyried pwnc dyrys. 'Run ffunud! Mi gyffyrddes ynddi er mwyn gwneud yn siŵr ei bod hi o gig a gwaed, ac nad drychiolaeth mohoni. Ai breuddwyd ydi hyn oll, Meg? Tybed wna i ddeffro mewn munud yn y gwely mawr efo chdi, mewn storm o daranau, gyda'r ddau ifanc yn gwneud pethau digri ar y lawnt? Gawson ni hwyl bryd hynny, yn do Meg?

Cofion cynnes (!),

Mog x

P.S. O na bawn i'n medru troi'r cloc yn ôl i'r dechrau. Y gwydryn yn torri. Oedd 'na neges i ni bryd hynny? A ddylien ni fod wedi rhoi'r darnau yn ôl at ei gilydd efo Superglue, fel rhyw fath o dalismon, totem, swynbeth? Ein *glitterball* bach ni ein hunain? Cyfanrwydd eto. Adferiad. Gobaith?

P. P.S. Chdi 'di'r gorau. Mae'n well gen i Meg Numero Uno! xxxxxxxx

Annwyl Mr Gwyn Vaughan MRCPsych,

Drychiolaeth oeddwn i, drwy'r holl flynyddoedd, i Meg. Hologram. Y cymeriadau yn ei llyfrau oedd y bobol go iawn, nid y fi. Wyddoch chi be? Roedd hi'n teimlo'n ddiogel ym myd y nofel, ym myd rhithiol academia; fan'no oedd ei realiti hi, nid yn y gwely efo fi, nid yn y lolfa ar y soffa efo fi, ac nid wrth gerdded drwy law gaeafol y cwm efo fi. Wyddoch chi be? Bob dydd Sul fe deimlwn i, Mog Morgan, fel y cyw oer, noeth, hyll yn cael ei hel i'r popty yn Nhalafon. Ond be welai Meg yn ei harallfyd hi ei hun? Gwelai bryd o fwyd crand ar fwrdd nofel, *coq au vin* perffaith a gwin da, cwmni ffraeth, ffuglennol. Awdur oedd hi bob munud o'r dydd, yn dewis ei geiriau, yn dethol... ac yn sicr i chi, Mr Vaughan, doedd ganddi hi ddim isio clywed fy mrawddegau herciog i, na gweld fy nwylo gwladaidd, afrosgo yn tollti gwin rhataf Tesco ar ei lliain gorau. Na, doedd gan Meg Morgan ddim isio cymaint ag un tamaid o realiti. Dyna pam mae hi'n byw yn ei byd bach ei hun am wythnosau, misoedd ar y tro.

Yr eiddoch yn gywir,

Mog Morgan

Annwyl Mrs Morris,

Be ddigwyddodd i'r cartref? Mae o yna yn fy mhen, ond dydi o ddim yn bod yn y byd. Chwalfa o frics, chwyn, a ffenestri wedi'u torri. Biti na fuasen ni'n gallu rhoi'r lle yn ôl wrth ei gilydd eto, 'de! Sawl un sy'n cofio'r cyntedd, a'r grisiau, a'r atig? Llai a llai bob blwyddyn. Faint sy'n eich cofio *chi*, Mrs Morris? Llai a llai bob blwyddyn. Falle mai fi ydi'r ola. Y lleill wedi mynd – diod a chyffuriau, yr un hen stori. Drychiolaeth ydi'r gorffennol, yn 'de Mrs Morris?

Ond na, rwy'n dal i deimlo'ch llaw ar fy mhen, eich anadl yn fy ngwallt. Nid drychiolaeth mo hynny. Diolch i chi, Mrs Morris. Diolch am byth, tan y diffoddir y gannwyll olaf.

Cofion cynnes,

Mog (yr unig hogyn NA ddaru redeg i ffwrdd, unwaith!)

O, mor braf ydi crwydro ar hyd Clawdd Offa efo Heledd yn ystod pnawn hir ym mis Medi. Rydw i wedi colli gafael ar ba ddiwrnod ydi hi, ond pa ots. Mae un diwrnod yn toddi i'r nesaf erbyn hyn. Rwy'n teimlo fel nofiwr yn mynd gyda'r llif yn araf, ond yn lle dŵr o'm cwmpas mae môr o nwyon cynnes: ocsigen, a heidrogen, a nwy dienw sy'n llenwi fy ngwaed efo bodlonrwydd a hapusrwydd, fel cyffur.

Pryfyn bach di-nod ydw i bellach, ceffyl dŵr sy'n rhwyfo'n ddiofal mewn rhyw fôr anhysbys. Does dim awel, ond sibryda'r gwair o dan draed a chana'r adar mân yn y coed. Gwelwn olion y moch daear ym mhobman; y nhw ydi gwir drigolion y clawdd bellach, a'i warchodwyr cudd. Rwy'n cofio dernyn o wybodaeth ynglŷn â'r clawdd, ac yn ei siario efo Heledd. Dwn i ddim a ydi o'n wir.

'Hei, Heledd, pan gâi Cymro ei ddal ar yr ochr Seisnig i'r clawdd bydden nhw'n torri'i glustiau fo i ffwrdd, a phe bai Sais yn cael ei ddal ar yr ochr Gymreig câi ei grogi. Be ti'n feddwl o hynny?'

Ond cyn iddi ateb daw teulu mawr o jac-dos swnllyd heibio,

ar eu ffordd adref i noswylio. Try fy meddwl inna hefyd at yr un pwnc, sef ffeindio lle i glwydo'r noson honno.

Rwy'n gofyn i Heledd be sydd ganddi hi mewn golwg, a sonia am 'bifi bag' a chysgu o dan y sêr. 'Dan ni'n cytuno i nythu efo'n gilydd dros nos, ac mae hynny'n codi 'nghalon i: mae hi'n fy licio i, mae'n rhaid, ac yn ymddiried ynof fi. Ar ôl ffeindio llecyn rwy'n codi'r dent mewn chwinciad ac mae hitha'n paratoi ei gwely wrth ochr fy mhabell fach las; rhyw fath o babell heb bolion ydi bifi bag, a'i sach gysgu hi y tu mewn iddi.

Yna eisteddwn ar ben y clawdd yn edrych tua Chymru ac yn siario gweddillion y dorth a'r caws sydd yn fy mhac. Bydd yn rhaid ffeindio siop yn rhywle fory. Ond dydi pethau fel'na yn poeni dim arna i erbyn hyn. Rwy'n teimlo fel sipsi yn crwydro drwy'r wlad, heb ofal yn y byd. Eto i gyd, sylweddolaf na fyddai Meg yn gyfforddus yma; ni fuasai hi byth yn cytuno i gysgu o dan y sêr fel hyn – buasai hi wedi mynnu cael gwely cyfforddus a bath poeth.

Erbyn hyn mae'r dydd yn mynd rhagddo ac mae'r sêr yn ymddangos yn araf uwchben (gyda Heledd yn eu gweld nhw yn llawer cynt na fi); clywn gwdihŵ yn hedfan yma a thraw yn y coed islaw. Mae hi'n oeri, a theimlaf gynhesrwydd corff Heledd wrth fy ochr. Mae hi'n edrych ar y sêr, ac yn gofyn ydw i'n gwybod eu henwau.

'Nac ydw wir,' medda finna, gan feddwl am Catrin a'i gwersi hi ar y sêr. Rydw i wedi anghofio popeth a ddysgodd i mi, ond ynddi hi roedd fy niddordeb wrth gwrs, nid yn Alpha Centauri.

'Ydych chi'n gweld "W" fawr draw fan'cw?' medda Heledd, ac rwy'n dilyn ei bys hi i fol y tywyllwch.

'Gwelaf, mi welaf hi,' medda finna (ond ydw i?).

'Dyna i chi Cassiopeia,' medda Heledd. 'Brenhines oedd Cassiopeia, ymhell bell yn ôl…'

Syllaf i gyfeiriad yr 'W' fawr yn y nen a chaf yr hanes i gyd. Rwy'n dotio at y ffordd mae Heledd yn dweud 'Www' – mae o'n f'atgoffa i o Catrin, a'i dull hi o ddweud 'Www' ar y lawnt yn Nhalafon. Ond sut fedra i hiraethu am rywbeth a ddigwyddodd lai na phythefnos yn ôl? Mog Morgan!

Hiraeth a marwolaeth... *aeth, aeth, aeth.* Welodd y byd neb fwy hiraethus na fi, medda Meg, a welodd y byd 'rioed glaf â chlefyd gwaeth, chwaith (achos 'mod i'n darllen *Home Doctor* yn y lle chwech; gwelaf y clawr o 'mlaen i: *self-help treatments, over 150 common conditions, emergency first aid, A–Z of remedies*).

Daw stori Heledd i ben: 'Lladdwyd Cassiopeia a gyrrwyd hi i fyw ymysg y sêr – mae hi wyneb i waered am hanner y flwyddyn fel cosb am ffansïo'i hun gymaint.'

Stori ddiddorol, ond erbyn hyn mae blinder yn pwyso ar fy llygaid, ac rwy'n hiraethu am Meg (doedd honno 'rioed wedi hiraethu am neb, nac am unrhyw adeg yn y gorffennol, hyd y gwyddwn i... soniodd hi 'rioed am ei chariad cyntaf, yr hogyn meddw a gysgodd yn y llofft tra oedden ninna'n cusanu yn y gegin; ddywedodd hi nemor ddim am ei phlentyndod. Pam tybed? Wn i fawr ddim amdani hi, wir... bydd yn rhaid i mi ei holi pan ddown i nabod ein gilydd eto... os bydd 'na eto).

'Wrth gwrs, roedd ein cyndeidiau yn gweld lot mwy o'r sêr na ni,' medda Heledd. 'Roedd yr awyr yn lanach o lawer bryd hynny.'

Ac rwy'n mynd ati i bensynnu ynglŷn â Meg eto: tybed oeddwn i'n medru gweld mwy ohoni hi ers talwm, pan oedd y pen yn gliriach a'r llygaid yn gryfach?

Rwy'n dechrau symud tuag at fy ngwely.

'Be dw i'n ffansïo fwy na dim, Heledd, ydi tipyn o gwsg,' medda fi, ac i ffwrdd â fi i'm gwâl. Rwy'n gadael ceg y dent ar agor, rhag iddi feddwl 'mod i'n ei chau hi allan o 'mywyd.

Moesgarwch eto. Clywaf hi'n snwffian wrth fynd i'w bifi bag, yna daw distawrwydd y nos i'n gorchuddio. Clywn y gwdihŵ yn symud o'r gorllewin i'r dwyrain, o'r ochr Gymreig i'r ochr Seisnig, ac yna'n ôl. Daw snwffian eto i 'nghlustiau, a gwn erbyn hyn mai mochyn daear sy'n agosáu. Clywaf ef yn paratoi ei dŷ bach, twll yn y ddaear, gan fod y broch yn anifail taclus iawn. Ar ymylon cwsg, clywaf lwynog yn cyfarth yn y pellter. Llwynog Cymreig? Yn poeni am lwynogod Seisnig yn dod dros y ffin bob nos? Yna daw'r düwch i feddiannu fy myd.

Annwyl Meg,

Goeliet ti ddim! Mae hi mor debyg i ti – ond heb brofi poenau na phrofiadau bywyd fel chdi! 'Dan ni'n dod ar dy ôl di, Meg, rydw i wedi dweud popeth wrthi hi am y cariadon ifanc a'r garafán a Perce Blackborow; mae hitha hefyd yn meddwl mai yn rhywle ar Glawdd Offa yr wyt ti. Mi fu hi'n siarad â cherddwr arall ac roedd hwnnw'n sicr ei fod o wedi gweld ei hail hi wrth ymyl Tref-y-clawdd. Teimlad rhyfedd ydi bod yng nghwmni Meg ifanc unwaith eto. Ond neis hefyd! Mae hi'n gweld pethau mor sydyn, ac er mai ifanc ydi hi mae ganddi hen ben ar ei sgwyddau. 'Dan ni wedi bod yn trafod y gair 'cariad'. Dydi cariad pur ddim llawer o iws ynddo'i hun, medda Heledd. Yn wir, fe all cariad amrwd fod yn niweidiol, fel *Catherine wheel* ar noson Guto Ffowc, yn mynd rownd a rownd yn wyllt cyn eich dallu chi am byth efo'i sbarcs. Mi fedrwch chi garu rhywun yn ormodol, medda Heledd, mi fedrwch chi dagu pobol efo cariad. Eu mygu nhw, fel rhoi clustog dros eu cegau. Wyt ti'n meddwl bod hynny'n wir, Meg? Oes bosib?

Annwyl Mrs Morris,

Sawl math o gariad sy 'na? Oes 'na gariad sbesial ar gyfer pawb sy'n dod yn agos aton ni? Rwy wedi cyfarfod â Meg eto, Meg fy ieuenctid, ac mae rhywbeth yn meirioli ym mêr fy esgyrn pan edrychaf arni. Roedd hi'n eistedd wrth fy ochr i ar graig fwsoglyd, gynnes y pnawn 'ma ac mi roedd hi'n bwyta'n ddel, yn union fel Meg. Mae hi'n rêl ledi fach. Roedd y sleisen o gnawd rhwng ei chrys a'i thrywsus byr yn f'atgoffa i o gefn Meg. Bu bron i mi â rhoi fy llaw yno, i deimlo'i bodolaeth gynnes hi. Wps!

Cariad noeth: ai peth peryglus ydi hwnnw? Bom yn barod i ffrwydro? Ydi hi'n well cael priodas brysur, ymarferol, arwynebol, heb fynd i edrych am deimladau bach cain, mewnol?

Mi ddaru ni siario darn mawr o siocled efo'n gilydd, gan eistedd ar fonyn coeden wedi syrthio. Y rhisgl yn gynnes dan fy nhin. Dydi merched byth yn edrych ar y label 'Bwytewch erbyn…' ar siocled, ydych chi wedi sylwi ar hynny, Mrs Morris? 'Sa Heledd wedi edrych ar fy label i mi fuasa hi wedi tagu!

Dydi Heledd ddim yn coelio mewn cariad. Cwlt 'run fath â'r Moonies ydi cariad, medda hi. 'Dach chi'n gwirioni dros ryw eilun cnawdol am ychydig, yn gorfoleddu ac yn llewygu ac yn methu bwyta na chysgu, ond ar ôl i'r peth basio 'dach chi'n gweld pa mor hurt oedd coelio mewn Meseia bach personol a 'dach chi'n callio. Rwy'n meddwl bod Heledd wedi bod drwy'r felin ei hun. Os 'dach chi'n licio rhywun, cysgwch efo nhw a dyna fo, does dim rhaid gwneud môr a mynydd o'r peth, medda hi. Ond beth am fagu plant ac ati, medda finna. Ara deg, medda hi, ddaru ni ond cwrdd ddwyawr yn ôl. Digri iawn!

Annwyl Mr Gwyn Vaughan MRCPsych,

Y chi a'ch *electro-convulsive therapy*. Jest yn licio gweld pobol mewn poen 'dach chi'n 'te? Ond does 'na ddim cariad heb boen. Mae'n amhosib. Cariad = poen. Bob tro, mêt. Heb eithriad. Y chi a'ch *theories* bach taclus… fy mod i wedi parselu'r holl gariad y dylwn i fod wedi'i deimlo tuag at Mam (y fam nad adwaenais 'rioed) ac wedi'i drosglwyddo i Meg! A'r cariad y dylwn i fod wedi'i deimlo tuag at fy nhad rhithiol hefyd. Y cwbwl lot! Tri pharsel o gariad yn mynd i un person. Wnewch chi arwyddo am y rhain, Mrs Morgan? Tri pharsel enfawr o gariad – ydi hi'n ben-blwydd arnoch chi, Mrs Morgan? Ta 'di'r cyfeiriad yn rong?

A be arall ddywedsoch chi, Mr Vaughan? Na wnawn i byth adael i *neb* fy ngharu inna rhag ofn, rhag ofn, rhag ofn…

Lol, Mr Gwyn Vaughan. Rwtsh ratsh Rala Rwdins. Dyma rywbeth i chi gysidro:

'Yet each man kills the thing he loves' – Oscar Wilde

'Er mwyn lladd seiciatrydd da i ddim, rhowch un weiran letrig i fyny'i drwyn o a'r llall i fyny'i din o cyn belled ag y medrwch chi, yna pwyswch y botwm coch' – Mog Morgan

OFFA NI
Cylchgrawn Cerddwyr Clawdd Offa

Yr holiadur

Ein gwestai y mis hwn ydi Heledd ab Cyndrwyn, y Gymraes gyntaf i gerdded ar hyd Clawdd Offa 24 gwaith.

Heledd, pam y'ch chi ar Glawdd Offa heddiw?

Rwy'n edrych am Meg, ac yn galaru nychdod ei pherthynas â Mog.

Pam ydych chi wedi cerdded i fyny ac i lawr Clawdd Offa bedwar tro ar hugain?

Ges i blentyndod blin iawn ac mi roedd gen i andros o lot o *baggage* erbyn i mi fadael cartre. Wel, cythgam o bac mawr ar fy nghefn i fod yn hollol gywir!

Ac mae'r holl gerdded 'na wedi'ch helpu chi i ddygymod â'r gorffennol?

Do wir. Roedd fy nhad yn dipyn o seico, isio paffio o hyd, ac mi gollais i frawd yn y rhyfel. Na, nid y dechreuad perffaith i fywyd, medrwch fentro, ond roeddwn i'n ocê erbyn i mi orffen y nawfed siwrne. Dalies i ati achos 'mod i heb do uwch fy mhen – roedden ni wedi colli'r hen gartref i gwmni *repossess* sawl gwaith, yna ddaru'r lle syrthio'n dipiau. *Bummer*!

Sut fath o **** ydych chi'n licio?

Yn yr awyr agored, efo dyn sydd heb unrhyw arf, yn arbennig cleddyf mawr haearn. Byddai haid o frain o gwmpas y lle'n bwydo ar y meirw yn dipyn o *turn-off* hefyd, a rhaid i bawb fod yn sobor gan fod medd Powys yn medru achosi pen tost i chi cyn cyffwrdd â'r gwydryn.

Ydych chi'n hoff o glymu'ch partner, neu'n licio *handcuffs* **a chwipiau?**

Dw i ddim yn barod i drafod pethau fel'na; cwestiwn annheilwng iawn a chysidro be rydw i wedi bod drwyddo.

Eich hoff ystum corfforol wrth gyflawni'r ★★★★?

Reverse cowgirl ydi'r term Saesneg, rwy'n credu.

Eich hoff ddarn o farddoniaeth?

'Bore diw Sadwrn, cad fawr a fu...' Mae'n f'atgoffa i o 'mhlentyndod.

Hoff ddarn o fiwsig?

'Y Dref Wen' gan Tecwyn Ifan.

A'ch hoff gelfwaith?

Rwy'n licio gwaith y boi 'na sy'n paentio efo'i waed ei hun.

Beth ydi arwyddocâd y ffin i chi?

Mae'r ffin yn union fel gwely priodas. Gall un partner ddwyn y dwfe yn y nos ac mae hynny'n creu anghydfod. Pur anaml y bydd y ddau'n hollol gytûn ynglŷn â phwy sy'n chwyrnu waethaf a phwy sy'n gyfrifol am olchi a newid y dwfe. Weithiau bydd yn rhaid newid lle i weld be 'di be, ac er mwyn cael amrywiaeth. Mae gan bawb ei hoff ochr. Ar ôl hir amser does neb yn poeni llawer am gyflwr y matras gan fod y partneriaid (fel arfer) yn cysgu ar wahân.

Ydych chi'n licio Mog Morgan?

Mae o'n hen foi iawn hyd y gwela i. Mwy o *baggage* na fi hyd yn oed! Problemau efo hunanhyder ac iselder, ond be 'dach chi'n ddisgwyl efo dyn a fagwyd heb deulu a heb gartref saff, parhaol? Rwy'n gwybod popeth am hynny! Daw hunangasineb – ar un adeg bûm yn niweidio fy hun efo darnau o wydr.

Ydi o'n deall y gair 'cariad'?

Na, mae'r gair yn parlysu ei feddwl.

Ydi hynny wedi creu problem efo'r rhai o'i gwmpas?
Ydi. Mae'n orchwyl blinedig iawn, caru rhywun sy'n trin y gair 'cariad' fel *landmine*.

Sut 'dach chi'n medru dweud?
Mae'r creadur yn ymddiheuro byth a beunydd, ac mae ôl y botel ar ei wyneb.

Ydi o wedi trafod y profiad efo arbenigwr?
Do, ond gan ei fod o wedi gorfod ymddiried yn ei realiti ef ei hun ar hyd ei oes mae o'n benstiff ac yn cau cymryd cyngor.

Fyddech chi'n hoffi ymddiheuro i rywun am unrhyw beth a wnaethoch yn y gorffennol?
Na fyddwn.

Ydych chi'n medru crio?
Yn hawdd, yn rhy hawdd o lawer. Gries i am flwyddyn gron unwaith. Fasech chi ddim yn coelio bod cymaint o ddŵr mewn un corff bach meidrol.

Ydych chi erioed wedi dweud wrth rywun eich bod chi'n eu caru nhw, er nad oeddech chi?
Naddo. Dw i ddim wedi gwneud digon o ddefnydd o'r gair.

Ac i ddiweddu, fydd 'na Gymru ar ôl ymhen mil o flynyddoedd?
'Dach chi'n cymryd y *piss* rŵan. Sut y gwn i?

Ms Heledd ab Cyndrwyn, diolch yn fawr.

Rwy'n sefyll ar Glawdd Offa, tua hanner awr ar ôl i'r wawr dorri. Mae'r haul newydd godi dros y gorwel Seisnig, ond rwy'n edrych tua Chymru, ac rwy'n sefyll yn hollol lonydd. Daw awel ysgafn i fodio fy wyneb, yn union fel y teimla'r dall wyneb ffrind newydd, a chaeaf fy llygaid i fwynhau'r cyffyrddiad. Aiff ton gynnes ar hyd fy nghorff; yn fy swigen fach gyffrous rwy'n teimlo'n hapusach nag a wnes 'rioed o'r blaen. Tynnaf lun ohonof fi fy hun â chamera dychmygol wrth fy mhabell fach las, yn sefyll ar y gŵys enfawr a dorrwyd gan y werin Seisnig yn yr wythfed ganrif. Lluniau fel hyn sydd ym mhocedi'r cof. Eiliadau prin, gwerthfawr, pan fo dyn yn eithriadol o hapus neu'n eithriadol o drist. Cymer y cof lun o'r achlysur; nid llun gweledol, ond llun cemegol sy'n cynrychioli'r holl synhwyrau. Byddaf yn cofio fy fersiwn i fy hun o'r eiliad hon am byth: cyffyrddiad y gwynt, ac arogl y ddaear. Medi'n euro'r dail; turtur yn mwmian yn y coed. Eiliadau fel hyn sy'n creu hapusrwydd, nid misoedd, na blynyddoedd chwaith. Weithiau, dim ond weithiau, cawn ddal y foment a'i chadw. Bydd y profiad hwn yn hwylio uwch fy mhen, fel balŵn liwgar plentyn, drwy gydol y bore.

Be ddywedai Meg? Fod sawl math o dristwch, a dim ond un math o hapusrwydd. Ydi hynny'n wir? Rwy'n cofio pethau trawiadol rŵan, pethau ddywedodd hi wrtha i yn y deildy yn Nhalafon. Does gan neb yn y byd – yn dew neu'n denau, yn enwog neu'n ddistadl, yn gyfoethog neu'n dlawd – fwy na phum ffrind go iawn yn y byd, a 'dan ni ddim yn gwybod pwy ydyn nhw tan y daw'r ddrycin.

Pumoedd ynys Meg. Pum penderfyniad pwysig yn ystod pob bywyd. Dim ond un penderfyniad tyngedfennol. Dyna ddywedodd hi.

Clywaf Heledd yn codi, ond nid edrychaf draw tuag ati; rwy'n gwybod erbyn hyn fod merched yn licio paratoi, fel actorion, ar gyfer y dydd. Mae 'na gyffelybiaeth â'r theatr: maen nhw'n gwisgo colur, neu'n dewis peidio, yn yr un modd ag actorion. Maen nhw'n edrych ar sgript y diwrnod ac yn sicrhau bod pob un o'r actorion yn eu lle.

Mog! Rwyt ti yn y deildy... mi ddyliet ti fod yn y selar!

Darllenais yn rhywle fod pob merch yn ddeublyg; os oes 'na Heledd gnawdol yn cyd-gerdded â mi ar hyd y clawdd, mae 'na Heledd ysbrydol hefyd yn gwylio'r Heledd gnawdol bob munud o'r dydd, fel plismones, yn sylwi sut mae hi'n edrych a sut mae hi'n ymddwyn.

Yna, daw'r Heledd gnawdol i sefyll wrth f'ochr; rhydd bwniad bach cyfeillgar i mi â'i hysgwydd, a dywed yn ddistaw: 'Sut 'dach chi heddiw, Mog?'

Rwy'n ei chyfarch hi, a 'dan ni'n paratoi i gerdded am dipyn cyn brecwast. Daw ton fach arall drosof, ton debyg i'r don o gerddwyr fydd yn dod i'n cwfwr ymhen tipyn: mae Heledd yn ymddiried ynof, mae hi'n deall 'mod i'n mynd i'w pharchu. Mae hyn yn ofnadwy o bwysig i mi, ac nid moesgarwch hen ffasiwn ydi hyn. Mae hen, hen reswm sy'n ymwneud â'r cartref... clywais rai o'r merched ifanc yn madael â'u gwelyau yn y nos ac yn dychwelyd yn eu dagrau. Dyna pam rwy'n cerdded yn ofalus rhwng blodau mân y llawr. Gall un droed fawr niweidio cymaint o friallu bach sy'n egino. Gall un droed fawr andwyo teulu o gennin Pedr ifanc am weddill eu hoes frau.

Meg a fi yn y deildy un diwrnod: roedd hi'n darllen stori gan Primo Levi, am ddau anthropolegwr Saesneg yn astudio tylwyth y Sirioni ym Molifia.

Dangosir pob math o bethau modern i'r brodorion, matsys yn eu mysg. Ond yna collir holl eiddo'r dieithriaid un noson mewn tân. Yn y bore gorchmynnir nhw i ailgynhyrchu'r pethau a losgwyd; ond wrth gwrs, fedran nhw ddim gwneud hynny. Fel y gweddill ohonon ni, dydyn nhw ddim yn gwybod sut i wneud matsys, na sut i wneud y cant a mil o bethau eraill sydd o'n cwmpas. Mi gân nhw eu rhoi mewn cwt i aros eu tynged...

Ac yn awr, ar Glawdd Offa, daw darlun i'r meddwl ohonof inna mewn cwt tywyll a Meg y tu draw i'r drws yn sibrwd f'enw. Fel y matsys, rwy'n adnabod ffurf

Meg ac rydw i wedi'i gweld hi'n fflamio sawl tro. Ond dirgelwch ydi Meg. Dim ond un pentref bach ynddi hi sy'n gyfarwydd i mi. Does gen i ddim syniad be sy'n digwydd ym mhrifddinas ei meddwl na'i henaid hi. Lle pell i ffwrdd ydi hwnnw, lle aiff Meg er mwyn bod yn anhysbys. Does 'na ddim *sat-nav* nac *A–Z*. Dw i ddim callach heddiw ynglŷn â dirgelwch ei strydoedd cefn na'i harbwr hi, anadl ei dinas fewnol – ei chyfansoddiad, ei bodolaeth na wŷr neb amdano.

Meg Morgan. Na, dydw i'n gwybod nemor ddim amdani hi, wir…

Rydyn ni'n disgyn yn bwyllog oddi ar Glawdd Offa ar ôl gweld pentref islaw; mae o'n edrych yn ansylweddol ar y dechrau ac yn f'atgoffa i o'r byd bach Lego a wnaed gan Wyn y mab pan oedd o'n blentyn.

Wyn – dyna fi wedi meddwl amdanat ti'n barod heddiw. Sut wyt ti, boi bach? Ydi Awstralia'n ddigon pell i ffwrdd? Ai dianc wnaethost ti, Wyn?

Tyfa'r pentref wrth iddo ddod yn agosach; gwelaf ffordd yn troelli drwyddo, a moduron Dinky yn symud heb wneud sŵn o gwbwl; llygod bach lliwgar yn rhedeg o dwll i dwll.

Sylwaf, erbyn i ni gyrraedd y tŷ cyntaf, fod 'na siop a thŷ tafarn. Ond dydw i ddim isio gwybod be ydi enw'r lle, ac rwy'n dweud hynny wrth Heledd; cyfnod heb hanes, heb amser, a heb enwau ydi hwn; fe allen ni fod yn unrhyw le yn y byd, yn ystod unrhyw gyfnod o 'mywyd i. Daw y gorffennol, y presennol, a'r dyfodol ynghyd ar y clawdd. Daw stori wir fy mywyd a'i ffuglen ynghyd hefyd i ffurfio brodwaith newydd, gwyrthiol. Yn wir, rhaid i Heledd fynnu 'mod i'n mynd i siopa efo hi, gan fy mod i'n awyddus i gadw draw oddi wrth bobol eraill. Rydw i wedi syrthio mewn cariad efo'r siwrne, a chwmni'r clawdd yn unig rwy'n ei ddymuno (a chwmni Heledd am dipyn, ond fuaswn i ddim yn poeni pe bai hi'n mynd ymlaen hebdda i). Ymhen dim rydyn ni wedi prynu bagiad o fwyd (ar y cyd, sut ddaru hynny ddigwydd?) ac wedi snwyro dipyn o gylch y lle. Rydyn ni ar fin cychwyn oddi yno pan glywaf ddrysau'r dafarn yn agor, a 'dan ni'n penderfynu cael peint cyn hwylio ymlaen. Eisteddwn wrth fwrdd efo meinciau yn yr ardd yn mwynhau'r hindda ac yn malu awyr efo'r tafarnwr. Aiff un peint yn ddau a dau yn dri; awn i dipyn o hwyl a 'dan ni'n dechrau ymlacio, yn dechrau trafod ein bywydau. Wel, fy mywyd i.

Dydi Heledd ddim mor barod i ddatgelu popeth; rhyw wendid ydi hyn sydd wedi peri i mi ddweud gormod, gwendid a fu ynof 'rioed. Rwy wastad wedi dweud fy stori wrth bwy bynnag wnaiff wrando. Dwn i ddim pam. Rhyw fath o dystiolaeth ydi hi, math o record. I bobol gael gwybod. Rwy'n teimlo, weithiau, fel yr Ancient Mariner…

Erbyn hyn mae hi'n ddau o'r gloch a 'dan ni ill dau isio bwyd, felly dyna awr arall yn mynd heibio (rwy'n sylwi nad ydi hi'n bwyta cig, fel Meg). Wrth giniawa rwy'n cydio heb feddwl yng ngwydr Heledd ac yn cymryd dracht.

'Hei, fi pia hwnna!' medda hitha. 'Rydw i newydd yfed o hwnna; mi fyddwch chi'n gwybod fy meddyliau i gyd rŵan, y cwbwl lot!'

'Dw i 'rioed wedi clywed hynna o'r blaen,' medda finna, ond mae'r achlysur wedi rhoi sglein ar ein hymgom.

Yna, ar ôl i ni orffen bwyta, mae hi mor boeth 'dan ni'n gorwedd ar lawnt y dafarn ac yn cael sgwrs fach am y noson dyngedfennol honno pan gwrddais â Meg: y gwydr yn disgyn ac yn torri, ein llygaid yn cyfarfod, a'r sgwrs wedyn yn y gegin tra bod ei dyweddi meddw yn cysgu uwch ein pennau.

'Ddaru chi gael secs y noson honno?'

'Naddo, siŵr iawn. 'Dan ni'n sôn am gefn gwlad Cymru yn y chwedegau. Doedd pobol ddim yn neidio i'r gwely efo'i gilydd bryd hynny, heblaw mewn ffilmiau ac yn nychymyg sgwenwyr. Yn sicr, doedd o ddim yn digwydd i mi.'

'Ond ddaru rhywbeth ddigwydd?'

'Do, ond doeddwn i ddim yn gwybod hynny ar y pryd.'

'Wel, be?'

'Dywedodd hi flynyddoedd wedyn 'mod i wedi dweud rhywbeth wrthi ynglŷn â fy ngobeithion am y dyfodol. Dw i ddim yn cofio gair, wrth gwrs, ond mae o'n gwneud sens. Dywedodd Meg 'mod i wedi datgelu rhywbeth. Roedd hitha wedi sôn am ddoethuriaeth a gyrfa yn un o brifysgolion Prydain – ac mi ddaeth hynny i fod.

'Be ddywedais i oedd fod gen i awydd mynd i fyw mewn bwthyn ger y môr a bod yn arlunydd ac y byddwn yn tyfu mwstás a gwisgo *beret*.'

'A ddaru chi?'

'Naddo, ond rydw i'n dal i drio! Fues i mewn sawl arddangosfa yma a thraw, ond hobi ydi hi i mi rŵan.'

'Sut fath o stwff? Olew, tirwedd?'

'Na, stwff eitha modern, haniaethol.'

'Fedra i ddim dychmygu hynny, rywsut.'

'Pam?'

'Wel, rhywbeth fel lluniau tirwedd, dyfrlliw, ddaeth i 'meddwl i.'

'Dyna i ti syrpréis, 'ta. Oeddet ti'n meddwl 'mod i'n hen wlanen?'

'Na! Ond rwy'n falch nad y'ch chi'n hollol *straight*.'

'Paid â disgwyl gormod. Mi fûm i'n lot rhy *straight* ar hyd fy mywyd.'

'Heblaw am redeg i ffwrdd efo Meg.'

'Na, ddaru ni ddim rhedeg i ffwrdd. Wnaethon ni bopeth fel y dylen ni fod wedi'i wneud. Aethon ni i'w weld o, ac esbonio popeth. Cariad ydi cariad, wedi'r cyfan.'

'A?'

'Roedd o'n *gutted*.'

Mae Heledd yn chwerthin yn uchel. 'Bihafiwch,' medda hi, 'dyn o'ch oed chi'n dweud *gutted*.'

Yna mae hi'n mynd ar riff bach ei hun ynglŷn â phobol sy'n gadael un cariad am y llall yn sydyn.

'Mae peth fel'na'n cymylu'r berthynas newydd, 'dach chi'm yn meddwl? Tybed oes 'na gysgod yn parhau am byth, ofn bach distaw y gwnaiff yr un peth ddigwydd eto, ofn y gwnaiff eich partner ddiflannu efo rhywun arall?'

Rhaid i mi gyfaddef nad ydw i 'rioed wedi deall Meg. 'Rioed wedi deall merched *full stop*.

'A,' medda Heledd, '*Men are from Mars, Women are from Venus*.'

'Eh?'

'Teitl llyfr, Mog.'

Caf ryw fath o grynodeb: dynion a merched yn cyfathrachu'n wahanol, yn gweld y byd yn wahanol... anghenion emosiynol gwahanol... dynion yn meddwl bod un weithred fawr gariadus yn bwysig, merched isio lot o weithredoedd bach... dynion yn cilio i ogof mewn argyfwng, merched yn trafod...

Does dim rhaid i mi gyfrannu at y sgwrs rŵan. Mae fy llygaid yn cau ac mae tes y pnawn yn fy ngyrru i gysgu. Clywaf ei llais yn gwanhau ac yn ymuno â synau eraill fel pe baen nhw'n cael eu cymysgu. Gwyn efo coch, pinc. Melyn efo glas, gwyrdd. Ymhen dim rwy'n cysgu fel mochyn ar lawnt y dafarn. Y dafarn ynghanol cefn gwlad.

Hei Meg, dydw i ddim wedi dweud wrth neb. Y gyfrinach. Pam nad est ti a llenwi'r swydd bwysig 'na yng Nghaergrawnt. Gwrthod cadair. I fod efo fi yng Nghymru. Yn Nhalafon. Yn unlle. Un o dy bum penderfyniad mawr di, Meg? 'Ta hwnna oedd y penderfyniad tyngedfennol? Aberth 'ta esgus?

Meg, mae'r gyfrinach yn saff...

Rwy'n deffro mewn niwl cynnes ar fôr gwyrdd y lawnt. Trof a gwelaf fod Heledd yn gorwedd ar ei hochr yn fy wynebu, ac yn edrych arna i.

'Roeddet ti 'mhell iawn i ffwrdd y tro yna,' medda hi'n dawel. 'Lle roeddet ti?'

Rwy'n nodi'r newid yn y dull mae hi'n fy nghyfarch i.

'"Ti" ydw i rŵan, ia?'

Mae hi'n sugno gwelltyn erbyn hyn.

'Ia, os 'dan ni am gerdded efo'n gilydd. A beth bynnag, roeddet ti'n edrych mor ifanc yn dy gwsg. Fedra i ddim galw neb sy'n edrych fel'na yn "chi".'

Trof ar fy ochr i edrych arni'n well.

'Diolch. Gwell gen i fod yn "ti" os 'dan ni am gerdded efo'n gilydd. Wyt ti'n barod 'ta be?'

Mae hi'n arwyddo efo'i llygaid tua'r awyr.

Trof drosodd ar fy nghefn eto, a gwelaf ddiadell o ddefaid du yn cael eu hel i'r gorlan las uwch ein pennau.

'O,' medda finna'n llipa. 'Be wnawn ni rŵan?'

Rwy'n sylwi 'mod i'n byrstio isio piso a dyma fi'n carlamu i'r lle chwech. Yna af i gael sgwrs efo'r tafarnwr. Rwy'n arwyddo tua'r nenfwd efo 'mawd ac yn dechrau swnian am y cymylau.

'O,' medda fo, 'mae uffarn o storm ar y ffordd.'

'Blydi grêt,' medda fi. 'Be wnawn ni rŵan?'

'Mi gewch chi gampio ar y lawnt os liciwch chi,' medda

fo, 'ond i chi gadw'r lle'n daclus' – rhydd yntau winc fawr – 'ac ond i chi yfed 'y nghwrw i drwy'r nos.'

'Ia wel,' medda finna, 'gwell i mi ofyn i'r ferch.'

'Ia wel,' medda fo efo gwên slei ar ei wep, 'gwell i ti ofyn i'r ferch.'

Ar ôl trafod y peth efo Heledd rwy'n gosod y dent ar y lawnt ac yn cynnig lle iddi yn fy nghartref bach *polyester*, rhag ofn iddi lawio yn y nos.

Mae hi'n derbyn, ond yn ychwanegu:

'Iawn, Mog, wnawn ni siario, ond paid â meddwl am eiliad dy fod ti'n mynd i brofi rhyw ffantasi canol oed, ocê?'

'Be ar y ddaear wyt ti'n 'i feddwl, cariad bach?' medda finna'n gellweirus.

'Wyt ti'n gwybod yn iawn be rydw i'n ddweud. Fydd 'na ddim siario sach gysgu, gwell i ti ddeall hynny rŵan.'

'Esgob annwyl, Heledd, fuaswn i ddim yn meiddio,' medda finna. 'Beth bynnag, 'dan ni ar yr ochr Gymreig i'r clawdd. Fase'n rhaid i ni groesi i'r ochr Seisnig i wneud pethe fel'na!'

Rwy'n ennyn gwên ganddi.

'Wel, 'san ni'n medru *gwneud* pethau fel'na ar yr ochr Gymreig, ond fasen ni ddim yn medru disgrifio'r profiad,' medda hitha.

'A 'di hynny ddim mor ddrwg?' medda finna. 'Mae yna ddamcaniaeth fod gwahanol ieithoedd yn medru disgrifio rhai pethau yn well na'i gilydd, wsti.'

Dyma Heledd yn tynnu wyneb hir.

'Roeddwn i'n meddwl mai arlunydd oeddet ti, nid blydi *professor*.'

Rwy'n ei phwnio yn ei hystlys efo 'mys.

'Hwyrach y cawn ni wneud pethau drwg ar yr ochr Seisnig a'u disgrifio nhw hefyd, heb wrido,' medda fi'n ddireidus.

'Nefar in Iwrop,' medda Heledd. A dyma hi'n camu i

gyfeiriad y dafarn, gan ychwanegu, 'Un peth o leia, medrwn ni fynd ar y *piss* yng Nghymru rŵan heb ryw hylabalŵ mawr.'

'A,' medda finna, 'wele uchafbwynt gwareiddiad – 'sa Plato wedi bod mor falch.'

'Ffwcio Plato,' medda Heledd, 'dy rownd di ydi hon.'

Annwyl Meg,

Wsti be, cariad bach, rydw i 'di ffeindio fi fy hunan ar Glawdd Offa yr wythnos hon, heb drio! Dim ond y fi a'r cymylau yn crwydro ar hyd y wlad. Rwy'n gweld y tir – a titha – o'r newydd. Mae'r perspectif wedi newid. Rwy'n deall yn awr pam yr wyt ti'n cudd-deithio (fel perl mewn wystrys!) oddi mewn i fywydau (cregyn?) pobol fel fi sy'n dy amgylchynu; rwy'n deall be sy'n dy gymell di i ffoi. Dim ond pan fo rhywun yn symud mae o'n fyw. Meg, rwy'n teimlo'n fyw o'r diwedd. Rydw i isio dy ffeindio di, i dy ryddhau di – i dy ddatglymu di. Meg, rwy'n deall yn awr be sy'n bod.

Dy ffrind,
Mog

Annwyl Mrs Morris,

Mae Heledd yn dweud mai'r Oesoedd Canol oedd yn gyfrifol am y nonsens sy'n niwlio'r gair 'cariad' heddiw; mae hi'n dweud bod moliant y Pabyddion o'r Forwyn Fair – a'r *spin-off*, diwylliant y trwbadŵrs – wedi creu myth gwirion ynglŷn â'r gair 'cariad'; mae hi'n dweud nad ydi cariad yn golygu dim oll heddiw ond llond het o bres i'r diwylliant dichellgar, blonegog, byd-eang sy'n cyflogi miliynau i ddarparu cardiau a blodau a chaneuon a llyfrau a cherddi a bwydydd rhywiol a phob math o geriach. Rhyw fath o *Da Vinci Code* ydi cariad heddiw, medda Heledd, gêm blentynnaidd yn lle cyfarfod pwysig rhwng pobol. Ond beth am y cariad hwnnw ddaru chi sôn amdano fo, Mrs Morris: y cariad clir, pur sy'n amlygu ei hun i bob copa walltog o leiaf unwaith ym mhob bywyd? Be ddigwyddodd i hwnnw, Mrs Morris? Sut gall eich Duw pur chi roi talp go lew o gariad poeth ar blât i un person yn y ciw ond heb roi dim byd o gwbwl ar blât y nesa ato fo? Be ydi'r ateb i hynny, Mrs Morris?

Cofion anwylaf,

Mog

Annwyl Mr Gwyn Vaughan MRCPsych,

Wnawn ni byth ddeall cariad: mae pob carwriaeth fel atom, yn ufuddhau i ddeddfau cwantwm ac felly y tu hwnt i'n dealltwriaeth; does 'na ddim *unified theory* eto ac ni fydd 'na tra bo dŵr y môr yn hallt. Mae cariad fel nyth aderyn gwyllt mewn clawdd; 'dan ni i gyd isio gweld i mewn ond mae arnon ni ofn cael ein pigo gan y drain.

Cofion,

Mog Morgan

Mae'n lot haws dweud eich hanes wrth rywun diarth. Efo llond bol o gwrw, a storm yn chwipio coed y nos. Efo merch ifanc ddel wrth eich ochr yn plethu'i gwallt yn ofalus ac yn gofyn i chi roi *rubber bands* coch a glas (eiddo'r tafarnwr) ar bennau'r plethi i'w cadw ynghyd ar ôl gorffen. Www, mae hi'n edrych yn neis. Fel Meg yn ifanc.

Erbyn hyn mae hanner nos yn agosáu a does dim sôn am gau'r drysau; yn hytrach, mae 'na ambell ddihiryn yn dal i gripian i mewn dros y trothwy. Rydyn ni ill dau yn y cyflwr gwirion 'na efo lot o chwerthin sy'n rhagflaenu medd-dod go iawn. Yn wir, mae 'y ngeiriau i'n dechrau glynu a chofleidio'i gilydd yn barod. Ond does dim ots am hynny; mae'r yfwyr yn torheulo yng ngwres boddhad ac mae'r papur wal lliwgar yn nofio'n llawn tawch o flaen fy llygaid fel eithin a grug ar ddiwrnod poeth o haf.

Mae'r cwrw wedi llacio 'nhafod ac rydw i wedi dweud gormod o lawer wrthi am fy mywyd efo Meg. Fel arfer, mae alcohol wedi cyfarwyddo'r noson gystal bob blewyn ag arweinydd seindorf enwog yn Neuadd Dewi Sant; clywaf y drymiau mawr yn cadw curiad fy nghaniadaeth, ac yna clywaf y ffidlau yn dod i mewn efo'r brif anthem – ymadawiad Meg, efo'r brenin Arthur, i'r ynys yn y niwl. Clywaf y seindorf yn ei chyfanrwydd yn cyfuno i drafod y cyfnod byr hwnnw pan adawodd Meg fi i fynd efo'r dieithryn o Gasnewydd – dyn y bûm yn aros amdano bob dydd wedi hynny, fel sheriff ifanc dibrofiad mewn *spaghetti western* yn disgwyl dychweliad y bandit a laddodd bawb cyn hynny mewn *shoot-outs*. Bob dydd ers hynny rydw i wedi cadw llygad am siâp dyn tal ar y gorwel, a'i ffurf yn duo'r ffordd. Y carwr chwedlonol. Don Juan. Casanova. Y dyn mwya diddorol yn y byd 'rioed. Y dyn o Gasnewydd.

Rwy'n trio peidio â swnio fel oen llywaeth yn brefu am dipyn o sylw. Ond mae'n ffaith fod Meg wedi rhedeg i ffwrdd efo ffrind i ffrind un noson, ar ôl parti. Es i fy ngwely'n feddw; yn y bore roedd hi wedi mynd.

Mae'r noson honno wedi gadael darnau bach o wydr yn fy nghalon, medda fi wrthi. Dyna'r adeg pan ddylsai hi a fi fod wedi rhoi'r ffidil yn y to. Am byth. *Finito*.

'Ond roedd hi wedi gwneud yr un peth o'r blaen,' medda Heledd. 'Be oeddet ti'n ddisgwyl?'

Mae hi'n rhoi ei braich dros fy sgwyddau ac yn fy nhynnu tuag ati. Rwy'n clywed arogl yr alcohol yn felys ar ei hanadl.

'Gwranda, Mog, mae 'na wastad rhywun deliach a chlyfrach rownd y gornel, ti'n deall? Mae o'n digwydd i bawb, mae o wedi digwydd i mi. *Get over it!* O leia ddaeth hi'n ôl, yn do?'

'Do,' medda finna, 'ond roedd hi'n gwybod y byddwn i'n cael fy mrifo.'

'Ia, wel,' medda Heledd, 'efo dy gefndir di, be ti'n ddisgwyl? Cartref plant, dim rhieni, plentyndod ansicr heb gariad cyson, rwyt ti'n bownd o fod y person wyt ti.'

'Ond dydi gwybod hynny ddim yn gwneud y peth yn llai poenus,' atebaf. 'Mi gymerodd flynyddoedd!'

Rwy'n rhoi fy llaw ar fy nghalon mewn dull theatrig ac yn cyfaddef:

'Roeddwn i mor *gutted*, wnes i ddarllen ei llythyrau hi ato fo wedyn.'

Mae hi'n gwneud llygaid soseri.

'Mog! Be oedd yn dy feddwl di? Roedd hynny'n bownd o wneud pethau'n waeth. Sut ddaru ti eu darllen nhw beth bynnag?'

'Tric bach cyfrwys. Wnes i naddu blaen pensal yn fân, fân tan oedd y *graphite* wedi setlo yn rhigolau'r feiro ar ei phapur sgwennu hi, ac wedyn fe allwn i ddarllen y dudalen olaf bob tro.'

'Iesu annwyl, Mog, pam?'

'I fi gael gwybod.'

'I ti gael brifo dy hun gymaint â phosib, mwy na thebyg.'

Doeddwn i 'rioed wedi cysidro hynny o'r blaen. Ond roedd hi'n iawn. Dyna oedd y pwrpas. Nid Meg oeddwn i am ei brifo, ond fi fy hun. Daeth y ddealltwriaeth fel ton drosta i. Ond roedd rheswm arall dros fy nhristwch. Tan hynny roeddwn i wedi coelio bod profi cariad perffaith, dinam yn bosibilrwydd; roedd y ddelfryd yno yn fy meddwl fel stori mewn llyfr plant. Caru fel y duwiau ar Olympus; caru fel carwyr enwog y llyfrau a'r sgrin, heb feddwl am neb arall yn y byd. Ond fe wyddwn, ar ôl i'r dyn o Gasnewydd alw heibio, na ddeuai cariad fel yna i'm rhan i byth bythoedd. Byddai'n rhaid i mi ddygymod â chariad eilradd, meidrol fel pawb arall. Aeth y cariad llosg, tyngedfennol y dymunwn i fod wedi'i gael i lawr y toiled efo had gwyn y dyn o Gasnewydd; gwelwn ddarlun o Meg ymhell bell i ffwrdd yn ne Cymru, yn eistedd ar y lle chwech yn ysgarthu ac yn meddwl amdanaf fi ar yr un pryd.

'Mae gen i gyfrinach,' medda fi wrth fy ffrind fach goch a glas. Y cwrw'n siarad eto.

'O na, plis!' medda Heledd. 'Dw i ddim yn licio cyfrinachau. Maen nhw'n casglu fel plorod ac yn byrstio dros bob man.'

'Dan ni'n chwerthin ar ei jôc hi. Rwy'n gweld ei llaw hi'n codi i fyseddu ploryn wrth ei cheg. Gwallt mewn plethi a sbots, on'd ydi'r ifanc yn annwyl?

'Wel, *go on* 'ta, be ydi dy gyfrinach di? Wnawn ni ddim cyfarfod byth eto ar ôl hyn – bydd dy sgerbwd di'n saff yn fy nghwpwrdd i,' medda hi.

'Meg a'r boi 'na o Gasnewydd… roeddwn i'n egseitio wrth feddwl amdanyn nhw efo'i gilydd,' medda fi wrthi, gyda'm llygaid ar y llawr. 'Roeddwn i'n dychmygu nhw wrthi ar y grisiau, yn y gwely, ar y bwrdd yn y gegin. *Porn* personol. Ydi hynny'n troi dy stumog di?'

'Mog! Wir Dduw, wyt ti'n *disgusting*. Wnest ti ofyn iddyn nhw wneud ffilm i chdi?'

Daw gwên lac dros fy wyneb. Rydw i wedi dweud wrth rywun o'r diwedd; mae'r frawddeg wedi disgyn fel cyfaddefiad carcharor gerbron y llys. Dw i ddim yn teimlo cywilydd. Caiff y barnwr benderfynu fy nhynged. Hwyrach fod y rheithgor hefyd yn teimlo gwefr rywiol yn trydanu drwy eu cyrff chwyslyd. Pethau fel'na ydi pobol.

Dyma hi'n gwasgu fy sgwyddau ac yn gorwedd ei boch yn erbyn fy moch i. Mae'r blethen goch yn cosi fy nghlust.

'Wsti be, Mog, dim ots gen i os wyt ti'n *pervert*. Dw i'n dy licio di.' Ac mae hi'n fy ngwasgu'n dynn.

'Rydw inna'n licio titha hefyd,' atebaf. *In vino veritas*; rwy'n gweld y tafarnwr yn rhoi clamp o winc ac yn gwenu'n wirion.

'Sbia, Mog,' medda fy ffrind bach newydd, 'sbia ar y

cloc! Pum munud i hanner. Rwy'n teimlo fel pe bai blwyddyn newydd ar fin cychwyn!'

Rwy'n chwerthin. Mae'n ddigon gwir, 'dan ni'n bihafio fel pe bai Big Ben ar fin taro.

'Ddyweda i wrthat ti be,' medda Heledd gan droi tuag ata i. 'Mi wnawn ni chwarae gêm. Gêm neis, neis. Beth amdani?'

Rwy'n troi ati, yn gafael yn ei llaw, ac yn ateb mewn llais melodramatig:

'Wrth gwrs, Heledd, fe wnawn i rywbeth i chdi.'

'Na!' medda hitha. 'Rydw i o ddifri. Gwranda arna i. Rydw i wedi cael *brainwave*!'

Rwy'n licio'r ffordd mae hi'n sbio arna i, fel gwdihŵ fach feddw.

'*Brainwave* a gafodd ei photelu yn Ffrainc,' medda finna, gan ei bod hi wedi bod yn waldio'r gwin gwyn ers oriau.

'Mog! Bihafia!'

Rwy'n codi 'nwylo o 'mlaen, gan stumio 'mod i'n hollol ddiniwed.

'Na, mae gen i syniad gwych,' medda hitha eto. Erbyn hyn mae ei llais hi wedi sadio; mae ei hwyneb yn edrych arna i'n ddifrifol – os nad yn ddagreuol. Mae Heledd wedi newid mewn eiliad o fod yn ferch ifanc ddireidus i fod yn ferch ifanc ddwys.

'Mog, 'dan ni am fod yn gariadon am ddiwrnod. Am un diwrnod yn unig. Am bedair awr ar hugain. Ar ôl i'r cloc gyrraedd hanner nos. Be ti'n ddweud am hynny?'

'Cariadon am un diwrnod? Ym mha ffordd?'

Wrth gwrs, mae awgrym Heledd yn fy nharo i fel syniad da iawn. *Brainwave*, i ddefnyddio'i gair hi ei hun.

''Dan ni'n mynd i garu'n gilydd am ddiwrnod, ac yna 'dan ni'n mynd i gerdded i ffwrdd oddi wrth ein gilydd, reit?'

Rwy'n edrych ar y cloc, ac yna rwy'n ei chofleidio. Mae hi wedi cyrraedd hanner nos.

'Dong!' meddaf, yn dynwared cloc. 'Iawn! Wnawn ni hynny 'ta, cariad.'

Ac mae ei gwefusau yn ffeindio 'moch i. Cusan fer, arwyddocaol.

Mae arna i ofn (ond rhaid cyfadde) fod gweddill y noson yn dipyn o niwl. Rwy'n cofio blas rwber yn fy ngheg. Wnes i gnoi *rubber bands* coch a glas yng ngwallt Meg 'rioed? Na, dydw i ddim yn credu 'mod i wedi. Diolch i Dduw am gwrw.

Rwy'n deffro, ac yn synhwyro ar unwaith fod *aliens* bach glas wedi dod i 'nghipio i. Mae golau glas llachar yn llenwi fy mhen i ac mae'n amlwg fod un o'r creaduriaid arallfydol yn trio chwalu fy llygaid efo gwn pelydr-X. Rwy'n eu clywed nhw'n blipian ac yn mwmian mewn lleisiau electronig. Yna, o'r diwedd, rwy'n medru agor fy llygaid yn llydan, a deall wrth gwrs mai'r babell fach las sy'n gyfrifol am y golau, a bod deg peint o gwrw wedi troi 'mhenglog i'n fath asid sydd wrthi'n toddi f'ymennydd. Erys y Fenwsiaid y tu allan i'r babell yn blipian ac yn fflachio eu gynnau pelydrol. Yna daw ambell atgof yn ôl, ac rwy'n cau fy llygaid eto. Daw ochenaid drom o'm gwefusau sych. Ond does 'na ddim llonydd i'w gael. Mae'r Fenwsiaid ar frys.

'Oi!' medda un ohonyn nhw efo acen Brymi. 'Anybody in there?'

Llenwir fy mhen efo un ddamcaniaeth ar ôl y llall ynglŷn â'r acen Brymi; dychmygaf resi o Fenwsiaid yn mynychu eu prifysgolion i ddysgu'r acen er mwyn iddyn nhw ymdoddi yn y boblogaeth ar ôl cyrraedd ein byd ni, ond ateba damcaniaeth arall mai acen *cockney* fyddai'r orau o ran ystadegaeth. Ar y llaw arall, os ydyn nhw mor uffernol o glyfar, sut nad ydi eu sensors nhw wedi deall mai Cymro ydw i, a pham felly nad ydyn nhw wedi rhoi rhyw spîl Cymreig i mi?

Byddai acen y Gog wedi f'argyhoeddi'n llwyr, ac mi fyddai brawddeg neu ddwy yng Nghymraeg estron yr hwntws wedi bod yn well na hyn; ond wedi i mi gysidro'r peth am ychydig gwelaf mai acen Brymi sydd fwya tebygol yn y rhan yma o'r byd, a bod y Fenwsiaid wedi dewis yn ddoeth.

'Oi!' medda yr un llais. 'Wake up in there!'

Rywsut, rwy'n magu digon o ddewrder i gropian yn fy sach gysgu tua'r agoriad, ac rwy'n agor y sip. Sylwaf ar yr un pryd fod Heledd yno hefyd, ond ei phen hi'n unig sydd i'w weld; gwelaf blethen fel sarff yn ymestyn tuag ataf.

Y peth cyntaf rwy'n sylwi arno ynglŷn â'r Fenwsiaid ydi fod ganddyn nhw draed mawr iawn a'u bod nhw'n gwisgo sgidiau sy'n debyg iawn i sgidiau plismyn, yn lân ac yn ddisglair. A'r ail beth rwy'n ei ddysgu am y Fenwsiaid ydi bod pob un ohonyn nhw'n edrych 'run ffunud â phlismon.

Na, nid Fenwsiaid mohonyn nhw, medda llais bach distaw yn fy mhen. Plismyn ydi'r rhain, Mog. A'r cwestiwn nesa ydi: pam mae 'na blismyn yn sefyll o flaen dy babell di, Mog?

Mae'r plismon agosaf yn esbonio.

'Are you the plonker who was running around here last night in the rain, starkers?'

Sut 'dach chi'n ateb cwestiwn fel yna? Faint o weithiau yn eich bywyd 'dach chi'n debyg o glywed cwestiwn fel yna? Rwy'n sawru'r foment.

'Yes.'

Achos fi oedd y ploncar neithiwr. Ia, fi! Fi oedd y pen rwdan ddaru ymadael â'r dafarn ym mherfeddion nos, ac ar ôl cyfnod byr yn y babell, ar ôl her gan y ferch sy'n cuddio yn ei sach gysgu, y fi a neb arall ddaru ddiosg ei ddillad a rhedeg o amgylch lawnt y dafarn mewn storm yn hollol noeth, ia fi, Mog Morgan, yn noethlymun ac yn canu 'La Marseillaise'.

Allons enfants de la Patrie,
Le jour de gloire est arrivé!

Efallai 'mod i'n dal yn chwil, ond dw i'n malio dim. I'r gwrthwyneb, rwy'n falch! Yn wir, rwy'n dechrau canu'r diwn enwog eto. Cân y chwyldro. Rhyddid! Cydraddoldeb! Brawdgarwch!

Ydw, rwy'n falch 'mod i wedi tynnu 'nillad ac wedi rhedeg rownd a rownd y babell fel gwallgofddyn yn canu cân y chwyldro.

'Yes,' medda fi eto. 'It was definitely me. Mog Morgan, Talafon...'

Mae'r copar yn siarad ar fy nhraws i:

'What are you doing here, anyway?'

Er bod rhywun yn gyrru cŷn drwy fy mhen, rwy'n ateb:

'The landlord gave us permission.'

'Not according to him he didn't.'

Wel y gwalch bach dauwynebog. Ond be all y cops wneud beth bynnag? Torri fy nghlustiau i ffwrdd? Fy nghrogi oddi ar arwyddbost y dafarn? Dywedaf wrtho:

'Ha! Dos yn ôl i Fenws i bractisio dy Brymi.'

Mae o'n edrych arna i'n syn.

'You Welsh?'

'Yes! Me um Welshy man, me runny about in sky-water,' atebaf.

Fel y gŵyr pawb dros chwe mis oed, camgymeriad *llwyr* ydi trio gwamalu efo plismon. Rwy'n bihafio'n hollol hurt rŵan. Ond fel rydw i 'di dweud eisoes, rwy'n dal yn feddw.

Mae'r Fenwsiad agosaf yn gwyro i lawr ac yn f'ateb, wyneb i wyneb.

'Me heapum big copper with big hurty Taser gun. You fuck off into hills by time I come back from next village or you dance um big war dance, yes?'

Mae'r cŷn wedi gwneud ei waith ac mae fy mhen yn hollti'n ddau. Ar yr un pryd daw llond bwced o bryder i 'mol. Gwn ar f'union bod yr amser wedi dyfod i mi fod yn daeog bach Cymreig eto.

'OK, officer, we'll be off as soon as we can.'

Mae o'n sythu ac yn rhoi ei gap yn ôl ar ei ben.

'Too bloody right, Taff.'

Heb air ymhellach dychwela'r cawr glas i'w long ofod. Terfyna'r synau a'r goleuadau arallfydol. Ânt oddi yno'n ddistaw ac yn wyliadwrus; gwelaf un o'r Fenwsiaid yn cadw llygad arna i yn y drych tan y gornel olaf.

'Hei, Heledd, c'mon, rhaid i ni fynd,' medda fi wrth y plethi coch a glas.

Dyna pryd rwy'n cofio bod saith awr o'n carwriaeth ni wedi diflannu heb i ni garu o gwbwl. Saith awr heb gusan hyd yn oed! Heb sibrwd na dal dwylo na siario meddyliau na chwerthin fin wrth fin gyda'n gilydd yn y llwyni...

'Ffyc!' Mae'r ebychiad yn llenwi'r babell, ac rwy'n rhoi fy mhen yn fy nwylo.

'Dim siawns o gwbwl,' medda llais bach o'r sach gysgu. 'Dim siawns o gwbwl, Mog.'

Ymhen awr 'dan ni wedi pacio ac wedi cychwyn oddi yno.

Yn y cyfamser rydw i hefyd wedi gwneud ystum Fenwsaidd tuag at wyneb y tafarnwr yn y ffenest, ac wedi chwydu yn y glaswellt hir y tu ôl i'r Happy Families Barbeque Garden.

CLAWDD EIN PLESIO
Cylchgrawn Alcoholics Anonymous Offa
Moto: Y cyw a fegir ger Offa, mewn uffern o gyflwr y myn fod
[Cyfarfodydd bob dydd – drwy'r dydd – yn y dafarn
adnabyddus, Offamai Head]

Yr holiadur

Ein gwesteion y mis hwn ydi Hicin a Siencin a Siac.

Oes 'da chi broblem efo'r ddiod feddwol, hogia?

Nag oes, ond mae 'da ni uffern o broblem ffeindio arian i dalu amdano fo tan i'r *giro* ddŵad! Bwm bwm! Sgynnoch chi ffeifar tan ddydd Gwener, giaffar?

Oes 'da chi gyngor i'r ifainc sy'n cysidro mynychu'r tŷ tafarn 'ma?

a) Cadwch yn glir o'r Cymry. Mae 'na wastad drafferth mewn tafarn os daw Cymro drwy'r drws [1].

b) Prynwch botelaid o fodca rhad yn Spar cyn dŵad a chuddiwch hi yn eich poced, yna fe wnaiff peint o lager bara drwy'r nos.

c) Da chi, peidiwch â dweud jocs di-chwaeth am *dykes*.

Sut fath o **** ydych chi'n licio?

Three in a bed!

Ydych chi'n hoff o glymu'ch partneriaid, neu'n licio *handcuffs* a chwipiau?

Reit, *outside*.

Eich hoff ystum corfforol wrth gyflawni ****?

Daisy chain ydi'r term Saesneg.

Beth ydi'r peth rhyfedda welsoch chi erioed mewn tŷ tafarn (neu yn y cyffiniau)?

Ha! Daeth 'na foi yma neithiwr efo merch fain a theg. Dos adref, hen ddyn llwyd [2] meddan ni wrtho fo, rheitiach i ti fod o flaen y tân nag yma yn llawn cyffro serch.

Be ddigwyddodd wedyn – giamocs, mae'n siŵr?

O, sôn am hwyl. Roedd o wedi rhoi ei fryd yn llwyr ar

---

[1]   Yn arbennig y boi 'na yn y gornel neithiwr, hwnna efo wyneb mursen a gwallt ei chwaer ar ei ben.

[2]   'Coc oen' oedd y geiriau a ddefnyddiwyd.

y ferch 'ma, un o liw haul y bore; prynodd rost a gwin drud iddi. Gwelson ni'r ddau ohonyn nhw'n sibrwd ac yn gwneud cytundeb, y fo a'r ferch efo aeliau del a phlethi aml-liw.

Aeth pethau'n flêr, do?

Wel, mae'n amlwg fod yr hen ddyn [3] wedi rhedeg rownd y lle'n noeth fel babi mewn ymdrech i greu argraff, ond baglodd y ffŵl dros un o raffau'r dent a landiodd gan lorio'i gartref symudol. Sôn am dwrw! Cŵn yn cyfarth, pobol yn gweiddi! Clywson ni'r creadur yn gweddïo wrth ailgodi ei deml. Sôn am gythraul [4] gwirion.

Pa wers bwysig ddysgodd bywyd i chi?

O, cadwch yn glir o'r *top shelf*. Wnaiff peint ddim llawer o ddrwg i chi, ond unwaith mae'r *optics* yn dechrau poethi 'dach chi mewn trwbwl. Mae yfed fel caru – os ewch chi ati'n bwyllog, gan fwynhau tri neu bedwar peint bob nos [5], byddwch chi'n iawn. Ond os ewch chi ati fel milgi efo'r wisgi neu'r fodca [cariad twym] fe ewch chi'n dipiau mewn munud.[6]

Oes 'na sylwadau eraill yr hoffech chi eu siario efo Mog Morgan?

Paedo! Ffycar budur! A hitha'n ddigon ifanc i fod yn ferch i ti!

C'mon, triwch fod yn gall. Oes 'da chi sylwadau ynglŷn â chariad?

Hicin: Rwy'n hoff o eiriau Adam Phillips o Gaerdydd – 'A couple is a conspiracy in search of a crime. Sex is often the closest they can get.'

---

[3]   'Mwnci blewog' oedd y geiriau a ddefnyddiwyd.

[4]   Yn nhafodiaith Caernarfon.

[5]   Bob awr, mwy na thebyg.

[6]   Wele ddefnydd cyfoes o'r sangiad '[cariad twym]' i gyfleu effaith y *double vodka* ar ei siwrne o'r safn i'r stumog.

Siencin: Beth am frawddeg Aphra Behn – 'Love ceases to be a pleasure when it ceases to be a secret.'

Siac: Rwy'n parchu sylwadau Mrs Ifans, Rhos-y-Gwalia – 'Mae cariad fel esgid, gall fynd â chi i ben draw'r byd, ond gall y seis rong [7] frifo fel cythraul.'

Y tri efo'i gilydd: Ond ein hoff ddyfyniad ydi – 'Dy rownd di ydi hon!'

Ydych chi'n cofio unrhyw jôc am wydryn, Siac?

Ydw! Dyma *heavy thinker* yn dweud, 'Sylwch, f'annwyl gyfeillion (hic), fod gwydryn yn gallu bod yn hardd iawn ac eto fe all ddal gwenyn.'

'Hei, "gwenwyn" wyt ti'n feddwl siŵr,' medda *heavy drinker* oedd yn eistedd nesa ato fo.

'Na, rwy wastad yn cael *buzz* pan fydda i'n yfed,' medda'r cyntaf. Bwm bwm!

Ai cudd-deithwyr ydych chi, 'ta morwyr ar fôr amser, dihirod llongddrylliedig fel Robinson Crusoe a Mog Morgan?

Y tri efo'i gilydd: Os edrychwch chi draw dros y cefnfor chwi welwch ynysoedd dirifedi, rhai'n fawr a rhai'n fach; y fwyaf ohonyn nhw, draw fan'cw, ydi Ynys Dafydd, ein cartref. Ynysoedd o wychder ydi'r rhain oll yn hanes llenyddiaeth Gymraeg – mae gweddill y tir wedi diflannu o dan y don. Felly, yr ateb ydi, tri morwr llongddrylliedig ydyn ni, yn crwydro'r moroedd ar raff o eiriau.

Ac yn olaf, ydych chi'n medru crio?

Ffyc off, *creep*. Tisio blasu brechdan faw?

Hicin a Siencin a Siac, diolch yn fawr.

---

[7] Does dim awgrym o faswedd yma.

Annwyl Meg,

Rydw i wedi gwneud rêl ffŵl ohona i fy hun. Ond mi ges i hwyl!

Annwyl Mrs Morris,

Rydw i wedi gwneud llanast o bethau. Ond dim ots, dydi o ddim yn bwysig. Mae 'na ffŵl ym mhob un sy bron â marw isio rhedeg rownd tent yn noeth yn y nos yn y glaw.

Annwyl Mr Gwyn Vaughan MRCPsych,

Rydych chi mor *boring*. Hen syniadau *boring* mewn swyddfa *boring* mewn tref *boring*. Eich llais *boring* chi'n llenwi'r stafell fel hen gân *boring* sy wedi bod ar y radio filoedd o weithiau. Gwnewch rywbeth gwirion am unwaith. Mae byd mawr y tu allan i'r drws 'na; ewch amdani yn lle bytheirio a rhechan fel hen fustach ar eich cowtsh du, mawr, newydd. Ha! Pwy ydi'r *total failure* rŵan? *Get a life*, Sigmund. Problemau seiciatrig? Pobol fel chi ydi'r broblem!!

Hwyl,

Moggie Babes (fel y bedyddiwyd fi neithiwr gan ferch ifanc sy wedi mopio'n llwyr arna i. 'Dan ni mewn cariad; be 'dach chi'n feddwl o hynny 'ta, *furry features*?)

P.S. Rwy'n teimlo'n fyw.

YN FYW YN FYW YN FYW.

P.P.S. Ta ta am byth, *loser*.

5

Rwy'n cerdded yn araf i fyny at grib Clawdd Offa, uwchben y pentref a'r dyffryn.

Mae fy nhraed yn wlyb a fy mhac yn drwm; teimlaf yn druenus o wael. O 'mlaen, mae Heledd wedi cyrraedd y clawdd yn barod; eistedda ar graig fawr ymysg y rhedyn yn aros amdanaf. Druan ohonof. Mae'r byd o 'nghwmpas yn fygythiol ac yn finiog, fel petai'r bryniau, y caeau, yr afonydd, a'r coed wrthi'n ailffurfio ar ôl noson o anhrefn ac afreolaeth rhemp. Mae'r adar yn brifo fy nghlustiau efo'u sgrechian blin, ac mae gwn pelydr-X y Fenwsiaid wedi niweidio fy llygaid am byth.

Mae 'na wlith trwm ar y porfeydd, a daw'r anadl o 'ngheg mewn balŵns bach gwyn. Hydref byd natur sy'n dyfod, a'm hydref bach personol inna hefyd. Mae'r dail yn crino'n araf, a natur yn arafu; gwelaf ffrwythau ac aeron a chnau yn glustdlysau lliwgar ar y coed, fel petaent wedi'u diosg yn sydyn gan rywun oedd ar frys i gyrraedd y gwely ar ôl parti gwyllt.

Ailymwelaf â neithiwr. Wnes i fihafio fel hogyn yn dathlu ei ben-blwydd yn un ar hugain – fel lembo, fel llabwst. Ond dydw i'n malio dim am hynny; yr hyn sy'n fy mhoeni rŵan ydi clamp o gur pen. Gadewais fy mol a 'mrêns yn y glaswellt hir wrth safle'r barbeciw. A fy hunan-barch hefyd. Lle mae hwnnw wedi diflannu? Mae o wedi diferu'n felyn ac yn gynnes i lawr y twll yn y *gents*.

Mog, medda llais yn fy mhen i, rwyt ti'n greadur hurt tu hwnt. Rwyt ti'n dwpsyn. Rwyt ti'n wirionach nag wyth…

rydw i wrthi'n chwilio am air arall yn dechrau efo 'w' pan glywaf lais Heledd.

'Wyt ti wedi colli pwysau.'

Caf fy synnu gan y sylw.

'Do, mi adawes y rhan fwyaf o Mog Morgan wrth ymyl y lle barbeciw.'

Clywaf hi'n twt-twtian.

'Wyt ti'n dipyn o *maniac* efo llond cratsh o gwrw yn dy fol, on'd wyt ti?'

'Tipyn bach o hwyl, dyna'r cyfan,' atebaf yn wylaidd, gan gamu rownd malwen enfawr ddu sy'n croesi'r llwybr.

'Esgob, mae isio côns rownd honna,' medda fi. 'Os basa honna ar yr A55 'sa 'na *gop cars* bob pen iddi efo'u *sirens* yn swnian.'

'Am be ti'n malu cachu rŵan, Mog?'

'O, dim byd sy'n werth sôn amdano, fel arfer,' medda fi, gan ychwanegu: 'Tro'r ffordd arall, rydw i isio gwneud wi-wis.'

'Mog,' medda Heledd, 'mi welais i bopeth neithiwr a fyddi di byth yn *porn star*.'

Ar fy ngliniau yn y rhedyn, gwridaf a distawaf.

'Ond rwy'n dal yn dy licio di, Mog.' Mae Heledd yn chwerthin yn isel. 'Wyt ti'n gwneud i fi chwerthin, Mog. Rydw i wedi cael hwyl efo ti.'

'So 'dan ni'n dal yn gariadon,' medda fi, gan sefyll i fyny'n syth unwaith eto.

'Ydan, rydan ni mewn cariad yn llwyr, Mog. Tan hanner nos heno.'

Ymhen dwyawr rwy'n teimlo'n well. Rydyn ni wedi molchi mewn afonig, ac rydw i wedi glanhau 'nannedd i gael gwared ar flas neithiwr.

'Rwy'n teimlo'n well. Beth am ddathlu ein brecwast priodas?'

'Te yn y grug, brecwast yn y rhedyn. Rwyt ti'n dipyn o *raver*, dwyt ti, Mog?'

'Ain't seen nothin' yet kid,' medda fi mewn llais Hollywoodaidd.

'Dw i ddim yn siŵr ydw i isio gweld llawer mwy,' medda Heledd yn goeglyd.

Gwelaf y tebygrwydd rhwng y ferch o 'mlaen a'r Meg a adwaenwn yn fy ieuenctid. Ond chafodd Meg a fi 'rioed hwyl fel hyn. Dyna oedd y broblem, hwyrach. Arna i roedd y bai. Mi ddyliwn i fod wedi bod yn wirionach, yn fwy plentynnaidd.

Cest ti dy eni'n hen ddyn, Mog. Dyna ddywedodd hi un diwrnod.

Ac fe arhosodd rhyw ffurfioldeb parchus rhyngon ni. Fuon ni'n agos 'rioed? Yn agos o ran cnawd ac enaid ar yr un foment?

Ar ôl brecwast (talp o fara gwlithog) ymlaen â ni ar ein hynt. Erbyn canol dydd mae'r haul yn boeth uwchben, a'r byd yn hardd unwaith eto. Mae gennym ni ddeuddeg awr ar ôl i gwblhau defodau'r briodas.

Unwaith eto mae 'na gân yn mynd rownd a rownd yn fy mhen fel cath yn canu grwndi. Mae'r diwn mor gyfarwydd â thôn 'Pen-blwydd hapus i ti'… ond be ydi ei theitl hi?

Ystyriaf fy mhen-blwydd. Wrth gwrs, dydw i na neb arall yn gwybod yr union ddyddiad, heblaw am un ddynes efallai, os ydi hi'n dal yn fyw. Gan fod Pacistani wedi darganfod fy nghorff bach pinc yn nrws ei siop y bore wedi diwrnod hira'r flwyddyn, dewiswyd Mehefin 21 fel y diwrnod i ddathlu fy nyfodiad i'r byd. Dydw i ddim yn sicr pwy wnaeth y penderfyniad, ond fe wn mai'r plismon a atebodd yr alwad frys a ddewisodd fy enw. Ai Morgan oedd ei snâm o? Dydw i ddim yn gwybod. Ac o ble daeth y Mog? Enw brawd iddo?

Ewyrth? Cariad? Doedd neb ddim callach yn y cartref plant; 'Sori cariad, does neb yn gwybod, wsti,' oedd ateb Mrs Morris dro ar ôl tro.

Profais deimladau dwys; er bod Mrs Morris ac eraill wedi bod mor garedig ag y medren nhw fod wrthyf, doedd y cariad hwnnw ddim yn llwyr ddiwallu anghenion plentyn amddifad. Roeddwn i fel oen llywaeth yn bwydo ar lefrith powdr yn lle llefrith go iawn. Falle mai dyna'r rheswm pam mae fy mol i'n grwn; mae gan ŵyn llywaeth foliau bach crwn hefyd. A dydyn nhw byth yn edrych mor iach â'r wyn eraill, byth mor barod i chwarae a sboncio ar gae mawr bywyd. Wn i ddim gymaint ag un ffaith am fy nheulu, na fy nhras. Tybed oes ugeiniau o bobol yn edrych yn union fel fi mewn rhyw gwm yn y de; pobol yn cerdded fel fi, yn eistedd ar y lle chwech yn darllen *Home Doctor* fel fi, yn siafio'r foch chwith cyn y foch dde fel fi (y merched hefyd, hwyrach, gan fy mod i'n flewog fel arth)? Oes 'na le gwag wrth y bwrdd pan ddaw pawb ynghyd i aduniad teuluol, neu i ginio Nadolig? Does gen i ddim hanes. Am gyfnod bûm yn cadw golwg drwy'r *railings* o gwmpas y maes chwarae rhag ofn i Mam neu 'Nhad stelcian draw i edrych arna i'n chwarae. Ond ni ddaeth neb 'rioed, hyd y gwn i. Dal i ddyheu wnes i, er bod un o'r bechgyn eraill, Tommy, wedi cadw golwg wrth y *railings* am reswm hollol wahanol: i sicrhau na fyddai ei dad na'i fam yn dod yn agos at y lle, gan fod ar y creadur bach eu hofn mor ofnadwy. Doedd o ddim isio gweld 'run ohonyn nhw byth eto.

Ia, peth rhyfedd ydi bywyd; un paradocs ar ôl y llall i hogyn bach amddifad.

Creais ffilm yn fy nychymyg yn dangos fy ngeni a'm darganfod yn nrws y siop. Mae'r fam yn ifanc iawn, yn brydferth tu hwnt; yn y ffilm, dangosir hi'n gorwedd ar wely gwyn efo'i gwallt hir du fel gwyntyll ar y clustog a'i breichiau ar led o bobtu ei chorff main. Mae dyn annifyr fel

136

tad Tommy (ia, hwyrach mai tad Tommy ydi'r bastard drwg) wedi gwneud rhywbeth ofnadwy iddi hi, a Mog Morgan ydi canlyniad y weithred. Doedd ganddi ddim dewis; bu'n rhaid iddi fy ngadael yn y drws neu mi fuasai tad Tommy (neu pwy bynnag) wedi fy lladd i. Mae rhan nesaf y ffilm yn drist iawn, a daw dagrau i f'amrannau hyd heddiw pan af drwy'r olygfa unwaith yn rhagor. Mae'r wawr newydd dorri pan ddaw'r ferch efo'i baban bach i ddrws y siop, hitha mewn gwisg wen hir a het ysgol gron nefi bliw efo rhuban (fel y genod o'r ysgol fawr a gerddai heibio i'r cartref plant bob bore). Â i mewn at y drws a'm rhoi i orwedd, dro ar ôl tro, ond gan afael yn dynn ynof, a gwrthod fy ngadael yno. Yna fe glyw hi seiren yn swnio yn y pellter, a chyda llef ddistaw gosoda fy nghorff bach i lawr ar riniog y drws, cyn rhedeg i ffwrdd.

Dyma ydi'r brif olygfa yn y ffilm, ac mae hi'n union 'run fath bob tro.

Mae'r ail olygfa yn bwysig hefyd; daw cysgod dros y baban, a symuda'r camera yn araf, araf o'r llawr i fyny at wyneb y plismon (wyneb 'run ffunud âg wyneb gŵr Mrs Morris). Plyga'r plismon. Cymer fi yn ei freichiau ac aiff ati i fy suo. Dywed dro ar ôl tro, 'Pwy sy wedi gadael baban mor brydferth mewn lle fel hyn?'

Yna, mae 'na drydedd golygfa yn dangos y plismon yn cymryd diwrnod o wyliau o'i waith bob blwyddyn – yr un diwrnod penodol – er mwyn ymweld â'r drws hwnnw lle darganfu'r baban, Mog Morgan, flynyddoedd ynghynt.

Yn hwyrach yn fy mywyd creais olygfa arall i gloi'r ffilm; gwelir fi a Meg yn dreifio ar noson dywyll â'n hwynebau noethwyn yn disgleirio drwy sgrin y car. Ddywed 'run ohonon ni air wrth ein gilydd yr holl ffordd, er bod y ddau ohonon ni'n smocio yn ddi-baid, fel Humphrey Bogart a Lauren Bacall yn un o'r hen ffilmiau du a gwyn 'na (rwy'n licio Bogart achos 'i fod o'n caru'r môr ac yn yfed gormod).

Yna, wedi i ni gyrraedd drws y siop, daw'r haul dros y gorwel, ac er bod y stryd yn hollol wag fe wn mai hwn ydi'r lle. Fel y cerddwn tua'r siop 'dan ni'n gweld rhywbeth bychan gwyn yn styrio yn y drws; siôl wen, a dwy law fechan yn symud ymysg y defnydd.

Wylo'n ddistaw wnaeth Meg pan ddywedais wrthi hi am yr olygfa yma yn fy ffilm. Ai dyna pam mae Meg wedi aros efo fi drwy'r blynyddoedd caled: oherwydd y gair ofnadwy hwnnw, 'piti'? Gair a oera'r blewiach ar gefn fy ngwddw dro ar ôl tro. Ydi hi wedi aros wrth f'ochr am y rheswm hwnnw'n unig: oherwydd nad oes neb arall wedi gwneud? Ydyn, mae merched yn medru aberthu felly, yn medru cyflawni'r aberth eithaf...

'You two married?' hola dyn tal canol oed ar y clawdd, a hwnnw'n gwisgo clamp o het fawr ledar, ar ôl i ni gyfarfod a stwnsian am dipyn tuag awr ar ôl cinio (bara a chaws eto, ond yn llai soeglyd y tro hwn).

'Do we look like we're married?' medda fi (yn obeithiol).

'No. Too happy.'

Yna, ar ôl clebran am gyflwr y wlad, dyma'r dieithryn yn symud ei ffon fawr fforchiog o un llaw i'r llall ac yn dweud jôc.

'Marriage is like a hand of cards,' medda'r boi. 'At the beginning you have two hearts and a diamond, but by the end you're desperate for a club and a spade.'

Chwardda'r ddau ohonom yn groch cyn ei adael o'n sefyll yno, yn syllu ar ei wlad ei hun, Lloegr, yn ymestyn draw i'r gorwel. Mae golwg unig arno fo.

'Wyt ti wedi sylwi?' gofynna Heledd.

'Sylwi ar be?'

'Fod y Cymry yn cerdded yn wahanol i'r Saeson. Mi fedri di ddeud rywsut.'

Dyma fi'n edrych arni'n hurt.

'Ocê,' medda finna, 'dyma sialens i ti. Rhaid i ti gyfarch y tri nesa 'dan ni'n eu cyfarfod yn yr iaith briodol, reit?'

Ac myn diawl i, mae hi'n llwyddiannus bob tro: dwy Saesnes ac yna un Cymro.

'Sut wyt ti'n gwybod?'

Dyma hi'n tapio'i thrwyn.

'Blynyddoedd o brofiad, Mog. Ti'n ddall, mae'n rhaid.'

Astudiaf gerddediad pawb wrth iddyn nhw fynd heibio ar ôl hynny, ond ni welaf unrhyw wahaniaeth.

'Mog, ti'n syllu arnyn nhw fel *maniac*,' medda Heledd. 'Bydd yr heddlu ar d'ôl di eto.'

Yna dechreuaf ar un o'm hoff riffs, ynglŷn â chyflwr Cymru.

Llith ganol oed; mae rhodfeydd Cymru yn frith o ddynion moel fel fi yn llithio ac yn pregethu ar bynciau llosg y dydd. Y Senedd awyr-agored; sofiet y safnrwth a'r ffwndrus.

'Ond fedri di ddeud pa rai ydi'r Cymry Cymraeg yn y Senedd?' gofynnaf.

'Na fedraf,' medda Heledd, 'mae'r rhan fwyaf ohonyn nhw'n edrych fel *rejects* Alan Sugar ar *The Apprentice*.'

Na, fedra i ddim dweud y gwahaniaeth chwaith. Maen nhw i gyd yn edrych yn llawn eu crwyn ac yn llewyrchus, eu gwallt yn neis a'u dillad yn ddrud. Teimlaf hwrdd yn dod drosof. Dydi'r diwrnod ddim wedi dechrau'n iawn nes bod Mog Morgan wedi cael cyfle i bonsio am rywbeth dibwys fel hyn.

'A'r Senedd 'na,' ychwanegaf, 'mae hi'n rhy daclus o lawer. Dylie fod 'na hen offer troi gwair 'di torri, ers bore oes, a thractors rhydlyd rownd y cefn, yli, ac ambell i hen ddrym oel ar ei ochr efo cŵn defaid budr yn cyfarth ac yn trio brathu pawb sy'n pasio.'

Af i dipyn o hwyl. Teimlaf yn rhydd i rygnu am y Cynulliad

a materion Cymreig gan mai'r Cymry ydi fy nheulu. Does gen i ddim teulu go iawn fy hun, ac ni wn, wrth gwrs, ai Cymro go iawn ydw i. Hwyrach mai o deulu ethnig yn Butetown neu Grangetown y daeth Mam; hwyrach fod 'na waed Eidalaidd neu Roegaidd yn ffrydio drwy fy nghalon.

Gan fod Heledd wedi dal ati i gerdded, mae'n rhaid i mi godi fy llais (gan gredu am eiliad fod tinc Eidalaidd i'm geiriau):

'Ac mi ddylie canran o Aelodau'r Cynulliad fynd o gwmpas yn gwisgo hen gotiau wedi'u rhwygo ac sy'n gant oed, efo darn o gortyn bêls i gadw popeth ynghyd, rhyw gapiau o'r Oesoedd Canol efo cachu gwartheg drostyn nhw a welingtons drewllyd am eu traed. Be ti'n feddwl, Heledd?'

Daw ei hateb yn ddistaw, freuddwydiol o bell:

'Be dw i'n feddwl? Be dw i'n feddwl ydi fod Mog Morgan yn malu cachu mwy nag unrhyw ddyn dw i 'rioed wedi'i gyfarfod. Faint o'r llithoedd 'ma sy gen ti? Dyliet ti recordio *podcasts* fel Russell Brand. Neu falle dylie'r Cynulliad roi un o'r tacla gwrando 'na i bawb sy'n mynd ar hyd Clawdd Offa, er mwyn iddyn nhw gael clywed dy *rants* di wrth gerdded.'

'Wel, *pardon me*,' medda finna. 'Dim ond jocian ydw i.'

'Mog, dyna wyt ti – tipyn o jôc. Bendith rheswm, gwranda arnat ti dy hun. Ti'n swnio fel Taid.'

Iesu, mae hi 'di 'mrifo i i'r byw rŵan, a dyma fi'n gadael iddi fynd yn bell o 'mlaen i. Y bitsh fach ddideimlad. Erbyn tri o'r gloch rydw i mewn cythgam o sylc ac yn meddwl am Roy. Bachgen yn y cartref plant oedd Roy, efo agwedd hen ffasiwn iawn tuag at ferched. Heliwr-gasglwr oedd o, yn dal merched ac yn eu taro dros eu pennau efo pastwn cyn eu llusgo nhw i'w ogof.

'**** 'em and forget 'em,' oedd neges Roy i'r hogiau eraill. 'Women just want a good time and a bloke with a big dick until they have kids and then they hate men for ever. Just make sure you're on the right side of the door when the baby starts crying. Got it?'

Dyna oedd athroniaeth Roy. Be ddigwyddodd iddo fo, tybed? Ydi o'n dal yn fyw? Ydi o'n dad i gant o gywion siawns erbyn hyn? Hwyrach ei fod o'n iawn. Mae merched yn cael eu denu gan ddynion fel'na, on'd ydyn nhw? Rhywbeth i wneud efo balans genetig y genedl. Mae o yn eu *genes* nhw. Onid ydi popeth yn y *genes*? Darllenais rywle fod merched yn esgor ar lot mwy o fechgyn na merched yn ystod cyfnod o ryfel. Mae un peth yn sicr, wna i byth ddeall merched.

'Hei!' medda llais cynnes yn agos ataf. Mae Heledd wedi bod yn aros amdana i. Estynna law tuag ataf, a dywed: 'C'mon, *lover boy*. Rwyt ti'n bell i ffwrdd eto. Ti'n meddwl gormod, wsti. Cwyd dy ben ac edrych o dy gwmpas. *Enjoy!*'

Cerddwn ymlaen, yn dal dwylo, am dipyn wedyn. Gofynnaf, ar ôl sbelan, ydw i'n swnio fel Eidalwr.

'Be?' medda Heledd. 'Wyt ti'n gall?'

'Gwranda ar hyn,' medda fi, a siarad efo acen Eidalaidd: '*Mae'r eira'n meirioli ar y mynyddoedd. Mae'n glawio yn Llandrinio.* Be ti'n 'i feddwl, cariad? Hwyrach fod yr hen deulu yn hanu o Padua, neu Napoli…'

Mae hi'n ysgwyd ei phen erbyn hyn.

Edrychaf o 'nghwmpas unwaith eto, ar harddwch y byd.

'Hei,' medda fi wrth Heledd. 'Dw i 'rioed wedi mwynhau fy hun gymaint ag ydw i'n ei wneud rŵan. 'Rioed!'

Arhosa'r ddau ohonon ni ar foelwyn am sbelan gan edmygu'r olygfa.

'Mog, dwyt ti ddim wedi cael llawer o fywyd, nag wyt?' ydi ateb Heledd.

Na, ar un olwg ches i ddim llawer o fywyd. Ac eto, ar ôl dechreuad gwael llwyddodd Mog bach i resymu a llwyddodd i ddeall amgylchiadau ei eni. A bellach rydw i wedi medru amgyffred y gymdeithas o 'nghwmpas i, os nad y byd yn gyfan.

Dyna ydi'r brif fendith: rhoed i mi ddigon o frêns i fedru sortio pethau yn fy mhen, a gweld mai nid y fi sydd ar fai am yr holl lanast. Nid bod deall hynny wedi cael gwared ar y llanast chwaith.

Syllaf ar y tir yn ymestyn draw ar bob ochr. Mae cariad fel yr haul ar ddiwrnod o hydref: bydd weithiau yn goleuo'r tirwedd, ond pur anaml y gwelir yr holl wlad yn llachar fel carped newydd melynwyrdd; yn amlach na pheidio, bydd ambell gae yma a thraw yn llosgi o dan yr heulwen ddisglair. A sut mae gwybod pa gae sydd yn Lloegr a pha un sydd yng Nghymru? Ni ŵyr yr haul, ac ni falia chwaith. Pa ots, felly, pe bai'n gwenu ar un cae yn gyntaf a chae arall ymhen awr neu ddwy? Does gan neb yn y byd ddigon o gariad i ddigoni pawb o'u cwmpas. Yn enwedig rhywun barus am gariad fel fi.

A beth am gariad at wlad? Dydw i ddim yn teimlo'r un fath o'r naill ddiwrnod i'r llall at Gymru. Mae'r briodas rhyngof fi a Chymru yn debyg i berthynas rhwng cariadon cnawdol; mae 'na ddyrnodiau poeth ac mae 'na ddyrnodiau oer, yn arbennig pan gymer Cymru'r dwfe i gyd, gan adael meidrolyn fel fi'n crynu yn fy noethni. Gwnaeth un o fy ffrindiau Saesneg hwyl am fy mhen. 'The Welsh are politically and emotionally naive,' meddai, 'it comes with the territory.'

Ydi'r Cymry'n naïf ar eu hynys fach hanesyddol? Ai ynys bellennig yng nghanol môr amser ydi Cymru?

Ia, falle mai pethau prin ydi'r Cymry (*cambrensis rarus*) erbyn hyn, yn trigo ar eu hynys fach eu hunain, fel yr hynafiaid genetig ar y Galapagos; fel un o'r anifeiliaid sy'n byw yno, yr anifail prinnaf yn y byd – does ond un ar ôl: y môr-grwban enfawr Lonesome George (*chelonoidis nigra abingdoni*).

Gall ynys fod yn iwtopia neu fe all hefyd fod yn hafan i ganibals brwnt. Nef neu uffern, fel ynys Gwales.

Be ddywedodd Meg un tro? Fy mod i'n trysori fy mhroblemau emosiynol. Fy mod i wedi stwffio fy nheimladau bach gwerthfawr mewn clamp o gist fawr haearn ac wedi claddu'r cwbwl ar ynys dywodlyd a phoeth yng nghanol môr fy modolaeth, ac fy mod i wedi taflu potel i mewn i'r môr efo map ynddi, map y môr-leidr (calon-leidr?) ac arno groes fawr goch...

'*A fi ddaru ffeindio dy blydi fap di, Mog. Pam fi?*'

Falle wir. Ond pryd ddaru hyn oll ddechrau – problem y teimladau personol? Yn fy nghyfnod i? 'Ta yng nghyfnod fy nghyndeidiau, y clust-addolwyr yn yr ogof yn Bontnewydd? Ddaru fy nghyndeidiau fwynhau digon o amser i boeni ynglŷn â'r fath bethau? Dichon mai byw neu farw oedd eu hunig gymhelliad. Rhywbeth eitha modern ydi mwynhau eistedd ar y lle chwech yn poeni efo'r *Home Doctor*.

Ai dyna sydd y tu hwnt i'r trydydd drws ar ynys Gwales: teimladau personol?

Ac ar ddiwedd y seithfed flwyddyn aethant parth â Gwales ym Mhenfro. Ac yno roedd lle godidog, brenhinol, yn barod ar eu cyfer; llys mawreddog yn edrych dros y môr. Aethant i mewn i'r llys, a gwelsant ddau ddrws ar agor; ond roedd y trydydd drws, a wynebai Gernyw, ynghau. 'Wele,' meddai Manawydan, 'ddylien ni byth agor y drws yna, canys y tu draw iddo mae teimladau personol Mog Morgan.'

Na, medd y llais yn fy mhen, dos yn ôl ymhellach na hynna, dos yn ôl mewn amser...

Ae ym penn y seithuet ulwydyn, y kychwynyssant parth a Gualas ym Penuro. Ac yno yd oed udunt lle teg brenhineid uch benn y weilgi, ac yneuad uawr oed, ac y'r neuad y kyrchyssant. A deu drws a welynt yn agoret; y trydyd drws oed y gayat, yr hwnn y tu a Chernyw. 'Weldy racco,' heb y Manawydan, 'y drws ny dylywn ni y agori cans yno mae dykyfor poen Mog.'

Hud a lledrith. Mae ynysoedd yn llawn swyn. Ymhell i ffwrdd, ar ynysoedd Hervey, mae'r dewiniaid brodorol yn gwneud maglau hudol i ddal eneidiau pobol. Ia, hud-le ydi ynys Gwales. Hud-le ydi ynys Cymru hefyd.

Af yn ôl ymhellach, i'r rhestr o eiriau hynafol ar fur y gegin yn Nhalafon:

un dau tri pedwar pump gwraig gŵr cig gwaed calon chwerthin gweld clywed gwybod meddwl ofni cysgu byw marw hela cosi gorwedd clymu rhifo siarad canu chwarae...

Ac ymhellach fyth yn ôl, i'r eglwys yn Nhywyn, a'r geiriau cyntaf yn y Gymraeg:

Tengrui gwraig annwyl gyfreithlon Adgan, erys poen...

Dywed y llais yn fy mhen fod teimladau personol wedi bod yn poeni dynion bach dibwys fel fi ymhell cyn geni'r lle chwech modern a'r *Home Doctor.*

Cymru. Be sydd yn poeni'r hen famwlad, pe bai hi'n medru siarad?

'Pêr gantoresau y teledu a'r cyfrifiadur, y seireniaid digidol yn eu gwisgoedd coeth picsel-secwinol sy wedi swyno llong y Cymry ac wedi dryllio ei morwyr ifanc hardd; stafell efo *broadband* sydd yng Ngwales heno; pob pen i lawr. Shysh, rydw i ar Facebook. LOL.'

A daw llun arall i fy mhen bach poeth, o'r stafell honno yng Ngwales gyda dau ddrws ynghau a'r trydydd ar agor: Meg yn sefyll yn y drws, silwét Meg a'i chefn tuag ataf a'i llais yn dod dros dwrw'r don a chri'r gwylanod: 'Sbia Mog, dacw Perce Blackborow i lawr yn yr ewyn oer, ar ei liniau yn cropian drwy'r rhewddwr. Af ato i'w helpu – fel pob merch arall, rwy'n hoffi dynion tywyll, peryglus, wedi'u clwyfo...'

Yna rwy'n ateb, ond dydi Meg ddim yn deall y geiriau

gan eu bod nhw'n rhy hen. Maen nhw'n hynafol ac yn annealladwy...

bardos, dubna, abona, mara, uindos, brictos...

Na, ddaru Meg 'rioed ddeall gramadeg fy emosiynau na chystrawen fy ngorffennol. Stafell yn fy mhen ydi'r gorffennol efo dau ddrws yn agored ac un ynghau. Pan ddaw gwynt y nos i ddyrnu fy mreuddwydion fe wn, ers pan oeddwn yn fachgen bach, fod y drws caeedig yn agor ar beryglon enbyd, creigiau miniog o dan y dibyn erchyll.

Creigiau Cymru. Dydi Cymru'n malio dim am y Cymry. Ond mi wn i fod y wlad (fel y gwelaf hi drwy'r ddeuddrws agored yn fy mhen) wedi newid yn ystod fy nhymor hir-fyr ar y ddaear. Mae Cymru wedi distewi. Pa fath o ddistawrwydd ydi hwn? Y distawrwydd a ddaw ar ôl gwledd mewn neuadd? Dydw i 'rioed wedi profi distawrwydd cyffelyb o'r blaen; distawrwydd unigryw. Distawrwydd cenedl. Ar fin cysgu neu ar fin deffro?

'The Welsh are politically and emotionally naive, it comes with the territory.'

Ydi'r Cymry yn naïf? Ydyn nhw'n wladaidd ac yn blentynnaidd ym materion y galon? Daw sgwrs i mi o'r gorffennol. Fi a Meg yn y stafell werdd yn y clawdd. Meg efo un o'i llyfrau a'r sbectol firain euraid honno a rydd iddi'r ymddangosiad o fod yn ddynes glyfar; fi yn fy nillad palu'r ardd. Diwrnod Santes Dwynwen. Meg yn trafod y galon. Meg efo pedwar bys a bawd yn yr awyr o flaen fy llygaid. Meg yn trafod cariad ac yn symud un bys ar ôl y llall, fel petai hi'n dysgu plentyn i gyfri:

'*Bum* wythnos ar ôl misglwyf diwetha'r fam cura calon fach yn y groth. *Pum* dyn pwysig ym mywyd merch – ei thad, ei hoff daid, ei chariad cyntaf, ei chariad olaf, ei chariad dirgel...

'*Pedair* siambr yn y galon, *pedair* stafell bwysig ym mywyd merch – stafell wely ei phlentyndod, stafell wely ei ffrind gorau yn yr ysgol, y stafell lle bu hi'n caru gyntaf, y stafell lle ganed ei phlentyn cyntaf…

'*Tair* calon gan octopws – *tair* calon yn ddyledus i bob merch hefyd, i'w hamddiffyn rhag creulondeb dynion…

'*Dwy* galon yn y llyfr hwn' (dengys glawr y nofel *O Ran* gan Mererid Hopwood i mi, a dyfynna) – '*Oedd hi'n bosib cael dwy galon? Fel y mae gan rai ddau gartref? Hafod a Hendre. Calon i'r Hafod, calon i'r Hendre. Hafod fy nghalon. Hendre fy nghalon. Ac os oes gan rywun ddwy galon, pa un yw'r galon go iawn? Pa gartref yw'r cartref "go iawn", pa un sydd "dros dro"? Bwthyn y mynydd hafaidd? Bwthyn y dyffryn gaeafol? Roedd rhywun yn treulio mwy o amser yn y dyffryn, ond ai yn ôl amser mae mesur rhywbeth fel hyn? Onid am fisoedd hir yr hafau byrion y byddai rhywun yn hiraethu? Ac onid yng nghanolbwynt hiraeth mae'r galon yn byw?*'

Ac yna ychwanega Meg:

'Dim ond un galon sydd gen i, Mog, ac mae hi'n perthyn i bawb. Ond chdi sy'n cael y cynnig cyntaf bob tro…'

Sws slopi yn y deildy, swper efo'n gilydd o dan y sêr. Ew, rwy'n hoffi pumoedd Meg. Ac yn edmygu sut y gall merched fod mor organig ynglŷn â chyflwr eu calonnau; wrth ofyn iddyn nhw 'Wyt ti'n fy ngharu i?' mi fedran nhw ladd dyn efo'r ateb syml, gonest, 'Dydw i ddim yn gwybod.' I fi, mae cariad fel y gwaed yn ffrydio drwy'r corff; ni fydd dyn yn ymwybodol ohono tan iddo weld yr hylif cynnes yn llifo drwy'r bysedd… a'r diwrnod hwnnw fe ddeallais nad y fi, Mog Morgan, oedd perchennog Meg, na'i chalon; byddai'n rhaid i mi siario pob gronyn ohoni efo gweddill y byd. Ond roedd hi wedi rhoi plentyn i mi, a dyna oedd y gymwynas fwyaf y medrai dynes fel Meg ei gwneud ag unrhyw ddyn…

'Mog!'

Mae Heledd yn dychwelyd o lwyn bach gerllaw, wedi bod am wi-wi. Cerdda'n gyflym â'i phen i lawr, yn edrych ar rywbeth yn ei dwylo. Erbyn iddi agosáu fe welaf mai hen botel werdd, dywyll sydd ganddi, efo darnau o ffeg yn glynu wrth y gwydr.

'Sbia!' medda Heledd. 'Mae'r gwddw'n gwyro ac mae'r wefus yn gam. Mae'n rhaid ei bod hi'n anhygoel o hen, fel chdi, Mog!'

'Hei, paid â bod yn ddigywilydd!'

'Dyna i ti *find*, 'te, Mog. Anrheg i chdi. *Souvenir*, 'de!'

Trosglwydda'r botel i'm dwylo, a syllaf arni'n fanwl.

'Sbia, Heledd, mae 'na fyd bach y tu mewn iddi – mwsogl, dail, a chragen malwen. Byd bach y tu mewn i'r byd mawr. Byd bach trist, ti'm yn meddwl?'

'Na, dydw i ddim yn gweld tristwch, Mog. Yn dy ben di mae hwnnw.'

Glanhaf y gwydr efo 'nwylo.

'Rwy'n mynd â hi adref. Aiff hi ar y silff yn y garafán. Cofeb, ti'n iawn, Heledd. Diolch!'

'Hei, Heledd,' medda fi wrth sathru un o'r pegiau i mewn i'r ddaear. 'Pe tasen ni'n dau'n forwyr rŵan, wedi colli ein cymdeithion a'n llong, ac yn eistedd o dan goeden balmwydd yn siario'r botelaid olaf o win, be 'sa ti'n medru dweud wrtha i am ddynion?'

Mae hi'n eistedd ar y clawdd yn fy ngwylio yn paratoi am y nos.

'Be'n union wyt ti'n feddwl, Mog?'

Tynnaf un o gortynnau'r dent yn dynn.

'Wel, mae holl ferched y byd yn perthyn i *secret society*, rhywbeth fel y CIA, ac os oes 'na broblem yn codi maen nhw'n gyrru neges at ei gilydd mewn cod ac ymhen dim mae 'na uffarn o *pow-wow* mawr yn y goedwig efo mwg a dawnsio, a does gan ddynion ddim clem be sy'n digwydd. Wyt ti'n gwybod yn iawn be dw i'n feddwl, ti'n un ohonyn nhw dy hun. Y Chwiorydd. Neu maen nhw'n cyfarfod mewn *operating theatres* yng nghanol y nos ac yn cynnal *vivisections* ar y dynion, heb anesthetig.'

Gwena Heledd wrth wneud sbliff i'w siario.

'Be ydw i'n wybod am ddynion? Wel, does gan dri chwarter ohonyn nhw ddim clem o gwbwl sut i drin merched. Ac mae'r gweddill yn gwybod gormod am ferched ac yn eu hiwsio nhw heb gydwybod. 'Dan ni'n dal yn *vulnerable* iawn, wsti Mog. Hwyrach fod ffeminyddiaeth wedi newid tipyn ar bethau ond 'dan ni'n dal yn yr Oesoedd Canol rili.'

Erbyn hyn mae'r babell las yn barod am y noson. Daw sŵn rhochian a bytheirio o'i thu mewn wrth i mi baratoi ein sachau cysgu.

'Be wyt ti'n wybod am ferched, Mog?'

'Dim, ffyc ôl,' medda fi oddi mewn i'r babell. Yna rhof fy mhen drwy'r fflap, fel pen ci'n ymddangos o dan liain bwrdd.

'Mae merched yn licio sgidiau a siopa, balconis, blodau, a siocled, ac maen nhw'n cyfarfod bob hyn a hyn yn y goedwig i aberthu rhyw greadur diniwed fel fi – tân mawr mewn llannerch a'r dryms yn curo. Maen nhw'n bihafio'n ddigri, fel genod bach, yn y glaw. Maen nhw wastad yn mynd at y giât os gwelan nhw geffyl neu fuwch neu oen mewn cae ac maen nhw'n mynnu sefyll yno am hydoedd yn siarad rwtsh babïaidd ac yn cosi trwyn ac yn dweud 'Mae o'n licio fi, sbia Mog, mae o'n licio fi.' Mae ganddyn nhw ddau le cudd lyfli y tu ôl i'w pengliniau. Mae dyffryn bach hardd yn rhedeg i lawr eu cefnau. Rwy'n addoli eu tinau, ac mae'r ffrynt yn reit neis hefyd. Pam?'

Erbyn hyn mae Heledd wedi tanio'r sbliff ac yn tynnu'r mwg.

'Sbia i lawr yn fan'cw, wrth yr afon, Mog. Wyt ti'n gweld?'

Syllaf i lawr i'r dyffryn, gyda'm llygaid yn gwibio yma a thraw...

'Fan'cw!' medda Heledd, ac aiff ei bys i gyfeiriad tŷ mawr gwyn ar lan yr afon, ymysg cylch o goed helyg cwmanog. Maen nhw'n ei hatgoffa hi o'r hen bobol yn mynd i mewn i'r capel bob bore dydd Sul ar eu ffyn.

'Wyt ti'n gweld?'

'Ydw. Pam?'

'Mog, sbia da chdi... wyt ti'n ddall? Tent ar y lawnt, wyt ti'n gweld rŵan?'

Ac mae'n wir, mae 'na dent fach las ar y lawnt...

Syllaf yn hir.

'Oes 'na wyneb yn y ffenest? Weli di rywun yn sbio drwy'r ffenest?'

Sylla Heledd.

'Oes, mae rhywun yn edrych i fyny yma, dyn falla.'

Eisteddaf wrth ei hochr, wedi stiffio erbyn hyn.

'A pheth arall am ferched,' medda fi. 'Wyt ti'n gwybod y byddai tramps yn yr hen ddyddiau yn gadael marc ar y wal pan gaen nhw groeso yn rhywle? Mae merched yn gwneud 'run fath efo dynion – maen nhw'n gadael marc anweladwy arnyn nhw, neges gudd i ferched eraill yn dweud sut fath o foi ydi o.'

'Mog, rwyt ti'n siarad rwtsh rŵan,' medda Heledd, gan gynnig y sbliff i mi. 'Ac ystrydeb ydi'r siocled a'r blodau, mae dynion yn eu licio nhw lawn cymaint.'

'Bolycs,' medda fi, a thagu ar y sbliff nes bod yn rhaid i Heledd guro fy nghefn.

'Ti a Meg 'run ffunud, wsti Heledd. Yn gweld y byd

'run ffordd. Glywest ti am Fellini, do? Cyfarwyddwr ffilmiau enwog. Roedd o'n dweud bod y llygad dde'n gweld realiti a'r llygad chwith yn gweld ffantasi. Wel, Heledd, fy nghariad annwyl i, mae gan ferched ddwy ffordd o edrych ar y byd hefyd. Os 'di pethau'n mynd yn iawn mae ganddyn nhw sgerbwd wedi'i wneud o asgwrn fel dynion, maen nhw'n ffeind ac yn rhadlon. Ond os aiff pethau'n ddrwg, os gwnei di erlid merch nes bod ei chefn mewn cornel, fydd ei sgerbwd hi ddim yn hir cyn troi'n ddur a gwydr. Diflanna'r wên. Llwynoges sydd o dy flaen di efo llond ceg o ddannedd miniog. Ti'n cyd-weld, Heledd?'

'Mog! Ti 'di smocio'r sbliff 'na i gyd bron. *Typical*. Blydi dynion. Tyrd â hi i mi rŵan, y mwnci hyll.'

'Wps, sori Heledd.'

Ond mae Heledd yn rhy brysur i gymryd sylw ohonof fi erbyn hyn; mae hi wrthi'n tynnu ar weddillion y sbliffan.

Y dydd yn gwywo. Y golau'n pylu. Distawrwydd a düwch yn disgyn droson ni…

'Gwranda, Mog, lle mae Meg? Ydi hi o dan y patio, wir? Mog! Deffra!'

'Uh?'

'Deffra da chdi, neu mi fyddi di'n methu cysgu heno, y lwmpyn diog. Cymer lai o'r sbliff y tro nesa hefyd.'

'Be ddywedaist ti?'

'Dim ots, mae'n rhy hwyr rŵan.'

'Yr ateb ydi, nac'di. Dydi hi ddim o dan y patio.'

'Lle mae hi 'ta?'

'Yn y ffrij-ffriser wrth gwrs.'

'Paid â smalio, Mog, dydi rhywbeth fel'na ddim yn ddoniol.'

'Heledd, dwn i ddim. Rywle yn y byd – yn fy osgoi i, wedi dianc. Pethau cymhleth ydi merched gwybodus, hunangynhaliol. Maen nhw'n mynd drwy gyfnodau du, yn ofni popeth. Yn ofni ofn ei hun. Digalondid, anobaith. Maen nhw'n gweld gormod. Rhithiau yn y nos. Maglau ar fur y carchar, yn taflu cysgod hir. Dwn i ddim lle mae merched yn mynd bryd hynny, Heledd. Wyddost ti?'

Dim ond dwyawr o'n carwriaeth sy'n weddill. Ochneidiaf yn drwm dros yr ail sbliff.

'Be sy, Mog?'

Edrychaf arni drwy gwmwl o fwg glas. Mae hi wrthi'n ailblethu ei gwallt, a gwelaf y ddau *rubber band* ar un o'i bysedd. Â'i phen ar ogwydd, a'i dannedd gwyn yn brathu ei gwefus isaf (fel y gwna Meg), edrycha'n ddel ofnadwy. Aiff awel boeth drwy 'nghalon.

'Does ond dwyawr o'n carwriaeth ni ar ôl, Heledd. Ydi o wedi bod yn ddiwrnod da yn dy fywyd di?'

'Dyro'r sbliff 'na i fi a phaid â rwdlan – wrth gwrs 'mod i wedi mwynhau'r diwrnod.'

Ond rwy'n teimlo'n rhy hwyliog i ddistewi; erbyn hyn mae tonnau bach o hapusrwydd yn cosi fy nghorff. Ac rwy'n ysu am far mawr o siocled...

Rydw i'n sôn wrthi am ryw bonsh welais i ar wefan cyn cychwyn ar y siwrne. Cyngor i ddynion ynglŷn â sut i ddenu merched. Rhoi mỳg o de poeth iddyn nhw, yna byddan nhw'n debyg o feddwl bod gennyt ti bersonoliaeth gynnes. Mewn rhyw arbrawf arall roedd merched yn fwy tebygol o ymateb yn bositif pe bai'r dyn yn gofyn iddyn nhw drwy'r glust dde. Ac roedd y lliw coch yn fwy o *turn-on* nag unrhyw liw arall.

'Dydyn nhw'n llawn o sothach!' ydi ymateb Heledd. 'Ond dyma i ti gyngor am ddim. Mae merched yn licio'r teimlad o fod mewn cariad, maen nhw'n licio cael eu caru'n iawn. Yn gyflawn.'

'Ydyn, rwy'n gwybod hynny, ond mae cariad fel crefydd – wedi i ti golli ffydd mae'r holl beth yn syrthio'n dipia. Rhaid i ti *goelio* mewn cariad, rhaid i ti *goelio* mewn Duw os ydi'r peth am weithio. Ond wsti be, Heledd, doeddwn i 'rioed yn coelio. Mae'n cymryd hyder i goelio mewn pethau fel crefydd a chariad, ond yn anffodus, welais i nhw'n cael eu camddefnyddio pan oeddwn i'n ifanc iawn.'

Dydi Heledd ddim yn gwrando. Mae hi ar drywydd newydd.

'Mae merched isio mwy nag un opsiwn; dydyn nhw ddim yn licio cael eu cyfyngu. Wnes ti hynny i Meg?'

'Dw i ddim yn gwybod.'

'A pheth arall, Mog, mi wnaiff merch roi un cyfle ar ôl y llall i chdi, ond unwaith mae'r *shutters* wedi dod i lawr, does gen ti ddim siawns. Ydi Meg wedi cau'r drws am y tro ola?'

'Dw i ddim yn gwybod, Heledd. Tro fi i gael y sbliff, dw i isio cysgu heno.'

Ymdrechaf, drwy niwl y cyffur, i drafod fy nghariad tuag at Meg. Ar y dechrau fe welais ein perthynas fel darn o gelf cywrain, darn o wydr perffaith, bregus, a gwerthfawr. Aiff ychydig o eitemau felly i amgueddfeydd pwysig y byd, ond caiff y mwyafrif llethol eu torri a'u taflu i'r dymp. Be gadwodd rai o boteli prydferth y Phoeniciaid yn un darn ar ôl tri mileniwm? Ffawd? Mae'r gallu gan rai i wneud rhywbeth prydferth iawn, a gwêl y meidrolion o'u cwmpas fod dwy law neu un meddwl unigryw wedi cymryd talp bach o amser maith y byd, wedi sefyll mewn stafell ddirgel, ac wedi creu rhywbeth trawiadol o hardd. Ond nid dyna ddiwedd y stori. Na, dyna ddechrau'r stori. Oes, mae'n rhaid cael tipyn o lwc, ond gofal da a gwerthfawrogiad ydi'r elfennau pwysicaf. Tybed a oeddwn wedi rhoi digon o ofal i'r cariad rhyngom? Neu wedi rhoi gormod o ofal, hwyrach: oeddwn i wedi cadw fy nghariad fel darn o gelf mewn cwpwrdd, heb adael i neb ei weld? Erbyn hyn, mae'r ail sbliff wedi cyrraedd ei nod.

'Ocê, Mog. Tro fi i gael y sbliff rŵan neu mi fyddi di i ffwrdd efo'r *fairies* eto. Un peth arall cyn i ti fynd: mae merched yn byw yn eu pennau lot mwy na dynion. Wyt ti wedi sôn am dy gyndeidiau yn yr ogof, y clust-addolwyr. Wel Mog, pan fyddai dynion yn cweryla bryd hynny roedden nhw'n lladd ei gilydd. Ond doedd hi ddim mor hawdd i ferched wneud hynny, felly mi fydden nhw'n lladd pobol yn eu pennau. Dyna pam mae 'na gymaint o ferched yn sgwennu *crime thrillers* gwych. Agatha Christie, P. D. James… merched sydd ar flaen y gad efo'r math yna o sgwennu, ti'n gweld?'

'Heledd, chdi sy'n rwdlan rŵan, yli.'

Ond dydi Heledd ddim wedi gorffen eto. Mae'r sbliff wedi rhyddhau ei thafod hitha hefyd.

'Mae gen i biti dros ferched dy oed di, Mog. Mae hi wedi bod yn amser anodd iddyn nhw. Cawson nhw eu dal rhwng dwy stôl.'

Byrdwn ei llith ydi fod merched a aned ym mhumdegau a chwedegau y ganrif ddiwethaf wedi'u rhwygo'n ddau gan hanes; ar y naill law roedd 'na bwysau arnyn nhw i gynnal yr hen drefn, i edrych ar ôl eu gwŷr ac i aros adre efo'r plant a'r golchi a'r tacluso diddiwedd. Ar y llaw arall roedd 'na bwysau arnyn nhw i symud ymlaen i'r byd newydd, i flasu rhyddid ffeminyddiaeth. Roedd Heledd ei hun wedi profi'r tyndra hwnnw, wedi gweld y straen yn dangos ar wyneb ei mam.

Ydw, rwy'n cyd-weld â hi, ond fiw i mi agor fy ngheg, oherwydd rwy'n credu bod fy nghyd-ddynion, y llygad-dystion i hyn oll, wedi dioddef bron iawn cymaint â'r merched gan ein bod ni hefyd wedi cael ein dal yn y canol.

Ond rwy'n brathu 'nhafod ac yn cadw'n dawel. Rwy'n nabod nyth cacwn pan wela i un.

Disgynna distawrwydd dros y tir, heblaw am fref dafad yma a thraw. 'Dan ni'n gwylio'r haul yn machlud, y ddwy Aran yn cochi yn yr hwyrddydd. Bara unwaith eto, a darnau o ffrwythau sgwishi. Cacen a siocled. Siario, a chynnig y darn ola. Briwsion. Dŵr yn rhedeg dros wefus y botel blastig ac yn gwlychu'r sofl ar fy ngên. Ogla natur ar fy mysedd; ogla'r byd yn fy mhen.

Mae'r ddwy sach gysgu ochr yn ochr yn y dent, fel olion seirff wedi bwrw hen groen, neu fel sidangodau yn perthyn i gynfywydau'r ddau ohonom.

Paratoi, ymgomio'n ddistaw. Mae gan Heledd ganhwyllau bach crwn efo gwêr lliwgar, ac mae'r awyr yn ddigon llonydd i ni allu eu cynnau mewn cylch o'n cwmpas pan ddaw'r nos. Eisteddwn, gefn wrth gefn, yn y cylch o olau, yn gwylio dawns fesmerig y fflamau bychain – eneidiau o'r henfyd ym mynwent y nos. Mae cefn Heledd yn gadarn ac yn gynnes; teimlaf yn ddiogel yn y gaer ganhwyllog. Yna gofynnaf iddi oes ganddi hi ŵr neu gariad, a theimlaf yn euog ar unwaith; dydw i heb ofyn nemor ddim am ei hanes hi. Fi, fi, fi unwaith eto. Anghenus ydi'r amddifad.

Oes, mae ganddi hi gariad. Dyna pam mae hi yma, i ganfod oes dyfodol i'r berthynas. Bydd yn rhaid iddi benderfynu cyn cyrraedd pen y daith. Caf ddisgrifiad manwl o'i chariad. Dyn priod. Athro ysgol, plentyn amddifad fel fi. Clywaf yr hanes – yr aros amdano, yr ansicrwydd, yr hen, hen stori yn ailgylchu ei hun yng ngenau dioddefwraig arall.

Tylluan yn rhywle. Cŵn yn cyfarth yn y pellter. Ystlumod yn picio hwnt ac yma, yn trio cofio eu negeseuon ac yn gofyn i bawb ar y ffordd. Goleuadau car yn dod dros fryn ymhell i ffwrdd ar yr ochr Gymreig, yna'n diflannu. Chwa o wynt oeraidd yn chwipio'r canhwyllau. Edmygaf liwiau'r fflamau: y gwyn, y glas, y melyn, a'r coch.

Mae Heledd bellach yn gorwedd ar ei sach gysgu, a chlywaf hi'n gofyn:

'Be ddigwyddodd i ti a Meg ar ôl iddi ddod adref; be ddigwyddodd i'r dyn o Gasnewydd?'

Dydw i ddim yn disgwyl y fath gwestiwn. Ond mae gen i ateb parod, ar ôl i mi hel fy meddyliau.

'Amser caled iawn. Nid mater o faddeuant oedd o; doeddwn i ddim yn gweld bai arnyn nhw. Mae'r pethau 'ma'n digwydd. Ond y fath boen yn fy nghalon. Fel pe bai ffrwydriad wedi gyrru gwydr yn ddarnau i mewn i'r cnawd. Roeddwn i mor awyddus i anghofio pob dim. Ond fedrwn i ddim. Mi fûm i'n ofnadwy o isel am fisoedd. Rwy'n cofio'r teimlad: fel pe bawn i'n dioddef o'r fflÏw. Methu symud, bron. Eistedd a gwitsiad. Yna daeth Wyn ein mab i'r byd. Newidiodd hynny bopeth.'

'Mab y dyn o Gasnewydd?' gofynna Heledd.

'Na, 'sa ti'n 'i weld o mi fuaset ti'n gwybod ar unwaith mai fi ydi 'i dad o. 'Dan ni'r un ffunud â'n gilydd.'

'Ond mor sydyn wedyn? Oeddet ti'n meddwl...?'

'Oeddwn, wrth gwrs, ond babi 'di babi a docdd dim bai ar Wyn am yr ansicrwydd, nag oedd?'

'Na, rydw i'n gwybod hynny, ond mi fase'r rhan fwyaf o ddynion yn ddrwgdybus iawn.'

Esboniaf fod Meg wedi dweud wrtha i mai fi oedd y tad.

'A wnes ti goelio hynny?'

'Do, fase Meg byth yn dweud celwydd fel'na.'

'O, ti'n ymddiried ynddi hi felly?'

'Ydw, fase hi'm yn dweud anwiredd, byth. Mi fase hi wedi dweud yn blwmp ac yn blaen wrtha i os mai'r dyn o Gasnewydd oedd y tad.'

'Ond peth rhyfedd, 'te?'

'A dweud y gwir wrthot ti, Heledd, rwy'n meddwl bod y profiad wedi cael effaith ar Meg. Dw i ddim yn siŵr sut i esbonio'r peth. Yr unig ddelwedd sy'n dod i'r meddwl ydi gwersi cemeg yn yr ysgol; i achosi adwaith cemegol mae'n rhaid cael deunydd arbennig... rwy'n cofio'r gair Saesneg, *reagent*. Wyt ti'n cofio rhoi sinc neu galch mewn tiwb yn cynnwys asid a gweld bwrlwm yr adwaith? Roedd y dyn o Gasnewydd wedi achosi adwaith hefyd. Rwy wedi sylwi 'rioed fod Meg yn caru'n glosach pan fo dyn arall yn y tŷ.'

'Www,' medda Heledd, 'rwyt ti wedi dweud rhywbeth mawr rŵan. Ti'n siŵr?'

'Nac ydw, dydw i ddim yn siŵr o ddim byd erbyn hyn. Does dim ots, beth bynnag. Daeth Wyn i 'mywyd i ac mi roedd hynny'n ddigon. Mi fedrwn i garu Wyn yn ddigwestiwn. Byddi di'n gwybod dy hun ryw ddiwrnod, os cei di blant. Hwnnw ydi'r unig wir gariad pur.'

Distawrwydd yn y babell. Ond mae hi'n effro.

Diffoddaf y canhwyllau a mynd ar fy ngliniau i'm gwâl. Gorweddaf yno'n gwrando ar synau'r nos, megis yr ystlumod yn hedfan dros y dent; gwrandawaf ar anadl Heledd yn arafu. Ond dydi hi ddim wedi datod ei meddwl oddi ar ein stori ni.

'Hyd y gwela i, Mog, wnest ti a Meg 'rioed brofi cariad llwyddiannus rhyngoch chi, ond ddaru'r ddau ohonoch brofi cariad perffaith yn eich perthynas â'ch mab, Wyn. Ydw i'n iawn?'

'Rhywbeth fel'na, Heledd.'

'Ond dwyt ti ddim yn gweld pa mor bwysig oedd hynny? Fod y naill wedi rhoi'r cyfle i'r llall brofi cariad perffaith?'

Na, doeddwn i 'rioed wedi sylweddoli hynny cyn heno. Dyna anrheg Meg i mi. Cariad pur. Er na allai Meg lenwi'r twll du a adawyd ar ôl fy mhlentyndod yn y cartref plant, roedd hi wedi trefnu i mi dderbyn yr hyn y gofynnwn amdano, ond heb i mi wybod am be roeddwn i wedi'i ofyn.

Rwy'n effro erbyn hyn, yn edrych drwy'r defnydd glas

uwch fy mhen, i fol y bydysawd ei hun, tuag at y seren ddisgleiriaf yn y nen. Ymysg y biliynau o sêr, un arbennig, bwysig: af ati i feddwl am y biliynau o hadau a adawodd fy nghorff yn ystod fy mywyd, fel hadau dant y llew ar y gwynt, ac eto dim ond un ohonyn nhw oedd wedi blodeuo.

A finna wrthi'n edrych ar fy seren ddisglair ddychmygol, clywaf synau bach egwan yn dod o'r sach gysgu wrth fy ochr. Gwrandawaf yn astud. Rwy'n nabod y synau ers cyfnod maith yn ôl, pan glywn rywbeth tebyg iawn yn y cartref plant.

Cymeraf hi yn fy mreichiau, a gadawaf iddi wylo'n ddistaw. Gwn mai dyna ydi'r peth gorau. Gadael iddi, a'i dal heb ddweud gair. Ni wn ai drosta i 'ta drosti hi ei hun mae Heledd yn wylo; dros y ddau ohonon ni, efallai. Rwy'n hoff o ddagrau merched; eu siâp nhw, eu cynhesrwydd hallt, eu tristwch – tristwch a aiff nôl i'r ogof honno yn Bontnewydd, pan brofodd fy nghyn-neiniau yr un hen ing oesol. Dychmygaf glust berffaith Heledd yn y tywyllwch; ei gwddw perffaith, ei gwallt perffaith, a'r *rubber bands* bondigrybwyll yn dynn am ei thresi.

Dyna a gofiaf am byth ar ôl heno. Yr agosrwydd a deimlaf at Heledd yn y nos, yn ystod awr olaf ein carwriaeth. Cariad am ddiwrnod cyfan. Felly yr awn ni i gysgu, gyda fi yn ei dal hi, mewn llecyn tywyll, anhysbys, rywle ar Glawdd Offa.

Drannoeth, gwawria'n braf, a does dim brys i fynd oddi yno ar ôl codi. Rydyn ni wedi cyd-deithio ers dyddiau bellach, ac mae rhythm esmwyth i'n gweithgareddau wrth i ni baratoi am y diwrnod. Ni ddywedir 'run gair am ddigwyddiadau'r noson cynt, ond sylwaf fod tristwch yn duo llygaid Heledd wrth iddi godi'r canhwyllau oer oddi ar y ddaear. Wedi gofyn iddi be oedd yn bod, esbonia fod defod y canhwyllau yn nodwedd ar ei pherthynas â'r dyn priod. Ar ôl brecwast cynnil, rhaid mynd ar ein hynt.

Bellach, rydyn ni wedi cwblhau dros hanner y siwrne, medd Heledd. Rydw i'n dal ar goll, ac yn bwrpasol felly. Ond mae Heledd yn gwybod bod pentref bach hyfryd ar ein taith heddiw, ac ychydig ar ôl hanner dydd mae'r llwybr yn disgyn i lawr llethr eithinog; yna yn y pant oddi tanon ni rydyn ni'n gweld mwg yn codi'n ddioglyd. Un ar ôl y llall daw'r simneiau sy'n cynhyrchu'r mwg i'r golwg, wedyn y tai o dan y simneiau, ac yna'r lonydd a'r gerddi bach twt o amgylch y tai. Yn eu mysg mae eglwys, a rhaid mynd i eistedd yn ei mynwent wedi cyrraedd y pentref. Newchurch, Powys ydi enw'r lle a'r peth cyntaf i gipio fy sylw ydi beddrod wrth ymyl y llwybr efo sawl tusw o flodau arno. Mae'n amlwg bod rhywun nodedig yn gorwedd o dan y groes syml. Plant un o'r gweinidogion gynt sydd o dan y garreg, yn eu mysg ferch ifanc o'r enw Emmeline. Gŵyr Heledd amdani, a chaf rywfaint o'i hanes ganddi.

Francis Kilvert yn ei ddyddiadur enwog a nododd iddi farw yn 14 oed, neu ni fyddai nemor ddim gwybodaeth amdani. Yn ôl dogfen yn yr eglwys, cofnododd Kilvert ar Ebrill 27, 1876: 'The mountain was full of the memories of sweet Emmeline Vaughan.' Ac efo'r geiriau syml hynny, sicrhaodd Kilvert y byddai'r byd yn cofio am Emmeline am byth.

Dof o hyd i lecyn cynnes yng nghornel y fynwent, ymysg y blodau bach, i eistedd a chael cyfle i orffen gweddill y bwyd. Mae'r Gororau yn mwynhau haf bach Mihangel, ac mae llechi'r cerrig beddau yn danbaid o dan yr heulwen boeth. Mae'r erw yn fyw o wenyn, a daw pili-pala coch a du a gwyn i sugno maeth yr iorwg ar y wal wrth ein cefnau. Rwy'n mwynhau'r awyrgylch ac yn cau fy llygaid am dipyn. Clywaf dractor yn dringo'r allt o'r pentref, ac yna daw synau natur yn ôl i'r fro; bu bron i'r ddau ohonon ni gysgu.

Af ati i feddwl am y blodau ar fedd Emmeline. Nid er cof am y ferch ifanc maen nhw yno, ond er cof am y myth a grëwyd gan Kilvert. Dyna be ydi cariad ei hun – myth personol. Mae'n rhaid i bawb, bron, greu myth er mwyn profi iddyn nhw fodoli ar y ddaear; i brofi eu bod hwythau, fel pawb arall o'u cwmpas, wedi teimlo a gweld a chlywed a blasu. Casgliad o hanesion bach ydi bywyd, chwedlau byr y caf eu hadrodd wrth ddieithriaid ar y siwrne rhwng Prestatyn a Sedbury, rhwng geni a marw. Wrth fy ochr, rhyddha Heledd ei gwallt o'r *rubber bands*, ac ar ôl iddi redeg ei bysedd drwy'r tresi coch mae'n rhoi un o'r bandiau – yr un glas – ar un o fy mysedd, fel modrwy. Rhydd y llall ar un o'i bysedd hitha, a dalia ei llaw o'i blaen er mwyn i ni gael edmygu'r fodrwy goch. Yna gosoda ei phen ar f'ysgwydd a chau ei llygaid. Heledd a Meg, Meg a Heledd; mae'r ddwy wraig yn un erbyn hyn. Ac rwyf i'n briod â'r ddwy: ffaith a ffantasi ynghlwm.

'Wyddost ti, Mog, roedd y sipsiwn ers talwm yn mynd i un lle i fwynhau cariad cnawdol, erotig, ac yna'n dewis rhywle arall i greu plentyn, i genhedlu epil. Roedden nhw'n gweld gwahaniaeth rhwng y ddwy weithred, y ddwy fangre. Be ti'n feddwl o hynny?'

Caf fy syfrdanu gan y syniad. Agoraf fy llygaid ac edrychaf ar y byd o'm cwmpas; af ati (gan mai dyn ydw i) i ystyried sut fath o le y buaswn i fy hun yn mwynhau cariad erotig ynddo, a'r lle y byddwn i'n ei ddewis i genhedlu plentyn.

'Dw i 'rioed wedi clywed hynna o'r blaen, ond mae'n gwneud sens. Fedra i ddim ond meddwl ein bod ni'n dau'n byw rhwng y ddau, rywsut; ydi hi'n bosib bod 'na drydydd lle?'

Dydi Heledd ddim yn deall. 'Be ti'n feddwl?'

'Dw i ddim yn siŵr iawn fy hun. I brofi cariad rhaid i gariadon siario cyfnod penodol yn hanes y byd; rhaid iddyn nhw fyw yn ystod yr un cyfnod ac yn yr un gofod. Ond pwy a ŵyr pryd y ganed ein partner perffaith ni? Petai'n bosib prynu *time machine* yn y *24-hour* Tesco a mynd yn ôl ac ymlaen yn hanes y byd, efallai y bydden ni'n medru cyfarfod ein partner perffeithiaf a fu neu a fydd. Efallai mai morwyn i Pharo yn yr Aifft oedd fy nghariad delfrydol i, ac mai capten llong ofod Fenwsaidd o'r dyfodol fydd dy bartner perffaith di. Wyt ti'n deall be dw i'n ddweud? Hwyrach fod 'na'r fath beth â chariad y tu hwnt i ffiniau amser.'

'Ti'n malu awyr eto rŵan, Mog, on'd wyt ti? Gad i fi gysgu am dipyn. Dos i weld oes 'na siop yma, wnei di? Rydw i isio siocled, ac rydw i isio fo rŵan, y funud 'ma!'

Af am dro, ond wela i ddim siop. Bydd yn rhaid i ni symud ymlaen eto, fel *nomads* yn y diffeithwch, yn chwilio am ffynnon a bwyd.

'Ac felly y bu i ni ymadael â'r lle hwnnw. Cyraeddasom dref hardd a enwyd *Y Gelli* yn yr hwyrddydd, a bwytasom yn swmpus mewn llety, a chysgasom y noson honno mewn stafell gynnes a chyfforddus (mewn dau wely), ac ymolchasom, a llawenasom, a bwytasom siocled ar y bont uwchben yr afon Gwy, ac yfasom win gwyn o'r botel yn y parc bach cyfagos, a chwarddasom, a dyna oedd yr amser pan ddywedodd Heledd wrthyf fi, ei chyd-deithiwr, y dylem gadw'r botel honno, gan y byddai swyddogaeth newydd iddi pan gyrhaeddem y môr ar ddiwedd y daith. Ac oherwydd hynny adwaenid y botel honno fel un o'r tair potel dyngedfennol yn hanes Ynys y Kedyrn.'

6

Hei, 'dan ni ar y ffordd eto! Brecwast braf yn y gwesty, tro hamddenol rownd rhai o'r siopau llyfrau, yna i ffwrdd â ni ar draws y caeau ac i fyny drwy'r coed i gosi trwyn y bryncyn uwchben y dref, Hay Bluff. Bobol bach, sôn am olygfa. Y Bryn Du ar y chwith, y Mynyddoedd Du o'n cwmpas, y Darren Ddu o'n blaenau. 'Sa chi'n meddwl bod Heledd a finna wedi cyrraedd pydew du yn uffern. Ond na, 'dan ni ym mharadwys. Oddi tanon ni ar y dde, Gospel Pass a Dyffryn Ewias, yna bryniau Cymru yn ymestyn draw i'r pellter fel y crychau ar grispen caws a nionyn. O, mor braf ydi byw yng Nghymru (yn arbennig os ydych chi'n Sais!).

Mae'r olygfa ar y chwith yn syfrdanol: Dyffryn Olchon (medda Heledd) a'r Golden Valley; Lloegr yn ymestyn draw, draw tua'r gorwel. Mae'r patrwm yn f'atgoffa i o hen gwrlid Nain sydd ar y gwely yn y llofft sbâr yn Nhalafon (y cwrlid, nid Nain, 'sa hi'n drewi erbyn hyn!): dwsinau o glytiau bach wedi'u gwnïo ynghyd gan y cloddiau, yn ddel ac yn gywrain.

O! mor braf, diwrnod clir yn yr hydref ac mae'r gwaed yn byrlymu drwy fy nghorff. Rwy'n teimlo'n feddw, mae gen i awydd canu, gweiddi, dadwisgo, rhedeg drwy'r grug, whwpian fel un o'r Indiaid Cochion 'na yn y ffilmiau; rydw i isio bod yn blentynnaidd, rydw i isio rhedeg rownd a rownd Heledd yn noeth efo 'mreichiau allan fel aderyn. Rwy'n teimlo fel pe bai'r haul poeth wedi bod yn cuddio (cudd-deithiwr!) o dan gwmwl yn fy mynwes ers hanner canrif a'i fod o newydd neidio allan heddiw. Mae cân yn mynd drwy 'mhen i, tiwn hyfryd. Ai angylion sy'n fy swyno i, ai cân nefol sy'n dod draw ar y gwynt?

Ydw i wedi colli 'mhwyll? Do, digon tebyg, ond rwy'n teimlo'n grêt.

Ar gopa Hay Bluff fe wna Heledd fflag fechan efo gwelltyn a darn o bapur siocled, a rhoi'r fflag (baner Mog!) ar ben y bryn i ddynodi 'mod i wedi concro'r mynydd y diwrnod hwn; cyn tynnu llun fe wnaiff i mi sefyll mewn ystum digri efo 'nghoesau ar led a fy llaw chwith yn gochel fy llygaid, fel pe bawn i'n goncwistador – Cortes yn edrych ar wlad newydd am y tro cyntaf, neu Tenzing ar ben Everest. Hwyl a sbri! Rydw i a Heledd yn cael sbort ar y gefnen rhwng y Gelli a Phandy, yn cydgerdded ac yn cyd-dynnu, yn edrych i lawr ar Gymru, yn edrych i lawr ar Loegr, yn troedio'r ffin rhwng y ddwy wlad, yn troedio'r ffin rhwng bod yn ifanc a bod yn hen, yn troedio'r ffin rhwng realiti a ffantasi. Oherwydd does 'na ddim Cymru na Lloegr heddiw, dydyn nhw ddim yn bod y funud hon. Caeau ac afonydd a phentrefi yn unig sydd ar bob ochr; maen nhw'n perthyn i fyd arall, maen nhw'n perthyn i wlad gyfrin Heledd a Mog, cariadon ffantasïol efo *rubber bands* ar eu bysedd yn lle modrwyau a hadau dant y llew yn eu gwallt yn lle conffeti.

O'r diwedd! O'r diwedd rwyf fi, Mog Morgan, Talafon, Gwynedd, Cymru, Prydain Fawr, Ewrop, Y Byd, Caer Wydion, Y Bydysawd, wedi mwynhau carwriaeth lawn ac ystyrlon efo Meg Morgan (*neé* Griffiths). Oherwydd fersiwn o Meg sydd wrth f'ochr i, fersiwn iau, fersiwn naïf, fersiwn llawn gobaith – y Meg a adwaenwn i ddeng mlynedd ar hugain yn ôl, y ferch coleg efo sglein ar ei chroen a dannedd gwyn, y ferch efo'r byd yn aros amdani. Y ferch ifanc a adwaenwn ym more oes.

Y Meg nad adwaenwn i chwaith. Naddo, nid adwaenais hi 'rioed, mewn gwirionedd.

Y Meg honno na welodd fi fel hyn. Mog Morgan y clown, Mog Morgan yn cael hwyl. Welodd hi mo'r Mog hwn 'rioed.

Annwyl Mrs Morris,

Mae'r gwyliau'n mynd yn wefreiddiol, wedi cyrraedd Sir Fynwy. Niwl gwyn hydrefol yn llenwi llawr y dyffryn. Adar mân yr haf wedi ymadael: yr ehedydd a'r dryw melyn; hefyd mae telor yr ardd, telor y berllan, a thelor y glaswellt wedi dychwelyd i'r Affrig i newid gwlad (pa un ydi'r famwlad?) ac i gyfnewid enw hefyd. Fe glywch chi nhw uwch eich pen yn y nos, os gwrandewch chi'n astud, Mrs Morris. Ai dyna sut mae cariad yn mudo, yn sibrwd o un lle i'r llall yn y nos? Ar adenydd gobaith?

Na, pysgodyn ydi cariad, Mrs Morris, pysgodyn fel y pysgodyn aur, sy'n tyfu i lenwi'r gofod sydd o'i gwmpas: powlen fach, pysgodyn bach; llyn mawr, pysgodyn mawr. Ai dyna sut mae cariad yn magu, ac nid drwy gicio a brathu? Ydi cariad yn tyfu i lenwi'r gofod o'i gwmpas?

Na, blaidd ydi cariad, yn hela ac yn lladd. Ond wyddoch chi be, Mrs Morris? Mae Mistar Blaidd a Misus Blaidd yn aros efo'i gilydd tra bydd y ddau flaidd ar dir y byw. Dyna i chi sioc, Mrs Morris.

Aderyn ydi cariad, pysgodyn ydi cariad, blaidd ydi cariad; mae cariad yn newid ei siâp o eiliad i eiliad, fel Ceridwen yn hela Taliesin.

Ond Mrs Morris, dim ond un llond sach o gariad oedd gennych chi i ddiwallu anghenion llond tŷ o blant bach llesg. Gwnaethoch eich gorau, Mrs Morris, do wir, gwnaethoch eich gorau. Falle mai chi ddaru gynnig y cariad puraf. Ia wir!

Cofion cynnes,

Mog

Annwyl Mr Gwyn Vaughan MRCPsych,

Dreiglwaith yn Harlech roedd seiciatrydd cymwysedig yn cerdded ar hyd glan y môr. Ac wrth edrych tua'r gorwel, gan iddo ddisgwyl llongau hardd, trawodd ar botel yn y tywod efo'i droed, ac er mawr syndod iddo daeth *genie* ohoni mewn chwa o fwg.

Diolch mêt, medda'r *genie*, gei di mofyn rhywbeth leici di rŵan.

Ar ôl ystyried dyma'r seiciatrydd yn gofyn am heddwch i'r byd, hir oes a hapusrwydd i bawb, a chyfoeth diddiwedd iddo yntau.

Www! medda'r *genie*, rwyt ti'n gofyn gormod, boi. Fedra i ddim cyflawni hynna i gyd!

Medd y seiciatrydd: Iawn 'ta, gyfaill, gwna hi'n bosib i mi ddeall yr holl anffodusion a ddaw i 'ngweld i. Esbonia be sy'n gwneud iddyn nhw chwerthin, be sy'n gwneud iddyn nhw grio. Esbonia pam maen nhw'n oriog ac yn blentynnaidd. Esbonia pam dw i ddim yn eu deall nhw; dysga i mi sut i'w helpu nhw.

Dyma'r *genie* yn meddwl am dipyn, ac yna, ar ôl rhoi ochenaid fawr drist, mae'n ateb: Ocê, gyfaill, daw heddwch drwy'r byd erbyn dydd Llun, hir oes a hapusrwydd i bawb erbyn dydd Mawrth, ac mi gei di gyfoeth diddiwedd erbyn diwedd yr wythnos. Ond ar un amod – rhaid i ti adfer yr hen gowtsh brown, cyfforddus, a chael gwared ar yr un newydd 'na, sy'n ogleuo fel trons reslar.

Bwm bwm!

Hwyl,

Mog

Annwyl Meg,

Mae'r dail yn disgyn yn Llangatwg Lingoed, mae'r ddaear yn oeri yng nghesail Ysgyryd Fawr. Mae sofl yr ŷd fel aur newydd ei fathu o dan fy nhraed yn Sir Fynwy. Meg, mae cogau Abercuawg wedi 'madael eto am y gaeaf. Rwy'n dy golli di, Meg. Ai ffantasi 'ta realiti oedd ein bywyd ni gyda'n gilydd? Rwy wedi drysu – fedra i ddim cofio a oeddet ti'n gig a gwaed, 'ta rhith oeddet ti. Rhaid i mi dy weld ti, i fi gael teimlo cynhesrwydd dy gorff di unwaith eto. Rydw i isio deud sori hefyd am y blynyddoedd coll. Ddaru ni 'rioed nabod ein gilydd yn iawn, naddo? Wyddost ti pam, Meg? Achos bod gen i dy ofn di. Ofn dy rym drosta i, grym cariad noeth. Dy fys di oedd ar swits *on-off* ein perthynas, ynte? Ti oedd yn penderfynu p'run 'ta i lawr 'ta i fyny yr âi'r swits. Rwy'n teimlo fel pe bawn i wedi gwario f'oes yn gwylio dy fys di ar y swits. Ond mae'n rhaid i bob priodas fod yn gyfartal, Meg. Rhaid i'r ddau gael dweud pryd fydd hi'n olau a phryd fydd hi'n dywyll.

Hwyl i ti fy nghariad i,

Mog

Sir Fynwy. Clwt o dir sydd heb fod yng Nghymru a heb fod yn Lloegr chwaith, meddan nhw.

Dyna lle rydw i isio bod heddiw – peidio bod yn unman, a heb fod yn perthyn i neb byw. Lembo yn limbo.

Rwy'n dod i ben y daith. Dim ond am un noson arall y byddwn ni efo'n gilydd, medda Heledd. Rwy'n falch ac yn drist ar yr un gwynt. Un llygad yn wylo, un llygad yn chwerthin, chwedl yr Almaenwyr.

Rwy'n falch – ac yn barod i frolio – fod yr hen gorff wedi dod â fi yr holl ffordd yma.

Yn union fel un o frodorion croenddu Awstralia, rydw i wedi canu Cymru i fodolaeth, ac ar yr un pryd rydw i wedi canu fy hun i fodolaeth. Ar ben Hay Bluff fe wynebais y ffurfafen las, agorais fy ngheg, a chenais fy nghân unigryw fy hun, cân Mog Morgan.

Rydw i hefyd wedi bathu math o amser i siwtio fi fy hun. Ar ôl arbrofi efo *chronos* a *kairos* rydw i wedi sefydlu amser newydd, Amser Mog. Mae gen i galendr fy hun ac amserlen fy hun.

Rwy'n cyfleu hyn oll i Heledd ar y bont enwog yn Nhrefynwy. Wrth sefyll arni, af yn ôl i'r Oesoedd Canol, pan adeiladwyd hi; dyna ydi prif ganlyniad y daith – fy mod i'n perthyn i bob oes yn hanes Cymru rŵan, ac yn byw mewn unrhyw gyfnod yn ôl fy ffansi.

Dyma Heledd yn rhoi ei braich dros f'ysgwydd, mewn ffordd neis sy'n dod â ni ynghyd unwaith eto, ac yn gofyn i mi:

'Pryd oedd yr amser gorau i ti ar y daith 'ma, Mog f'anwylyd?'

Does dim rhaid i mi bensynnu ynglŷn â'r peth. Rwy'n teimlo'r fodrwy las ar fy mys, ac yn hedfan yn ôl i'r pnawn hwnnw pan briodon ni yn nhes y fynwent. Doeddwn i 'rioed wedi teimlo fel yna o'r blaen. Pam? Oherwydd fe wyddwn mai ffantasi byr a chynnes ydoedd, y byddai'r cyfan yn diweddu fel breuddwyd ar derfyn Clawdd Offa. Doedd dim yfory i'r rhamant, doedd dim rhaid poeni am y dyfodol. Anterliwt oedd ein carwriaeth ffantasïol, nid drama hirhoedlog fel y *Mousetrap* yn parhau o flwyddyn i flwyddyn. Fyddwn i byth yn gaeth i Heledd fel y bûm i Meg.

Gwelwn y cyfan yn glir yn awr. Oherwydd natur fy nghefndir, heb rieni na theulu, doedd dim syndod 'mod i wedi awchu am gariad sicr, cadarn. Cariad am byth bythoedd, ia, cariad mewn stori i blant a ddymunwn i gan Meg. A hitha'n perthyn i deulu crefyddol pybyr, hollol gonfensiynol, roedd hi wedi teimlo'n gaeth i gariad sicr, disymud; roedd hi wedi awchu am gariad mwy rhydd, llai cyfyng, mwy lastig. Roedden ni ill dau wedi cynnig i'r llall y math o gariad y dymunen ni ein hunain ei gael. Dyna oedd wrth wraidd y broblem. Nid mater o gariad da ydi priodas, na chariad drwg, ond mater o gariad addas. Rhaid i un fynegi ei gariad mewn iaith sy'n ddealladwy i'r llall. Does dim pwynt mynegi cariad mewn iaith estron.

Gwelaf hyn oll megis fflach mellten ar y bont yn Nhrefynwy. Sigaf; rhof fy mhen ar fy nwyfraich, gan edrych drwyddynt ar gerrig y bont – wedi'u gosod yno gan ddyn tebyg iawn i mi mae'n debyg, ganrifoedd ynghynt, dyn a wynebai yr un problemau yn union mewn cariad ac mewn bywyd.

'A titha?' medda finna. 'Pryd oedd yr amser pwysica i ti?'

Mae hi'n ateb yn rhwydd, heb orfod chwilota.

'O, mae hynny'n hawdd – pan oedden ni'n cerdded oddi

wrth fedd Emmeline yn y fynwent. Roedd hi wedi marw mor ifanc, heb flasu bron iawn dim ar fywyd nac ar gariad. Dyna pryd y penderfynes i 'mod i'n mynd i ddechrau 'mywyd o'r newydd.'

'A dy gariad priod?'

'Rwy wedi cael gwared arno fo'n barod! Rwy'n ifanc, rwy am ddechrau eto, ar fy mhen fy hun.'

'Haws dweud na gwneud!'

'Na, unwaith mae merch wedi penderfynu, mae'r drws wedi'i gau am byth. Mi fedrwch chi ddynion ein gwthio ni *so far*, ac yna 'dan ni'n troi. Os ydi'r *shutters* wedi dod i lawr, does dim gobaith gennych chi. Fort Knox emosiynol. Ti'n deall?'

'Ydw!'

Ac ar y nodyn hwnnw 'dan ni'n ymadael â Threfynwy a 'dan ni'n croesi drosodd i'r ochr Seisnig i orffen ein taith. Does ond ychydig oriau ar ôl, a daw trymder i 'nghalon – rwy'n mynd i golli cwmni'r ferch wrth f'ochr. Mae hi mor annwyl, mor ddeallus, ac mor hardd hefyd. Siwgr a sbeis. Digon neis i'w bwyta...

'Os nad ydi hi o dan y patio, neu yn y ffrij-ffriser, lle mae hi 'ta?'

'Nunlle. Rydw i wedi'i bwyta hi.'

'Canibal wyt ti, felly?'

'Canibals 'dan ni i gyd, Heledd, yn bwydo ar emosiynau pawb arall, yn arbennig y rhai sy ddigon gwirion i'n caru ni.'

'Ha ha, Mog. Sut nad wyt ti wedi 'mwyta i 'ta?'

'Rydw i wedi prynu'r *fava beans* ond fedra i ddim ffeindio Chianti digon *classy* i fynd efo chdi. *Ffaffaffaffa*...'

MWYNHEWCH!
Cylchgrawn Cyfeillion Canibals Cymru

Moto: Cnawd y brawd 'di ffawd y tlawd

[Cyfarfodydd pan fo'r drymiau'n canu
yng Ngwesty'r Crochan Du]

~~Digesters of People~~ Investors in People

Yr holiadur

Ein gwestai y mis hwn ydi'r *cordon bleu* enwog Cnoi de Gille, prif gogydd y Crochan Du, ac awdur Llyfr y Flwyddyn 2010 − *Cymru: Y 100 lle i weld cyn i rywun eich bwyta chi.*

Cnoi, pryd ddaru chi gyfarfod â Mog Morgan am y tro cyntaf?

Noson hyfryd − cinio yng ngolau cannwyll ar y traeth rywle yn y Caribî. 'Ta Gwales? Fedra i ddim cofio, hwyrach mai yn nychymyg Mog roeddwn i drwy'r amser.

Be oedd geiriau cyntaf Mog?

Be sydd i bwdin…

Sut 'dach chi'n medru dweud bod rhywun yn ganibal?

Dannedd gosod a *toupee* ar ochr ei blât.

Sut fath o **** ydych chi'n licio?

Cnawdol iawn. Rwy'n licio tollti saws coch dros gorff(!) fy mhartner, neu fwstard os 'dan ni am fwynhau rhyw poeth.

Ydych chi'n hoff o glymu'ch partner, neu'n licio *handcuffs* a chwipiau?

Mae clymu'n rhan hanfodol o'r ddefod, ynghyd â miwsig *drum 'n bass* trwm.

Eich hoff ystum corfforol wrth gyflawni ****?

Missionary ydi'r term Saesneg, rwy'n credu.

Os nad oes arnoch chi ofn colli rhywun, 'dach chi ddim yn ei garu'n gyflawn. Trafodwch…

O, rydw i wedi colli lot o'm mêts… rhwng fy nannedd!

Pa un ydi eich hoff ffilm?

Silence of the Lambs. Ffaffaffaffa… cofiwch, Cymro oedd yr hen Hannibal 'na!

Pa un ydi eich hoff lyfr?

Pwy sy'n Bwyta Pwy? gan Dr Judith Bonello a Trystan Edwards (Gwales, £3.99).

Pa un ydi eich hoff ddarlun?

Canibaliaeth yn yr Hydref gan Salvador Dali.

Pa un ydi eich hoff ddarn o fiwsig?

'Fflat Huw Puw yn hwylio heno, sŵn cynnau coelcerth; mi fynna i fynd i fwyta!' Mae'r blydi diwn 'na'n mynd rownd a rownd yn fy mhen i drwy'r dydd, damia hi!

Be ydi eich hoff ddywediad Cymraeg?

Enwyd y meibion 'cw ar ôl misoedd y flwyddyn, felly rwy'n hoffi 'Mawrth a ladd, Ebrill a fling'.

Be 'di hoff fwyd Mog?

Fo'i hun: mae Mog druan wedi bod yn brathu talpiau ohono'i hun ers pan oedd yn fabi, fel canibal emosiynol.

Dywedodd Freud fod y môr yn symboleiddio'r fam; os caiff ynys ei boddi yn eich breuddwydion, rydych chi'n ofni cael eich mygu gan berthynas rhy glòs â'ch mam, neu gan rymoedd na ellir eu rheoli. Trafodwch…

Gwrandewch, rwy'n colli Mam gymaint â neb. Roeddwn i yno efo hi pan aeth hi y noson dyngedfennol honno, ond es i ddim yn agos at y crochan – mi ges i dipyn o bwdin, a chaws a bisgedi, dyna'r cyfan. O, ac un o'r mints drud 'na hefyd… roeddwn i bron â llwgu. *Bummer* (wps!).

Mae Mog wedi byw ar ei ynys fach emosiynol ei hun, yn osgoi môr mawr o broblemau. Ond bu Meg yn edrych allan tua'r tiroedd pell; tuag at agoriadau a chyfleoedd newydd. Os mai ynys ydi pob priodas, ydi Meg yn paratoi i ddianc, gan adael Mog i'w alltudiaeth ei hun?

Peidiwch â deud wrth y creadur bach, ond rydw i wedi bod wrthi'n helpu Meg i wneud rafft ers misoedd. Bydd hi'n golled fawr, achos mae hi'n bishyn reit flasus...

'Dach chi wedi dod i'w nabod hi, felly. Be sy'n gyrru Meg Morgan?

Meg yn unig all ateb hynny.

Cnoi, 'dach chi'n ddyn clyfar tu hwnt, dyn gwybodus, dyn amryddawn. Sut ddaru chi fagu cymaint o ddoethineb ar ynys mor gyfyng?

Rydw i wedi bwyta lot o bobol dros y blynyddoedd, pump ohonyn nhw ar un eisteddiad unwaith, ac rwy wedi cymryd rhai o nodweddion pob un o'r rhai a fwyteais i; dyna pam rwy'n siarad efo acen Eidalaidd. Wnes i fwyta seiciatrydd unwaith, ac er bod hynny wedi codi cyfog arna i, fe ddysges i lot am dwyllo pobol a chymryd mantais arnyn nhw. A gan i fwy nag un o'm gwragedd fynd i lawr fy nghorn gwddw i hefyd, rwy'n dipyn o arbenigwr ar broblemau yn ymwneud â merched.

Fel gŵr i ddeunaw o wragedd, a darpar ŵr i ddwy arall, wnewch chi siario'ch profiad eang efo Mog?

Â chroeso. Dyma'r prif bwyntiau ar y *flip chart* yn fy nghwt:

1) Ei gamgymeriad mwyaf oedd trin Meg fel dynes. Person ydi Meg yn gyntaf.

2) Yn y foment honno pan ddisgynnodd y gwydr i'r llawr yn y parti, pan gyfarfu eu llygaid am y tro cyntaf, dylai Mog fod wedi gweld mai ar ynys roedd hitha'n byw hefyd; ynyswyr ydyn ni oll, yn padlo ein canŵs bach tuag at ein gilydd ar y culfor.

3) Rhithganfyddiad ydi cariad, *illusion*; y tric ydi creu'r argraff fod mwy nag un *account* yn y banc pe bai angen, hyd yn oed pan fyddwch chi'n sgint.

4) Mae Meg wedi caru Mog mewn dull cosmig, haniaethol; mae hi wedi caru'r posibilrwydd o Mog yn ogystal â Mog ei

hun. Adar du a gwyn fel piod ydi meddyliau dyn, adar lliwgar fel glas y dorlan ydi meddyliau merch; bwrdd gwyddbwyll ydi bywyd i Mog, enfys ydi bywyd i Meg. Rhesymeg ydi dull Mog; emosiwn a greddf sy'n arwain Meg. Gadawed i'r ddau fyw'n gytûn.

5) Magu plant, meithrin gyrfa, bod yn fam i'r teulu: ar ôl cyflawni cymaint, onid oedd hi'n naturiol fod awydd newid ar Meg: i fod yn hi ei hun unwaith eto? Nid Mrs Morgan neu Mam, ond Meg.

Hei, Cnoi – parch! A beth ydi eich hobis?

Dawnsio, curo'r drwm, gwylio rhaglenni bwyd ar y teledu, gwylio llongau'n mynd heibio ar y môr, mynd allan am bryd o fwyd efo'm gwragedd (sgwn i a fedrwch chi sbario llond dwrn o gregyn tan ddydd Gwener?), hefyd chwarae ffwtbol efo pennau cenhadon a lladd pobol (ond rydw i wedi addo i Mog na wna i ddim lladd neb sy'n siarad Cymraeg, so 'dach chi'n saff am rŵan).

Fasech chi ddim yn bwyta Mog, felly?

Na, rwy'n licio pobol **iau**! 'Sa bwyta Mog yn torri **'nghalon** i! 'Sa pawb yn deud 'mod i'n **sglyfaeth** drwg! Peidiwch â phoeni, tynnu'ch **coes** chi ydw i!

Be 'dach chi'n feddwl o Gymru?

Mae Mog wedi'i phortreadu hi fel gwlad brydferth, unigryw. A 'dan ni'n mynd i efeillio f'ynys i efo un o ynysoedd Cymru! Ond mae problem 'da ni – sut i ddewis rhwng yr hanner cant o ynysoedd Cymreig. Rwy'n bwriadu ymweld â nhw oll, a chynnal *taste test* ar bob un.

Be sy'n mynd i ddigwydd i Mog rŵan?

Mae'r ateb yn y botel. *Ciao!*

Mr Cnoi de Gille, rwy'n ddiolchgar dros ben (yn llythrennol felly).

'Dan ni'n ffeindio llecyn braf uwchben Redbrook, yn y coed, i dreulio'r noson olaf gyda'n gilydd. Rwy'n gwybod erbyn hyn bod Heledd yn mynd i ffwrdd, i rywle pell mae'n debyg. Mae dechrau bywyd newydd yn golygu newid dramatig fel arfer, tydi?

Yn y pellter gwelaf gwrlid maith o gaeau melynwyn yn barod i'w haredig ar ôl y cynhaeaf. Mae'r coed o'n cwmpas ni'n troi eu lliw hefyd; mae'r flwyddyn, fel finna, yn britho ac yn arafu.

Codwn y babell mewn llannerch hardd yn y coed, gyda llwyfan o flaen ein cartref bach dedwydd yn edrych dros yr olygfa odidog islaw. Cyn gynted â bo popeth yn drefnus, a'n crwyn nos ni'n barod i'n croesawu i mewn i'r dent, awn ati i baratoi cylch o ganhwyllau aml-liw o'n cwmpas, ac eisteddwn yn eu llewyrch hudolus wedi i olau'r haul ddiflannu. Mae digon o fwyd gennyn ni i gael picnic pleserus, ac eisteddwn efo'n gilydd ar ein llwyfan yn gwylio'r theatr wag islaw.

Rydyn ni'n ddistaw hapus ymysg y gwyfynod sy'n hedfan o gylch ein goleuadau. Hon ydi ein noson olaf, a hynny yng nghwmni anifeiliaid gwyllt y fforest; yfory mi fyddwn ni ill dau yn gwahanu ac yn dychwelyd i'r byd normal, go iawn. Mae Heledd wedi gwneud sbliff ragorol ac ymhen dim 'dan ni ill dau yn hedfan i gyfeiriad Planed Pleser. Cyn bo hir rwy'n teimlo'n hollol ddigynnwrf. Dylie blaenoriaid yrru sbliffs fel hon rownd y capel. Mi fasen ni oll wedi eistedd ar yr hen seddau caled 'na'n hapus braf wedyn efo gwên fawr slopi ar wyneb pawb. Mwynhau canu gorfoleddus. Mr Huws y codwr canu'n diflannu mewn cwmwl o fwg fel dewin, gan chwifio dwy sbliffan enfawr ym mhob llaw uwch ei ben. Talpiau wedi mynd o'r llyfr emynau i wneud *roaches*. Haleliwia. Mars bars yn lle cymun.

Ymhen dim 'dan ni'n gorwedd ar ein cefnau, yn edmygu'r

sêr. Chwaraeaf efo'r *rubber band* priodasol ar fy mys, gan wrando ar Heledd yn sibrwd.

'Mog, wyt ti'n gwybod rhywbeth am y sêr?'

'Nac'dw, Heledd,' medda finna, ond rwy'n barod i wrando. I fod yn onest, rwy'n eitha *spaced out* yn barod.

Dyma hi'n gwneud ystum tua'r düwch.

'Wna i ddechrau efo rhywbeth hawdd. Wyt ti'n gweld y tair seren fawr 'cw, fel triongl?'

Dilynaf ei bys, a gwelaf nhw'n ddigon hawdd.

'Honna ar y pen ucha ar y chwith ydi Deneb, ac mae hi'n perthyn i batrwm Cygnus. Alarch ydi Cygnus. Wyt ti'n gweld alarch?'

Myn diawl, ydw, rwy'n gweld alarch yn croesi ein nen fawr ddu.

'A'r sêr eraill – Vega ydi honna, yng nghlwstwr Lyra, ac Altair ydi'r un waelod, yng nghlwstwr Aquila, yr eryr. Enw'r tair seren yna ydi triongl yr haf,' sibryda Heledd, gan afael yn fy llaw.

'Be 'di ystyr Lyra?' gofynnaf iddi.

'O, math o grwth ydi *lyre*, a chrwth Orpheus ydi hwnna yn y nen.'

'Orpheus?'

Yn araf ac yn bwyllog, edrydd hanes Orpheus wrtha i yn y nos, gyda 'mhen mewn niwl o hapusrwydd. Dyma gnewyllyn y stori:

Wrth gerdded yn y glaswellt hir ar ddiwrnod ei phriodas, ymosodwyd ar Eurydice gan afr-ddyn, a phan wnaeth ymdrech i ddianc fe'i brathwyd yn angheuol gan neidr. Darganfuwyd ei chorff gan ei gŵr, y cerddor gwyrthiol Orpheus, a pherodd hwnnw i'r duwiau wylo gan fod ei ganiadaeth mor dorcalonnus.

O'r herwydd, gadawsant i Orpheus fynd i lawr i'r isfyd i nôl ei wraig, a chanodd ganeuon mor swynol i'r is-dduwiau fel y caniatawyd i Eurydice ddychwelyd i fyw ar y Ddaear, ond ar un amod: roedd yn rhaid i Orpheus gerdded o'i blaen hi, ac ni châi ef edrych yn ôl arni unwaith tan eu bod nhw wedi cyrraedd tir y byw. Ond cymaint oedd pryder Orpheus rhoddodd gipolwg yn ôl ar ei wraig pan gyrhaeddodd yr agoriad i'r tir uchaf. Roedd hynny'n ddigon; diflannodd Eurydice eilwaith – ac am byth.

'Stori anhygoel,' medda fi wrth Heledd, 'ond be 'di 'i hystyr hi?'

Dydi Heledd ddim yn siŵr. Roedd sawl myth, medda hi, yn rhybuddio pobol rhag edrych yn ôl. Stori gwraig Lot, er enghraifft. Ychwanega:

'Rhywbeth i wneud efo marwolaeth, hwyrach. Stori'n dweud wrthon ni na fedrwn ni byth ddod â'r meirw yn ôl, rhaid i ni i gyd ddygymod â marwolaeth. Rhywbeth fel'na?'

Dw i ddim yn deall y myth, ond rwy'n meddwl ar unwaith am stori Meg a finna; dyna oeddwn i'n wneud, ynte? Trio dod â Meg yn ôl o'r isfyd.

Tybia Heledd fod y syniad hwn yn un rhyfedd iawn, ac mae hi'n dechrau piffian chwerthin. Gormod o dôp mae'n rhaid. Awn ni ati i lowcio dau *Mars bar*.

Efo'n cegau'n llawn, chwarddwn ill dau, nes bron iddi hi wlychu'i nicars.

Ond ar ôl sobri dipyn, rwy'n gofyn iddi:

'Wyt ti'n meddwl y gall dyn garu gormod ar ddynes, Heledd? Ai dyna ydi neges y stori?'

Mae'n cymryd tipyn o amser i Heledd fedru ateb, ac yna dywed mewn llais rhyfedd a'i cheg yn llawn:

'Dwn i ddim Mog, ges i *narrow escape* efo'r boi priod 'na. Roeddwn i wedi mopio arno fo. Ond doeddwn i ddim yn ei garu fo'n ormodol. *Infatuation*? Rhywbeth gwahanol ydi hwnnw, 'te?'

Daw distawrwydd i'r llannerch, ac mae un o'r canhwyllau yn diffodd; yna un arall. Mae'r gwêr yn dod i ben.

Daw amser gwely; mae Heledd wedi smocio digon o'r stwff 'na i lorio ceffyl, ac rydw inna'n teimlo'n barod i gysgu hefyd. A ninnau yn ein sachau, aiff Heledd i gysgu ar unwaith. Ond af inna ati i bensynnu am stori Orpheus. Oeddwn i wedi caru Meg yn rhy danbaid, tybed? Oedd fy nghariad i wedi'i thagu hi fel iorwg yn tagu coeden? Oedd hynny'n bosib? Roedd Meg wedi dod yn ôl o blith y meirw hefyd – wel, o Gasnewydd – ond gyda hynny daeth fy nghariad perffaith i ben. Cariad dychmygol oedd o. Cariad llyfrau Mills & Boon. Nid gwydryn perffaith fel gwydryn Lalique oedd cariad, i'w gadw mewn cwpwrdd; gwydryn bob dydd oedd o, ar fwrdd y gegin.

Daw dealltwriaeth i mi yn y nos: gwelaf nad oeddwn i'n gwybod cyn hynny be oedd yn digwydd o'm cwmpas. Os mai ynysoedd bach o sens ydi ein DNA ymysg môr o nonsens, dim ond ynysoedd bach o sens welwn inna hefyd ym môr mawr fy mywyd. Roedd y byd a'i weithredoedd yn ddirgelwch, a finna yn blentyn efo tortsh ar goll mewn seler anferthol, ddiddiwedd. O'm cwmpas, yn y tywyllwch, clywn glebran parhaus y cyfryngau, fel ystlumod swnllyd mewn ogof ddu; pawb yn smalio eu bod nhw'n gwybod be oedd yn digwydd, ond neb yn gwybod chwaith. Croesair oedd bywyd, seiffr, pysl, gyda rhyw athro sadistig yn chwifio'r atebion yn yr awyr ar ddiwedd y prawf, heb adael i neb gael eu gweld chwaith. Sut oedd Wilias yr athro cemeg, creadur hollol hurt, wedi wanglo swydd prifathro? Sut oedd Dewi Roberts, y disgybl mwyaf diwerth a welais i 'rioed, y bachgen mwyaf sboti, diliw a digymeriad yn ei flwyddyn, wedi codi i fod yn bennaeth un o brif bleidiau gwleidyddol Prydain? Dirgelwch llwyr ydi bywyd. Ac os ydi bron iawn pawb o'm cwmpas yn trio 'nhwyllo i, fe wn hefyd 'mod inna 'run mor brysur yn twyllo fy hun; nid ydw inna, chwaith, yn ddigon dewr i ddweud y gwir amdana i fy hunan.

Fel mae'r llanw ar y traeth yn tacluso'r tywod ddwywaith bob diwrnod, fel hen ferch yn mwmian yn ei chegin, mae fy llanw mewnol inna wrthi o hyd yn aildrefnu'r ffeithiau, yn smwddio wyneb y gwir. Gwn erbyn hyn nad oes *standard model* efo pobol, fod pawb yn gawl o gemegau, a does dim posib deall neb, mewn gwirionedd, heblaw ar lefel hollol ystrydebol. Be ydi'r gwir? Ydi merched yn wahanol yn y bôn? Ydyn nhw'n barotach i dderbyn nam a gwahaniaethau yn eu cyd-ddyn, ydyn nhw'n fwy rhyddfrydol na dynion? Ydyn nhw'n fwy hyblyg? Ydyn nhw'n fwy ymwybodol o themâu fel cyfiawnder a thegwch?

Rhaffodd Meg ei chwch wrth gylch haearn mawr ar wal fy harbwr i amser maith yn ôl, ond a ydi hi'n barod rŵan i hwylio draw ar fflat Huw Puw? Wedi'r cyfan, mae chwarter miliwn o bobol yn diflannu am gyfnod bob blwyddyn, rhai miloedd ohonyn nhw am byth. Ydi Meg yn paratoi i ymuno â nhw?

Efo'r syniad hwnnw'n treiglo drwy 'mhen, af i gysgu; rywbryd yn y nos rwy'n deffro ar ôl breuddwyd rymus. Rydw i yn y capel eto, ac mae'r blaenoriaid wedi fy nal i'n smocio. Rhaid i mi fynd ar fy ngliniau a gweddïo am faddeuant. Ond be wna i ydi gweddïo ar holl dduwiau'r byd, erfyn arnyn nhw i ddod â Meg yn ôl yn ddiogel.

Breuddwyd a phader Mog Morgan ar noson olaf y daith, yn ymofyn cymorth:

I dduwiau annuwiol yr henfyd Celtaidd – Aeron ac Amaethon, Cerunnos, Rhiannon, Lugos, Modron, a Don hefyd.

I'r duwiau di-nod a drawyd i'r llawr gan y duwiau brolgar unllygeidiog: duwiau'r trothwy, y pentan, y grisiau, y pantri, a chroglofft fach y plant.

I'r duwiau glas, gwyrdd, pinc, melyn, a'r rhai lliwgar fel y roc ar lan y môr yn y Rhyl.

I'r duwiau sy'n gaeth mewn gwydr, dur, cardbord a styrofoam.

I dduwiau boldew, moel, drewllyd, llygatgroes, blin.

I dduwiau'r coed, yr afonydd, y bryniau, a'r traethau.

I dduwiau'r pry cop, y lindys, y pili-pala, a'r grachen ludw.

I'r duwiau yn hen debot Nain, yn y botel aspirin yn y cwpwrdd tridarn yn Nhalafon, ac ym mhoced gudd fy mhac cefn.

I dduwiau pyjamas winceyette, *welingtons gwyrdd, a chŵn defaid efo un llygad brown ac un llygad glas.*

I dduwiau'r graith, y ploryn, y swigen, a'r ferwca.

I'r duwiau cwantwm sy'n trio deall y byd mawr, ac i dduwiau'r byd mawr sy'n trio deall duwiau'r cwantwm.

I'r duwiau sy'n edrych ar ôl Meg.

Erfyniaf arnoch chwi oll.

Amen.

Hawddamor gyfaill, a henffych well.

Dyma ni, yn flinedig ond yn hapus, ar ein diwrnod olaf gyda'n gilydd ar y daith o fôr i fôr.

Does 'na ddim tlws yn barod, yn sglein i gyd efo rhuban coch arno, yn disgwyl amdana i wrth y graig ar derfyn y llwybr. Doedd 'na ddim pwrpas i'r siwrne hon yn y lle cyntaf, a dyna sy'n bwysig amdani. Doedd dim rhaid i mi achub bywyd neb, na chyflawni gwyrthiau. Roedd y daith yn ddigon ynddi hi ei hun; yn gyfanrwydd emosiynol a mathemategol. Talm o amser yn atig y byd, heb fod neb yn gwybod 'mod i yno, yn snwyro o gwmpas gweddillion fy mywyd; yn byseddu hen offerynnau fy nheulu coll; yn adrodd fy hanes wrth bry cop; yn trafod llwch efo llwch.

Rhown y dent yn ei chroen; tacluswn y llannerch; cydfwytawn ein brecwast yn ddistaw ar ein llwyfan uwchben y byd. Yna cerddwn oddi yno ymysg y coed, ymysg caneuon plygeiniol yr adar mân. Rhwng bonion y coed derw cawn gipolwg, weithiau, ar y byd mawr hwnnw y bydd yn rhaid i ni ymuno â fo ymhen ychydig. Cymru islaw; gwyriadau yr afon Gwy yn graith ddu ar y tir. Oedwn ym Mhulpud y Diafol uwchben Tyndyrn, i drafod y creigiau od ac i nofio yn nhywyllwch y goedwig. Ni siaradwn wedyn; tawelir ni gan dristwch y ddarfodedigaeth sy'n dod i'n cyfarfod. Wrth f'ochr, Heledd. Hon ydi ail Meg i mi, yn cynrychioli fy mebyd coll. Llawenhaf fy mod i wedi ailflasu ieuenctid, wedi ailymuno â charwyr sionc y llwyni irddail.

Cipolwg ar y môr. 'Sbia, yr Hafren!' medda Heledd. Dyry ei llaw ar f'ysgwydd, a dweud: 'Fi welodd o gynta, Mog! Fi welodd y dŵr yn ddisglair dan wên yr haul!'

A chytunwn mai hon ydi ennyd fwya cyfriniol ein taith. Y foment pan fflachiodd y golau ar hudlath y dewin. Y dŵr pell yn llosgi. Oddi yno, cerddwn ymlaen tua'r terfyn, fy nghorff yn belen o drydan mud. Cyrhaeddwn yr iseldir; dilynwn wead y llwybr drwy'r caeau. Gwelwn anheddau dynolryw eto. Clywn foduron, peiriannau, plant yn chwarae, cŵn yn cyfarth. Daw synau newydd i'r glust.

Yn y pnawn, cyrhaeddwn. Mygwn y chwa o siom a ddaw droson ni pan welwn y diwedd; craig efo ysgrif arni, a thipyn o ddrain du yn sefyllian o gwmpas fel brodorion gwyllt Awstralia, ond does 'na ddim llwybr i'r dŵr. Cyfyngir ni yma, mewn corlan o ddrain. Ond dydi Heledd ddim am roi'r gorau i'r ymgyrch; tywysa fi ymhellach draw, at agoriad bach, a 'dan ni'n ymwthio drwy'r llwyni pigog. O'r diwedd, rydyn ni'n cyrraedd Nirfana – y traeth, ein greal sanctaidd. Eisteddwn gan edrych ar y dŵr, diwedd ein taith dros y tir. 'Dan ni wedi cadw dau Mars bar, ac awn ati i'w bwyta ar ôl eu codi nhw i'r awyr a nodi'r llwncdestun syml, eironig: Y Daith.

'Dyma ni, Mog f'anwylyd,' medda Heledd efo'i cheg yn llawn (mae o'n arferiad drwg ganddi, rwy'n dechrau sylwi ar bethau fel yna erbyn hyn). 'Diwedd y daith. A ti'n gwybod be? Rydw i wedi sylwi ar rywbeth: yn y fan hon fe gawn ni droi tuag at Loegr neu fe gawn ni droi tuag at Gymru; mae'r dewis yma'n blwmp ac yn blaen.'

'Ydi,' atebaf yn ddiamynedd, 'mae hynny'n hollol amlwg i bawb. Be amdano?'

Erbyn hyn mae ceg Heledd wedi clirio ac rwy'n medru deall be mae hi'n ddweud.

'Ond be sy'n fy nharo i, Mog f'anwylyd, ydi hyn – mai dyna ydi prif benderfyniad pob Cymro a Chymraes: p'run 'ta aros, 'ta mynd. Wyt ti'n deall, Mog? Does 'na ddim penderfyniad pwysicach ym mywyd unrhyw Gymro a Chymraes na gwneud y dewis rhwng y ddau. Aros adref yng Nghymru, 'ta mynd i ffwrdd. Be ti'n feddwl?'

Erbyn hyn mae fy ngheg inna'n llawn o sothach, ac rwy'n ystyried y cwestiwn am dipyn. Ydi, mae Heledd wedi taro'r hoelen ar ei phen fel arfer; dyna yn wir fu prif ddewis y Cymry 'rioed. Roedd popeth arall yn eilradd.

'Sut rwyt ti mor ddoeth, a thitha mor ifanc?' holaf inna mewn syndod.

'O, weithiau rwy'n teimlo fel pe bawn i wedi bod yma ers canrifoedd,' medda Heledd. 'A pheth arall,' medda hi ar ôl rhoi'r papur Mars bar yn ei hosan, 'mae gynnon ni dipyn o *unfinished business* yn ymwneud â dwy botel. Ti'n cofio?'

Aiff fy nghof ar garlam yn ôl drwy'r siwrne, ond rydw i ar goll.

'Am be ti'n paldaruo rŵan?'

'Y ddwy botel – wyt ti'm yn cofio? Yr hen botel werdd yn dy bac di, a'r botel gwin gwyn 'na ddaru ni swigio efo'n gilydd yn yr ardd gyhoeddus yn y Gelli, fel pâr o alcoholics, yn fy mhac inna – wyt ti'n cofio rŵan?'

Ydw, rwy'n cofio. Roedd hi wedi rhoi'r botel yn ei sach efo winc yn y Gelli, ac wedi dweud rhywbeth ynglŷn â diwedd y daith. A dyma ni, ar ddiwedd y daith. Mae'n amlwg bod fy ngwedd i'n dangos 'mod i wedi cofio am y poteli.

Ar ôl chwilota yn ei sach, daw Heledd o hyd i'w photel.

'Dyma hi!'

'A be ddiawl ti'n mynd i wneud efo honna?' medda finna.

Ond yn lle ateb, dyma hi'n sgwennu nodyn byr, a'i roi yn y botel, yna dyry ffling iddi i mewn i'r dŵr.

'Dyna ni, *mission accomplished*. Neges i 'nghariad, yn dweud wrtho fod y berthynas ar ben. Ta ta i'r poen a'r nosweithiau di-gwsg. Rwy'n ddynes rydd unwaith eto!'

'Heledd,' medda finna, 'wnei di esbonio be sy'n digwydd? Rwy bron â drysu.'

Ac yn amyneddgar, aiff ati i esbonio be 'di be. Mae hi'n trafod ein sgyrsiau, y cyfrinachau a rannwyd ar y ffordd. Mae hi'n trafod Meg, a chudd-deithwyr y byd. Yna mae hi'n sôn amdanaf inna, a Robinson Crusoe. Y llongddrylliedig.

'*Castaway*, Mog! Dyna wyt ti wedi bod ar hyd dy fywyd, medda ti. A be mae *castaway* yn ei wneud? Mae o'n sgwennu nodyn ac yn rhoi'r nodyn mewn potel. Yna mae o'n lluchio'r botel i mewn i'r môr, Mog. Dyna be wnaeth Robinson Crusoe, mae'n debyg, a dyna be wyt ti'n mynd i wneud!'

Ac ar hynny mae hi'n hel llond twmpath o gerrig ac yn ysgrifennu'r gair 'HELP' yn fawr ar y lan. Mae hi'n chwerthin, mae hi'n cael hwyl.

'Tyrd o 'na, Mog, sgwenna dy nodyn!'

Rhed i fyny ata i, gan roi ei breichiau o amgylch fy sgwyddau, o'r cefn. Teimlaf ei chlust yn gynnes yn erbyn fy nghlust inna.

'Tyrd o'na, Mog, dyma dy siawns di – sgwenna lythyr at Meg, gyrra fo i'r byd.'

Ymhen dim mae hi wedi stwffio beiro a llyfr nodiadau i'm dwylo.

'Dos ati, rwy'n mynd am dro i wneud pethau merched.'

Dyma hi'n penlinio o 'mlaen i, yn gafael yn fy wyneb, ac yn rhoi sws neis, swil i mi ar fy nhalcen. Yna, ar ôl codi, mae'n rhoi ei phac ar ei chefn a gwna arwydd tua'r coed, cystal â dweud bod yn rhaid iddi wneud rhywbeth personol. Diflanna i ddüwch y drain.

Af ati i sgwennu'r nodyn. Mae'n cymryd amser maith i mi feddwl be rydw i'n mynd i'w ddweud, a sut i'w ddweud o. Ffurfiaf y brawddegau yn araf, ac yna llithrant i lawr fy mraich ac ar y papur. Un dudalen, dwy dudalen; erbyn y diwedd mae 'na lond dwrn o bapur yn mynd i mewn i'r botel – rwy'n cael job stwffio'r cyfan drwy'r geg. Rhof fonyn hen gannwyll o 'mhac yng ngheg y botel, cyneuaf hi, ac af at fin y dŵr. Edrychaf o gwmpas, ond does dim sôn am Heledd. Mae hi wedi bod yn hir iawn. Lle aeth hi? Ia, i fan'cw, at yr ochr Seisnig. Galwaf ei henw. Unwaith. Ddwywaith.

'Hel-edd, Hel-edd!' Clywaf fy nghri yn wan yn yr awyr. Ac eto: 'Hel-edd, Hel-edd!'

Ond does 'na ddim ateb. Yn araf, daw dealltwriaeth ddu i feddiannu fy mhen, a gwelaf nad ydi hi am fy ateb. Na, dydi Heledd ddim am fy ateb i byth eto.

Mae Heledd wedi diflannu, mae hi wedi 'ngadael i ar lan afon Hafren efo potel yn fy llaw a llythyr ynddi, llythyr i Meg.

Gyda lli o ddagrau yn troi'r byd yn jeli, rhof y botel yn y dŵr a gwelaf hi'n symud i ffwrdd yn araf ar y llanw. Erys y gannwyll yn olau am dipyn, yna daw chwa o wynt i'w diffodd.

Ni welaf law yn dod o'r llyn i afael ynddi. Aiff efo'r dŵr mwdlyd, gwelaf ei gwddw yn wyrdd yn y lli. Yna trof, ac af oddi yno.

Gyfeillion, fe wyddoch yn barod i ba gyfeiriad yr af. Ia, wrth gwrs, parth â Chymru.

7

Safai Mog wrth y sinc yn golchi'r llestri. Swp di-siâp ar ôl swper neithiwr.

Bore hyfryd o haf. Lliw'r wybren yn newid yn ara deg o las golau, golau ar y gorwel pell i las tywyll uwchben y mynydd. Yr adar wedi tewi ar ôl y trydar, côr y bore bach wedi cau'u pigau. Seren olaf y nos wedi diffodd.

Gwrandawodd yn astud ar y radio, ond doedd o ddim agosach at gofio pwy oedd yn canu. Roedd ei feddwl wedi crwydro yn ystod y diwn; roedd o wedi bod ymhell, bell i ffwrdd – ar hyd a lled Cymru, ac ar hyd a lled ei fywyd.

Eiliadau i fynd; be aflwydd oedd teitl y diwn 'na? Yna gwelodd gysgod wrth y drws.

'Meg! Be 'di'r gân 'na, dywed? Fedra i ddim yn fy myw gofio…'

Safodd y ddau'n hollol lonydd, yn gwrando ar y diwn yn arafu ac yn gwanhau. Yna daeth llais y cyflwynydd i dorri ar draws y geiriau olaf. Roedd o ar frys i hebrwng y newyddion i'r stafell, ac aeth y gân i'r gofod. Byddai Mog yn pendroni drwy'r dydd ynglŷn ag enw'r canwr.

'Wel?'

Ond doedd Meg ddim callach chwaith. Ysgydwodd ei phen.

Sylwodd Mog fod ganddi gês yn ei llaw, y cês mawr i fynd tramor.

Roedd hi wedi penderfynu, felly.

Dyma fo wrth y sinc unwaith eto, efo gwydryn yn ei law

dde. Peth rhyfedd oedd gwydr. Roedd o yna, ac eto doedd o ddim yna chwaith, fel cariad.

Edrychodd dros ei ysgwydd ar Meg. Doedd hi ddim wedi symud, heblaw am roi'r cês i lawr. Gwisgai ei chôt orau, ac roedd hi wedi codi'i gwallt ar ei phen, fel y gallai weld ei gwddw a'i chlust dde. Trodd i ffwrdd eto, a syllodd ar y ddwy botel wag o'i flaen ar lintel y ffenest – y naill yn wyrdd (un Mog) a'r llall yn wyn (un Meg). Crwydrai dau gnu sebonaidd i lawr gwddw'r agosaf (roedd o newydd afael ynddi a'i symud oddi ar y bwrdd).

Daeth dau ddeigryn bach i'w lygaid. Ond cadwodd drefn ar ei deimladau.

Daeth llais Meg, nid yn anghynnes, ac eto heb fod yn gynnes chwaith. Roedd hi'n dal yno, wrth y drws, yn edrych arno.

'Mae'r *estate agent* yn galw am un ar ddeg. Wyt ti'n hapus efo hynny?'

Symudodd ei ben i gadarnhau, ond ddywedodd o 'run gair.

Edrychodd yn syth o'i flaen, ar y botel werdd. Yna gwelodd symudiad wrth y sied fach yng ngwaelod yr ardd, y clwt bach o ardd a berthynai i Dalafon. Fflach las. Roedd yr aderyn yno eto. Glas y dorlan. Fel arwydd, rywsut. Rhoddodd ei fys i mewn yn y gwydr a glanhau'r darn bach anodd yn ei waelod. Gwin coch wedi sychu, diawl o beth styfnig. Unwaith y câi afael – ar wydr, ar liain, neu ar ddyn ei hun – doedd dim symud arno.

'Pwy oedd wrth y drws?' gofynnodd llais pell i ffwrdd Meg. Roedd hi wedi ymadael yn barod; ei chorff yn unig oedd yno i ffarwelio â fo.

'Dau o bobol ifanc.'

Cododd Meg y cês.

'Be oedden nhw isio?'

'Dim byd, chwilio am rywle i gampio.'

'Be ddywedaist ti?'

'O, dweud wrthyn nhw am fynd i'r fferm i holi.'

Distawrwydd, er y gwyddai Mog be oedd ar ei meddwl hi.

Pam nad oedd o wedi'u gwahodd nhw i aros yn yr ardd? Pa ddrwg, rhoi gwadd iddyn nhw letya ar y lawnt am noson neu ddwy?

Yr un hen Mog. Wnâi o ddim cymryd siawns, byth. Gwaith, cartref, slipars, llyfr. Byw yn ei ben bach ei hun.

Mr Mog Morgan, dyn a chanddo un nod: gwneud yn sicr na ddigwyddai dim byd sydyn, annisgwyl iddo byth eto.

Swp blêr o ganhwyllau bach aml-liw o'i gacen pen-blwydd, a'i botel werdd ar lintel y ffenest. Ai honno oedd yr olaf? Pa neges oedd ynddi? Pa neges a roddai ynddi pe bai o'n gyrru un llythyr olaf at Meg?

Syllodd Mog arni, â'i ddwylo'n llonydd yn y dŵr poeth. Faint o boteli fel hon roedd o wedi syllu arnyn nhw yn ystod ei oes? Cannoedd, miloedd...

Gwyliodd y ddau bentwr o gnu sebon yn cyrraedd y lintel ac yn setlo ar y teils oer. Gwnaethant batrwm neis, ac roedd un ohonyn nhw'n cymryd cysgod rhyw *rubber band* glas oedd wrth ochr y botel, ynghyd ag un coch. O ble daeth y rheini? Y postman? Na, *rubber bands* lliw gwaed a ollyngai'r postman ar hyd a lled y pentref, ynte?

Wrth gwrs! Gweddillion oedden nhw o'i anrheg pen-blwydd neithiwr. Y Swper Olaf.

Sbiodd ar y cloc. Be oedd ei oed o rŵan? Hanner cant, saith awr...

Argol, roedd amser yn cerdded heibio'n anhygoel o araf weithiau.

Croesodd y stafell a diffodd y radio. Roedd y sŵn yn dechrau ei fyddaru. Châi o byth wybod enw'r diwn 'na rŵan. Byth bythoedd. Roedd hi wedi mynd, i ddu'r gorffennol, fel sawl tiwn arall, fel cymaint o'i atgofion. Edrychodd i gyfeiriad y drws, ond roedd Meg wedi ymadael. Edrychodd ar y bwrdd; gwelodd swp o lyfrau yn barod i'w ddychwelyd i'r llyfrgell, yn eu mysg *Y Llewpard* a llyfr yn ymdrin â Robinson Crusoe a'i debyg. Hefyd, holiadur heb ei lenwi.

Aeth yn ôl at y sinc, i orffen y gwaith.

Potel win, hi hen – eleni ganed.

Dyna neis oedd ffurf potel. Doedd potel byth yn colli'i siâp fel cnawd, doedd 'na ddim modd ei hagru chwaith, heblaw am ei malu'n deilchion. Roedd gwydr yn llyfn fel croen merch.

Estynnodd y botel o'r lintel a'i chyffwrdd. Mor brydferth. Ac roedd y lliw 'na'n hudolus, yn glasurol. Oedd y gwŷr a aeth Gatraeth wedi edmygu lliw a llyfnder gwydr? Doedd yfed o blastig ddim byd tebyg. Roedd cyffyrddiad y gwefusau â'r gwydr yn rhan o'r profiad; yn wir, bron â bod yn erotig.

Callia, Mog, medda'r dyn noeth wrth y sinc. Roedd o wrthi eto, yn siarad efo fo'i hun.

Teimlai Mog ei fod ef a'r ail Fog a wrandawai arno yn gwneud cyfanrwydd, gan fod bron iawn pob dyn canol oed yn teimlo fel hanner dyn. Roedd yr hanner corfforol wedi diflannu; âi merched heibio ar y stryd heb ei weld o. Gwyddai, pan siaradent ag ef, fod hanner eu meddyliau ynghwsg neu ymhell i ffwrdd. Dyna oedd grym biolegol y corff. Roedd hanner ymennydd pawb iau na fo, pan wibient heibio ar frys, yn meddwl am y **** nesaf. Rhith oedd o rŵan. Nid diflaniad sydyn oedd tranc y rhan fwyaf o bobol; na, aent o'r golwg yn ara deg, aent yn ddwl fel hen

185

bapur newydd yn yr haul, âi'r llythrennau yn niwlog ac yna âi'r brawddegau yn anodd i'w deall. Ymhen dim byddai'r sgwennu'n gysgod annealladwy o dan haen o lwch melyn.

Gwŷr a aeth Gatraeth oedd ffraeth eu llu; glasfedd eu hancwyn, a gwenwyn fu.

Be oedd glasfedd?

O, rhyw fath o *vin nouveau*, newydd gyrraedd o Ffrainc mae'n debyg.

Ac onid oedd hi'n rhyfedd fod Mog yn gofyn 'Be 'di dy wenwyn di?' pan welai un o'i gymdogion yn y dafarn a holi beth roedd o isio i'w yfed?

Edrychodd Mog ar y cloc. Pum munud wedi saith.

Deng mlynedd a deu ugein yd borthais boen.

Rubber band coch. *Band of Indians.* Indiaid Cochion. Pum can cenedl yr Amerig orweddant yn llwch coch y peithdir. Apache, Arapaho, Arikara, Caddo, Chactaw, Cherokee, Cheyenne, Chitimacha, Chumash, Comanche, Cree, Esselen, Goshute, Haida, Hidasta, Hohokam, Hopi, Huron, Hupa, Innu, Kiowa, Lenape, Lumbee, Metis, Mingo, Miwok, Navajo, Nez Perce, Nookta, Lakota, Mandan, Micmac, Oglala, Onondaga, Osage, Pamunkey, Pawnee, Pima, Pomo, Salish, Saponi, Shoshoni, Sioux, Tonkawa, Ute, Washoe, Wintu, Yokuts.

Pum prif lwyth y Cymry sibrydant yn llwch coch y bannau. Cornovii, Deceangli, Demetae, Ordovices, Silures. Pum teulu yn cysgodi yn eu pebyll – yn fregus rhag pob pla, yn dila o flaen pob ymgyrch o'r dwyrain.

A dyna eto deulu Mog Morgan. Dim ond dau oedd yn perthyn i hwnnw rŵan: Mog a Wyn (ymhell i ffwrdd ymysg y llwythi croenddu). Doedd neb arall ar ôl yn y babell. Roedd Mog wedi cyrraedd y byd ar ei ben ei hun. Ni welodd ei fam 'rioed, na'i dad. Ar ôl stŵr ei ddyfodiad i'r byd cafodd lonydd gan bawb. Llonydd enbyd oedd hwnnw. Mog Morgan, y baban na addawyd i neb. Ei breseb: drws siop. Ei seren: golau oren un o lampau'r stryd. Ei dri gŵr doeth: y plismon, y doctor, a'r dyn papur newydd.

Edrychodd Mog ar y cloc. Ugain munud wedi saith. Faint o amser oedd ar ôl yn y byd? Yn y bydysawd?

Clywodd y drws ffrynt yn cau'n glep.

Stafell Gynddylan ys tywyll heno, heb dân, heb wely. Wylaf wers, tawaf wedy.

Rubber band glas. Glas y dorlan. Glaswellt.

Gorffennodd Mog y llestri. Sychodd ei ddwylo, ac aeth allan i'r ardd (yn noeth fel y ganed ef). Aeth i'r garej a thynnodd sach o'r silff uwchben. Roedd oglau mwg car yn dal yno, a thipyn o gynhesrwydd. Roedd Meg wedi cymryd y car.

Aeth i'r hances boced o ardd a chododd hen dent las Wyn yn y glaswellt hir. Efallai y byddai oglau Wyn ynddi. Arogl eu gwyliau gyda'i gilydd fel teulu.

Aeth Mog i eistedd ynddi. Caeodd y sip. Aeth y byd yn jeli eto. Nofiodd y glas o'i gwmpas. Oedd, roedd oglau Wyn yno, ac oglau'r teulu.

Roedd Mog ar ei ben ei hun yn y bydysawd unwaith eto. Faint o amser oedd ar ôl yn y byd? Yn y bydysawd? Oedd modd gwneud i amser symud yn gynt? Doedd hi ddim yn amser brecwast eto, ond roedd o'n dyheu am gyffyrddiad y gwydr.

Ei hen ffrind; ei hen elyn.

Edrychodd ar ei wats. Ymhen deg eiliad mi fyddai'r amser wedi cyrraedd – yr amser hwnnw pan ddarganfuwyd ef ar drothwy drws y siop; 7.25am, yn ôl yr heddlu.

Deg, naw, wyth, saith, chwech, pump, pedwar, tri, dau, un.

Roedd hi'n mynd i fod yn siwrne hir; dyma oedd y dechrau, nid y diwedd.

Yma, heddiw, roedd Mog Morgan yn mynd i gychwyn ar ei daith. Nid unrhyw daith.

Na, nid unrhyw daith. Taith bwysicaf, taith hiraf ei fywyd.

Hefyd o'r Lolfa:

Y Dŵr

"Nofel ysgytwol a gafaelgar sy'n wahanol
i ddim a ddarllensoch o'r blaen"

John Rowlands

Lloyd Jones

y Lolfa

£7.95

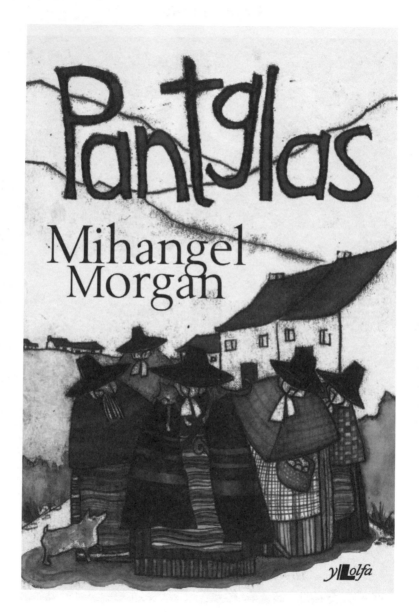

£8.95

'Does dim llawer o sgrifenwyr doniol yn y Gymraeg ond dyma un – mae'n siarp fel raser ac yn sur fel lemwn.' Jon Gower

EURON GRIFFITH

DYN**POB**UN

y lolfa

£7.95

Am restr gyflawn o lyfrau'r Lolfa, mynnwch
gopi am ddim o'n catalog
neu hwyliwch i mewn i'n gwefan

www.ylolfa.com

lle gallwch archebu llyfrau ar-lein.

TALYBONT CEREDIGION CYMRU SY24 5HE
ebost ylolfa@ylolfa.com
gwefan www.ylolfa.com
ffôn 01970 832 304
ffacs 832 782